文学研究の窓をあける

――物語・説話・軍記・和歌

石井正己
錦　仁・編

笠間書院

この本のはじめに

文学研究のみならず、二十世紀の後半に大きな発展を遂げた学問は少なくありません。私が深く関わってきた民俗学や文化人類学もそうですし、社会学や宗教学など枚挙に暇がありません。学会としても、全体が見えなくなるほど肥大しましたが、最近ではそこでも人口減になり、少子高齢化が進んでいることが話題になります。おそらく、二十世紀に生まれた人文・社会科学系の学問のいずれもが、急速な国際化と情報化の動きに適応できなくなっているにちがいありません。

一方で、そうした事態を見透かすかのように、二〇〇二年の科学技術・学術審議会学術分科会の報告「人文・社会科学の振興について──21世紀に期待される役割に応えるための当面の振興方策──」では、「我が国の人文・社会科学の現状と課題」について、「研究・教育の細分化と閉鎖性の打破」「現実的課題への関わりの強化」「国際的な交流・発信の積極的な取組」が挙げられています。ここに理系偏重の体制や経済優先の価値観があることは言うまでもありませんが、こうした批判があることは紛れもない事実です。

思えば、文学研究を見ても、古典文学と近代文学に二分化されただけでなく、古典文学は時代別やジャンル別に枝分かれし、近代文学では作家別の研究が顕著に見られます。それは二十世紀の後半に研究が急速に進んで、専門化が図られたことを意味するのでしょう。しかし、外部から見れば、先の報告にあるように細分化と閉鎖性が著しく、それは打破すべき問題であるということになります。にもかかわらず、文学研究の世界でこうした批判が嫌われるのは、的外れだからというのではなく、むしろ痛いところを突かれているからにちがいありません。

私が深く関わってきた民俗学は、文学研究よりも早くから、厳しい批判があります。高度経済成長期を経て、それまでの伝統的な暮らしは大きな変容を余儀なくされました。農山漁村を歩いても聞きたい話が聞けなくなると、フィールドワークを止めて、概念化を図るようになります。その中から現代民俗学や都市民俗学が生まれましたが、学問の延命策でしかなかったように見えます。現在では、現実的課題に向き合うべく、環境民俗学や介護民俗学といった領域も生まれています。

では、文学研究はどうでしょうか。筒井康隆の『文学部唯野教授』(岩波書店)が出たのが、一九九〇年だったことは思い起こしてもいいでしょう。ちょうどその時期、文学研究の方法としては、作家論・作品論を切り捨て、読者論への転換が図られました。「読む」ということが主体的な行為として認識されるようになりました。作家論・作品論の解体は、それまで文学研究の着地点であった文学史を消滅させました。その結果残ったのは、欲望にまみれた「読み」の垂れ流しだったと言ったら、言い過ぎになるでしょうか。

＊

ここに編集した本の【第一部　講演録】は、二〇一六年十二月四日、私の勤務する東京学芸大学を会場として開催したフォーラムの記録です。まず私が開催趣旨を申し上げ、その一事例として、「洪水神話と『源氏物語』」についてお話ししました。その背景には、最も切実な現代的課題である東日本大震災を経験して、それ以後の文学研究を考えようとする試みがあります。『源氏物語』の須磨・明石の暴風雨を洪水神話から読み解くというのは、文化人類学が蓄積してきた比較神話研究の視点にもとづきます。それと同時に、文学研究の成果から比較神話研究に提言するという意図を持っています。

それを受けて、小峯和明さん、松尾葦江さん、錦仁さんの三人が、それぞれの立場からお話をしてくださいました。三人は私よりやや上の世代に属し、中世文学に基盤を置きながら、説話・軍記・和歌といったように対象とするジャンルが違い、出身大学も勤務大学も重なりがありません。できるだけ異質な研究者に同席していただくことで世界を広げたいと願いながらも、一方では、議論ができる共通の基盤が必要であると考えて、私の一存で人選を行いました。

小峯さんは「東アジア文学研究の未来に向けて――『吉備大臣入唐絵巻』を中心に」と題し、漢字・漢文文化圏という共通基盤を持つ東アジアにおける説話と絵画の交流を、宝誌を事例に話しています。松尾さんは「古態論のさきには――平家物語研究をひらくⅡ」と題し、『平家物語』研究にまつわる「伝説《レガシー》」をまとめ、そこからの脱構築を論じます。錦さんは「和歌の帝国――菅江真澄・林子平・古川古松軒」と題し、和歌研究が取り上げなかった三人の事例から、日本＝和歌の国であることを強調しました。三人の文章は、講演のままの場合もあれば、それを踏まえて書き直した場合もありますが、フォーラムの様子はそのまま伝わっています。

【第二部　海外から見る日本文学】では、二〇一六年十二月のフォーラムに参加された金容儀《キムヨンウイ》さん、李市埈《イシジュン》さんに、セリンジャー・ワイジャンティさんを加えて、三人の文章を収録しました。金さんは民俗学や文化人類学にも通じた研究者で、「東アジア説話研究における『遺老説伝』」では、沖縄の羽衣説話と夜来者説話の王権に関わる対称性を述べます。李さんは『今昔物語集』の研究者で、「韓国における日本古典文学の翻訳」では、翻訳の全体像を示し、日本の古典文学が韓国で広く読まれている状況を述べます。セリンジャーさんは軍記物語の研究者で、「『平家物語』に見られる馬の文学的象徴性」では、名馬をめぐる闘争がそれ以上の戦乱を回避する構造を持つことを論じます。二十一世紀に入って、日本文学研究における外国人研究者の成果には目を見張るものがあり、三人の文章もそれぞれに古典文学の翻訳や研究の方法を示しています。

【第三部　緊急共同討議】は、二〇一六年十二月のフォーラムを受けて、二〇一七年一月二十八日に東京学芸大学を会場として開催したフォーラムの記録です。フォーラムは当初から、講演後のシンポジウムを重視していましたが、十二月には時間がなくなってしまったため、「文学研究に未来はあるか」というテーマを立てて、公開で緊急共同討議を行いました。こうしたテーマの立て方に批判があることは討論の中にも見えますが、それを承知で組んだ討議であり、ご参加くださった三人は、それに対して真摯に応えてくださいました。末尾の資料①から④は、その際に配布したものです。

＊

こうして編集した本について、私たちは次の仕掛けを考えました。高等学校の教室で古典文学を教えている出口久徳さん、中村勝さん、船越亮佑さん、安松拓真さんの力を借りることにしたのです。四人は、大学院の博士課程や修士課程で研究を積み、その後、教育の現場で活躍している若手の研究者であり、教育者です。そのうち三人は、フォーラムに参加していて、その雰囲気を知っているという利点がありました。

具体的には、出て来た校正を分担して読んでもらいました。そして、この語句には注記があった方がいいと思う個所に注記を書き入れる作業を頼みました。さらに、わかりにくい個所については質問を書き入れ、それに対する回答を講演者や執筆者に書き入れてもらいました。そのぶん発行までに時間がかかり、負担も大きくなりましたが、この本を多くの読者に届けるための手立てになったのではないかと考えています。

近年、スマホを携帯するようになって、大学生がすっかり本を読まなくなりました。レポートを書き、さらに卒業論文をまとめる段階になって、やっと論文を読むのが現状でしょう。さらに言えば、研究者の道を歩きはじめた大学院生でも、自分のテーマに即した論文は読んでも、それ以外の時代やジャンルには関心を示さなくなっています。残念ながら博士課程に進めば、それはさらに顕著で、査読付きの論文を通し、学位の取得だけしか見えない感じさえします。

緊急共同討議でも話題になりましたが、大学の研究と現場の教育の距離がずいぶん遠くなっていることがあります。『平家物語』の研究は延慶本が中心になりましたが、教科書では覚一本が使われていることなど、典型的な場合です。そのため、研究者の研究は延慶本で精緻に進められていますが、教育者は覚一本で教材研究を行っていて、同じ『平家物語』を扱いながら、まったくすれ違っています。ここで行った注記の作業が、こうした閉塞的な状況を打開するための糸口になればよいと考えます。

実は、学習指導要領の改訂に伴って、「伝統的な言語文化に関する事項」が設定され、二〇一一年度から小学校の古典教育が始まっています。小学校の教師は英語ばかりでなく、古典文学も教えなければならなくなっているのです。しかし、古典教育が系統的に行われているかと言えば、実に杜撰な状況が見えてきます。新聞にも書きましたが、『枕草子』の「春はあけぼの」は、小・中・高すべての段階で採択されているのです。教科書検定に系統性がないためにそうしたことになるのですが、犠牲者は児童と生徒でしょう。

この本には、そうした古典研究と古典教育の課題が随所に出ています。すぐに効く処方箋が提示されているわけではありませんが、研究者と教育者が認識を共有するためには、十分に役立つところがあるでしょう。「古典編」としてまとめましたが、この本は近代文学に関わる研究者や教育者にも読んでほしいという希望を持っています。個別の論文はとても読む気にならないかもしれませんが、この本は公開のフォーラムを骨子に作られていますので、その中には耳に留まる言葉があるはずです。この本が刺激になって、新たな研究や教育が始まれば、二度にわたるフォーラムを運営し、この本を編集した者としてはこの上ない喜びです。

石井正己

文学研究の窓をあける【目次】

——物語・説話・軍記・和歌

第二部　海外から見る日本文学

第三部　緊急共同討議

第一部　講演録

［開催趣旨］

洪水神話と『源氏物語』

石井正己

一　文学研究を再検討しなければならない理由

東京学芸大学を会場にして、こういったフォーラムを、この十年間に三十回以上開いてまいりました。研究会を組織せずに、学内と学外からプロジェクト推進のための予算を集めて、海外から先生方をお招きして、そのときどきの、最も重要なテーマを立ててきました。(1) 研究会を組織すると、次第に窮屈になって動きが取れなくなりますので、一回ごとに解散してここまで来たわけです。

二〇一一年の東日本大震災から五年が過ぎましたけれども、そこを折り目にして、このフォーラムも加速して、開催の回数が増えたように感じます。(2) 今日は、「文学研究に未来はあるか」という本質的な問いを立ててみました。文学はどのように研究をするかという、方法論的なテーマでは済まない時代を迎えていると思います。こういう問いの立て方は嫌われるのですが、それを承知で掲げてみま

（1）帝国日本が植民地と移民地で行った昔話調査・教科書編纂・博物館事業に関する公開フォーラムを中心に実施し、すべて報告書を発行した。

（2）そのうち、震災に関する公開フォーラムは、石井正己編『震災と語り』『震災と民話』『昔話を語り継ぎたい人に』（いずれも三弥井書店、二〇一二年、二〇一三年、二〇一六年）にまとめた。

した。

昨年、文部科学省から、人文社会科学や教員養成の大学の再編成[3]が求められて、国立大学は頭を痛めています。文学部はその前から風当たりが強く、「文学部無用論」が喧伝され、最も役に立たないのが文学研究だと見なされてきました。その点、東京学芸大学は文学部ではなく、教育学部なので、教育現場が社会と接点になってきました。国語科には小学校課程の選修、中学校・高等学校課程の専攻がありますが、この国から「国語」という教科がなくならなければつぶれないと楽観しています。でも、「国語」を日本語ではなく、英語にすることになれば、危機的な状況に陥るでしょう。

明治時代になってできた「国語」という教科[4]は、国民国家をつくるシステムとして機能してきたことは、間違いのない事実です。ナショナリズムだけでなく、コロニアリズムを視野に入れれば、台湾や朝鮮・南洋群島では「国語」として日本語を教育[5]してきた歴史があります。師範学校の時代まで遡れば、東京学芸大学の「国語」の問題も単純ではありませんが、そうした認識は欠落しています。しかし、文学研究は教育の場を通して次の世代に継承されてきたことも、疑う余地はありません。

思い起こしてみますと、大学生は知らないと思いますけれども、筒井康隆さん

(3) 文部科学省高等教育局「新時代を見据えた国立大学改革」(Adobe PDF) など参照。

(4) 「国語科」の成立については、鈴木二千六『古典教育の史的展開―教育制度から見た古典の教育―』(近代文芸社、一九九四年) を参照。

(5) 植民地では、日本語を母語としない外国人に「国語」として日本語を教える。委任統治領の南洋群島は「国語」と呼んだが、傀儡国家の満洲国は「日本語」と呼ぶ。一方、移民地では、外国で暮らす日本人子弟に故国の言葉である「日本語」を教えることになる。

の『文学部唯野教授』（岩波書店、一九九〇年）がすごく売れた時期がありました。「唯野」という名前は「只の」（なんの意味もないの意）の掛詞になっていて、書名自体が文学部に対する揶揄になっています。すでにこの頃から、行政ではなく、文学仲間の内部告発のようにして、文学部の存在が批判されていたと見ることができそうです。

東日本大震災のとき、この東京も大きく揺れて、文学研究者の多くは委縮してしまったように聞きます。震災の大惨事を前にして、文学研究はどのような役に立つのだろうかという自省が始まったかと思います。実は、私自身はもう三十年以上前から三陸海岸の地域と深く関わってきて、宗教や民俗の研究はそこから始まりました。震災前から、柳田国男[6]の『遠野物語』（私家版、一九一〇年）や『雪国の春』（岡書院、一九二八年）にある津波と復興[7]の話をしていました。東北の被災地は私自身の研究の出発点ですから、震災後も福島・宮城・岩手で講演を続けています。

これからお話しします「洪水神話と『源氏物語』」についても、今年の六月、

(6) 民俗学者（一八七五～一九六二）。

(7) 『遠野物語』の九九話には、明治三陸大津波で亡くなった妻と再会する話がある。『雪国の春』の「豆手帖から」には、明治三陸大津波から二十五年後の復興の状況が書かれている。その意味は、石井正己『柳田国男　遠野物語』（NHK出版、二〇一六年）など参照。

釜石市立図書館でお話ししたことがあります。釜石にはあと五年通って、未来が見えるところまでお話ししたいと思っています。実は、あの年の三月下旬、井上ひさし(8)一周忌の追悼講演を釜石と大槌《おおつち》で行う予定がありました。それが震災で中止になり、その後、釜石では毎年講演をしていますけれども、大槌ではまだできていません。そんなことがあって、私の中では、震災復興の現場と文学研究は抜き差しならない関係があります。

もちろん、震災後、文学研究者が向き合わなかったわけではなく、いくつかの成果が出ています。しかし、まもなくは活気がありましたけれども、一過性で終わって、持続力が失われています。一方、この間、文学研究は専門化が進み、論文や研究書もたくさん生まれていますが、むしろ細分化が進んでいる状況に見えます。古典文学と近代文学ばかりでなく、ジャンルや作家に分かれ、さらに『源氏物語』の研究や夏目漱石の研究のように、作品論や作家論に特化する研究が盛んです。専門化が進みすぎたからでしょうか、専門分野の外に出て、現実の問題に関心をもつということが希薄になっているように思われます。

昨日も懇親会の席で、半ば冗談、半ば真面目にお話ししたのですが、「あなたの専門は何ですか」と聞かれることが一番困るのです。こういったフォーラムを進めていくと、どんどん自分の居場所がなくなっていきます。現在多くの学会が

(8) 劇作家・小説家(一九三四～二〇一〇)。井上ひさしと震災の関係については、石井正己編『復興を支える民話の力』(東京学芸大学、二〇一七年)参照。

専門分野ごとに設立されていますから、私は専門分野を一つに決めないという立場ですので、どれを選んで所属したらよいか居場所を決めかねてしまいます。しかし、よく考えてみると、私たちの立ち向かうべき問題は、文学研究ばかりでなく、民俗学・宗教学・文化人類学・教育学でも、従来の枠組みでは収まりきれなくなっています。

そういう意味では、私は文学研究の中で育てられましたが、文学研究を外から見る機会を意識的に持ってきたところがあります。そうした状況の中で、今、文学研究と正面から向き合ってみようと考え、このフォーラムでは初めてテーマに取り上げました。しかし、一方で、「学会が栄えて、学問が滅びる」ということも言われています。私自身はあまり学会との付き合いはせず、この二十年は出版や新聞・ラジオ・テレビとの関係を深めてきました。文学研究が社会とつながるには、そうしたメディアの方が遥かに有効だと考えるからに他なりません。

二　津波の知識――「高潮といふものになむ、取りあへず人損はるる」

今日、具体的な話題として取り上げるのは、「洪水神話と『源氏物語』」です。有名な須磨と明石の巻で、光源氏は右大臣の娘の朧月夜との密通が発覚して、自ら摂津国の須磨へ流れていき、やがて暴風雨に遭って、播磨国の明石へ移動します。

移動の契機となった暴風雨についてはたくさんの研究があり、近年で言えば、松岡智之さんの「海宮遊行神話と明石物語」（『国語と国文学』第九一巻第一一号、二〇一四年）、同「須磨の嵐――海宮遊行神話と住吉神」（『文学』第一六巻第一号、二〇一五年）が一つの達成でしょうか。しかし、どうも洪水神話との関係は言ってくれません。でも、私から見ると、あの暴風雨の根源は、洪水神話から読んだ方が遥かによくわかります。

例えば、石川栄吉ほか編『文化人類学事典』（弘文堂、一九八七年）を見ますと、「世界が洪水によって蔽われ、人類や他の生物などが滅ぼされるという洪水神話は、世界の終末を語る終末論的神話（eschatologic myth）の中で最も知られたものである。それは、洪水後の世界の再創造を語ることで、創造神話（宇宙起源神話）の一種であり、また洪水に生き残った者が再生した世界の住民の始祖になることがある場合、世界の存在を前提とした人類起源神話を含んでいる」とあります。洪水神話は、時に始祖伝承になります。

こうした記述を参考にすれば、暴風雨に遭って、光源氏がこの世も終わりだと思うのは終末観[9]と言っていいでしょう。さらに、光源氏が都に帰って昇進するのは、新たな始祖になることではないかと思います。わが子冷泉帝が即位し、養女

（9）宮田登『終末観の民俗学』（弘文堂、一九八七年）が、災害と終末観の関係について述べている。

斎宮女御（後の秋好中宮）が入内して、准太上天皇に昇りつめ、もう一つの宮廷に当たる「生ける仏の御国」六条院を創設します。光源氏の人生をリセットするように、須磨から明石へ移動する暴雨風があるわけですが、それは洪水神話の現実的な変形と見ることができます。

ところで、具体的に須磨の巻を見てみますと、軟障《ぜじょう》を引き廻らして、摂津国に通う陰陽師を呼んで、上巳《じょうし》の祓《はら》い(10)を行います。「禊」とか「祓」という言葉が出てきますし、舟には人物大の「人形《ひとがた》」を乗せて流します。光源氏は次のような歌を詠みます。

知らざりし大海の原に流れ来てひとかたにやはものは悲しき

この歌は、「あの人形ではないが、知らなかった大海原を流れて、この須磨まで来て、一通りにはもの悲しく思っていない」という意味です。自分自身を罪を償うために流される人形に見立てています。でも、でも一方では、光源氏は次のような歌も詠みます。

八百よろづ神もあはれと思ふらむ犯せる罪のそれとなければ

この歌は、「八百万の神も私を気の毒に思っているだろう。私には犯した罪は

(10) 旧暦三月の初めの巳《み》の日に、人形《ひとがた》を川や海に流し、その穢れを除く行事。流し雛を経て、雛祭りの起源とされる。

それといってないのだから」という意味です。光源氏は冤罪であると神々に訴えるのです。

この歌に反応するかのように、突然風が吹き、空も真っ暗になって、肱笠雨《ひじかさあめ》と呼ぶようなにわか雨が降ってきます。さらに波が立ち、稲妻が走り、雷鳴がきらめく中で、人々は「かくて世は尽きぬるにや」（これで世は終わったのだろうか）と心細く思いますが、光源氏は静かに経を読んでいます。人々の思いは終末観と呼んでいいでしょう。

やがて日が暮れると、雷が止み、風だけが吹きます。供人が「多く立てつる願の力なるべし」（数多く立てた祈願のお陰だろう）、「いましばしかくあらば、波に引かれて入りぬべかりけり」（もう少しこうしていたら、波に引き込まれて海に入ってしまったにちがいなかった）、「高潮といふものになむ、取りあへず人損はるるとは聞けど、いとかかることはまだ知らず」（高潮というものに、あっと言う間に人がやられるとは聞くが、ほんとうにこのようなことはまだ知らない）と言い合っています。

「高潮」は現在のように潮位が上るというのとは違い、諸注釈には「津波」とする注記が見えます。「津波」という言葉は新しく、十七世紀の初め、江戸時代にならないと文献には現れません。[11]「高潮といいふもの」と説明的な言い方をしているのは、貴族にはわかりにくかったからにちがいありません。津波があっとい

（11）『駿府記』に見える、慶長一六年（一六一一）の「津波」が初出とされる。岩本由輝編『歴史としての東日本大震災—口碑伝承をおろそかにするなかれ—』（刀水書房、二〇一一年）を参照。

う間に人々の命を奪うということは聞いているが、こんな経験はしたことがなかったのです。

都の人々にも、津波の恐怖は言い伝えとして耳に入っていたことがわかります。今日、後半で講演してくださる錦仁さんが、かつて『百人一首のなぞ』（学燈社、二〇〇七年）を出されました。その中で、河野幸夫さんが「歌枕「末の松山」と海底考古学」という文章を書いて、清原元輔(12)の「契りきなかたみに袖をしぼりつつ末の松山波越さじとは」の、末の松山は波が越えないということを問題にしています。東日本大震災の前です。

私は震災後、宮城県多賀城市へ講演に行きましたけれども、歌枕の地とされる末の松山は、東日本大震災でも浸水していませんでした。それはかつての出来事でもありました。河野さんは、貞観十一年（八六九）の地震・津波の経験がやがて『古今集』に入り(13)、『百人一首』の清原元輔の歌に流れていったと見るのです。末の松山は波が越えないというのは、本来、末の松山へ逃げれば波が越えなかったという経験を伝えるものであり、末の松山は避難所として機能したのだろうと思います。しかし、平安京まで来るとそのリアリティーが失われ、浮気をしないという恋の比喩になっていったのでしょう。でも、貴族たちは「高潮といふものになむ、取りあへず人損はるる」という噂は聞いていたのです。けれども、こ

(12) 平安中期の歌人（九〇八～九九〇）。清少納言の父。

(13) 東歌の陸奥歌にある、「君をおきてあだし心を我が持たば末の松山波も越えなむ」を指す。257頁参照。

んな暴風雨は「いとかかることはまだ知らず」という経験を超える出来事だったのです。

やがて、光源氏は夢の中に誰ともわからぬ人が現れて、「など、宮より召しあるには参りたまはぬ」（どうして、宮からお呼びがあるのに対しては参上なさらないのか）と言って、あちこち捜し廻っていると見て、はっと目覚めます。その結果、光源氏は「さは海の中の竜王の、いたくものめでするものにて、見入れたるなりけり」（それでは海の中の竜王がひどくものめでするもので、私を見込んだのだった）と認識するのです。ここに龍神、さらには住吉信仰(14)の問題が漠然と出てきます。

三　終末観と須磨脱出――「かくしつつ世は尽きぬべきにや」

続く明石の巻は連続していて、なお雨風が止まず、雷鳴も静まらず、幾日かになります。光源氏は気強くいられず、心が揺らぎます。「いかにせまし、かかりとて都に帰らんことも、まだ世に赦《ゆる》されもなくては、人笑はれなることこそまさらめ、なほこれより深き山をもとめてや跡絶えなまし」（どのようにしようか、こうしたことがあるからということで都に帰るようなことも、まだ帝に許されることもなくては、世間の物笑いになることがまさるだろう、やはりここよりも深い山を探して跡をくらましてしまおうか）と思います。

(14) 公開安全の神として信仰され、摂津国の住吉大社（今の大阪市）を総本社とする。明石一族はこれを深く信仰し、将来に期待を寄せた。

光源氏は、帝の許しがなくても都へ帰るか、さらに深い山へ行くかと迷ったのです。深い山を探して失踪するというのは、俗世を捨てて出家することを考えたのでしょうが、その前提には海岸にいることの危険性があったにちがいありません。後の世までの浮き名を流すことになるのではないかと思っていると、また夢に同じようなものが現れてつきまとい、日数が重なります。都の様子を気にかけながらも、「かくながら身をはふらかしつるにや」（このまま身を滅ぼしてしまうのであろうか）という破滅の意識が芽生えます。

その後、都の紫の上からの使者が雨を押してやってきます。その使者が「京にも、この雨風、いとあやしき物のさとしなりとて、仁王会など行はるべしとなむ聞こえはべりし。内裏《うち》に参りたまふ上達部なども、すべて道閉ぢて、政《まつりごと》も絶えてなむはべる」（都においても、この雨風は本当に不思議なもののさとしであるというので、国家鎮護の仁王会などを行いなさるだろうと噂が広まっていました。内裏に参りなさる上達部なども、すべて道が壊れて、政治が中断しています）と知らせます。

光源氏が使者を呼んで直接尋ねると、使者は「いとかく地の底徹るばかりの氷《ひ》降り、雷《いかづち》の静まらぬことははべらざりき」（まったくこのように地の底まで通るほどの雹が降り、雷が静まらないことはありませんでした）などと話します。光源氏は「かくしつつ世は尽きぬべきにや」（このようにしながらこの世は終わってしまうのだろうか）

と思います。光源氏は身の破滅に続いて、この世の滅亡を感じるのですが、先に周囲の人々が「かくて世は尽きぬるにや」と思ったことの繰り返しです。光源氏もまた終末観に陥るのです。

風がひどく吹き、潮が高くなり、波の音が荒くなり、従者は「我はいかなる罪を犯してかく悲しき目を見るらむ」（私はどんな罪を犯して、このように辛い目に遭うのだろう）と言います。光源氏はいろいろな幣帛《へいはく》を捧げて、「住吉の神、近き境を鎮め護りたまふ。まことに迹《あと》を垂れたまふ神ならば助けたまへ」（住吉の神よ、あなたはこの近い辺りを鎮め護っていらっしゃる。まことに仏が垂迹《すいじゃく》なさった神ならばお助けください）と願を立てます。「助けたまへ」は説話集によく見られる祈願の定型句(15)で、そうした決まり文句がここに出てくるのです。

それを受けて、お供の者たちは「身に代へてこの御身ひとつを救ひたてまつらむ」（我が身に代えて、光源氏の御身一つをお守り申し上げたい）と思って、声を合わせて仏神に祈ります。お供の者たちの中に自己犠牲の心が生まれ、光源氏主従が心を一つにしていくのです。お供の者たちは「命尽きなんとするは、前《さき》の世の報いか、この世の犯しかと、神仏明らかにましまさば、この愁へやすめたまへ」（命が終わろうとするのは、前世の報いなのか、この世の犯しなのか、神仏が照覧なさるならば、この悲嘆をなくしてください）と住吉の社に願を立てます。海の中の竜王をはじめ、

(15)「○○助けたまへ」は説話集に頻繁に見られる。石井正己「『一言芳談』にみる祈念の言説」（『面』第五号、二〇〇二年）参照。

あらゆる神に願を立てると、雷が廊に落ちて焼けます。落雷で火災が起きるというのは『北野天神縁起絵巻』[16]と通底しています。

しかし、次第に風が収まり、雨脚が静かになり、星の光も見えます。「月さし出でて、潮の近く満ち来ける跡もあらはに」（月が出て来て、潮が御座所の近くまで満ちて来た跡もありありと見え）とあります。これは津波ではありませんけれども、高潮がやって来て、そこにラインがはっきりできるのです。東日本大震災の場合もそうですけれども、津波線[17]から下はすべてが失われ、津波線から上は日常がそのまま残り、くっきりと明暗を分けます。この場合は高潮ですけれども、「跡」というのはそういう境界のラインを示すと考えていいでしょう。

須磨の漁師も集まってきますが、光源氏は追い払いません。光源氏の周囲にお供の者がいて、さらに須磨の漁師も来て、災害の中で身分を超えて絆を深めていく様子が見られます。漁師が「この風いましばし止まざりしかば、潮上りて残る所なからまし。神の助けはおろかならざりけり」（この風がもうしばらく止まなかったら、潮が上ってきて、すべて持って行かれただろうに。でも、実際にはそこまではならなかったのだから、神の助けはいい加減なものではなかったのだ）と言うのを光源氏は聞き、次のような歌を詠みます。

（16）太宰府に左遷されて亡くなった菅原道真（八四五～九〇三）の霊を祀る京都の北野天満宮の創建の由来と、その霊験譚を集めた絵巻。

（17）浸水線ともいう。石井正己・川島秀一編、山口弥一郎著『津浪と村』（三弥井書店、二〇一一年）参照。

海にます神のたすけにかからずは潮のやほあひにさすらへなまし

この歌は、「海にいらっしゃる神の助けにかからなかったら、潮が八重に集まる場所に漂流しただろうに。でも、そうならずにすんだのは、神のご加護にちがいない」という意味です。やがて澪標の巻には、光源氏の住吉への願果たしの参詣が見られます。

さらに、避難した光源氏の夢に亡き父桐壺院が現れて、「住吉の神の導きたまふままに、はや舟出してこの浦を去りね」（住吉の神がお導きになるのに従って、早く舟を出して、この須磨の浦を去ってしまえ）と命じます。光源氏はそれに対して、「今はこの渚に身を棄ててはべりなまし」（今はこの須磨の渚で身を捨ててしまいましょうか）と答えます。洪水神話の中には、例えば、『旧約聖書』[18]創世記に、ヤハウェが、ノアに方舟《はこぶね》を作ってたくさんの動物をつがいで入れて脱出させるという一条が見えます。舟に乗って洪水から逃れるというモチーフは、ここにも影を落としていると見られます。

桐壺院は、「これはちょっとしたものの報いである。私は位にあったときに過失はなかったが、自然と犯した罪があった。罪を償う暇もなく、俗世を顧みなかったが、あなたがつらい目に遭うのを見て耐えがたくて、海に入り、渚に上り、

（18）ユダヤ教の聖典で、後にキリスト教が取り入れ、『新訳聖書』と区別して呼ぶ。天地創造からイエス・キリストが生まれる前までのイスラエルの歴史を扱う。

ここまで来た。ひどく疲れたが、内裏に申し上げねばならないことがあるので、急いで都へ上る」と話します。後のところに、兄の朱雀帝が階《きざはし》に立つ父桐壺院と目と目があって眼病を患うという場面が見えます。もうだめだと思ったところに、桐壺院の霊までが現れて光源氏を救済するのです。

すると、渚に小舟を漕ぎ寄せて、二、三人が光源氏の御宿を目ざします。明石の入道が舟を仕立てて迎えに来た場面です。明石の入道は「三月上旬に見た夢で、異様なものが告げ知らすることがあった」と言います。光源氏も同じように夢のお告げを受けているのは、説話で言えば、二人同夢(19)のモチーフです。その夢は、「十三日にあらたかな霊験を見せよう。舟を支度して、必ず、雨風が止んだらこの須磨の浦に漕ぎ寄せよ」という内容でした。

明石の入道が舟を出したところ、「あやしき風が細う吹きて、この浦に着きはべりつること、誠に神のしるべ違はずなん」(不思議な風が細く吹いて、須磨の浦に着きましたことは、誠に神の導きに偽りはないことです)と説明します。明石の浦から須磨の浦まで細い通路ができ、順風が吹いて舟が走ったのです。『旧約聖書』出エジプト記にも海が割れて、そこを通っていくというモチーフがあり、これも関係するのでしょう。「はや舟出してこの浦を去りね」という桐壺院の指示もあり、光源氏は明石へ移ります。

(19) 二人の人が同じ夢を見て、その通りになるという話で、『今昔物語集』、『平家物語』、昔話の「お月お星」などに見える。

光源氏は「まことに神の助けにもあらむを背くものならば、またこれよりまさりて、人笑はれなる目をや見む」(本当に神の助けでもあるのに、それに背くものなら、入道に従って明石に移る以上に、人から笑われることになるだろうか)などと思って、迎えの舟に親しい者四、五人だけを連れて乗りました。舟に乗った四、五人というのは選ばれた者です。また同じような風が吹いて、明石の浦にあっという間に着きます。ノアの方舟のように、動物をつがいにして乗せることはありませんが、小舟に乗った者だけが脱出して生き残るというモチーフは、ここにも影を落としているように思われます。

四 洪水神話の痕跡と古典文学の伝統

須磨から明石への移動を果たした暴雨風について、文化人類学の神話研究が残した洪水神話の視点から読んでみました。しかし、文学作品の中からも須磨の浦の暴風雨という現象について考察する可能性はあるのではないかと考えられます。先回りして言えば、この須磨や明石の辺りでは繰り返し暴雨風が起こると語り継がれてきたらしいのです。

例えば、『竹取物語』の五人の貴公子の中に大伴御行《おおとものみゆき》という人がいます。彼は龍《たつ》の頸《くび》にある玉を取りに家来を行かせますが、家来は何もしないので、音沙汰がありません。御行自らが難波から船に乗って出かけます。大伴氏は武人の家だということがあるのでしょう、「わが弓の力は、龍あらば、ふと射殺して、頸の玉は取りてむ」（私の弓の力では、龍がいたら、さっと射殺して、頸の玉を取ってしまおう）と言って船に乗り、筑紫の方角へ向かいます。難波を船出して、瀬戸内海へ進むのです。

ところが、疾風が吹いて、船を吹き廻し、波は船に打ちかかって巻き入れ、雷《かみ》が落ちかかるようにひらめきます。舵取は「御船海の底に入らずは、雷落ちかかりぬべし。もし、幸《さいはひ》に神の助けあらば、南海に吹かれおはしぬべし」（お船が海の底に沈没しないなら、上からきっと雷が落ちかかるだろう。万一、幸いに神の助けがあるなら、きっと南海に吹かれて漂着なさるだろう）などと言います。

さらに舵取は「風吹き、浪激しけれども、雷《かみ》さへ頂《いただき》に落ちかかるやうなるは、龍を殺さむと求めたまへばあるなり。疾風《はやて》も、龍の吹かするなり。はや、神に祈りたまへ」（風が吹き、浪が激しいが、雷までが頭の上に落ちかかるようなのは、龍を殺そうと捜していらっしゃるからそうなるのだ。疾風も龍が吹かせるのだ。はやく神にお祈りください）と指示します。御行が祈ると雷は止みますが、風が早く吹き、船は明石の浦に漂着します。舵取は「この吹く風は、よき方の風なり」（この吹いてきた風は、よい方角へ吹く風だ）と言います。

神のご加護に縋って祈ると、よい風が吹いてきて明石の浦に着くというのは、光源氏の場合と同じです。御行の乗った船が風や浪に襲われた場所は、必ずしもはっきりしませんが、難波と明石の間と考えれば、須磨の沖合であることは十分に想像されます。こうして光源氏の先蹤に大伴御行を置いてみるのは、そう的外れにはならないでしょう。そして、大伴御行・かぐや姫・龍神・舵取の関係は、光源氏・明石の君・住吉の神・明石の入道の関係になぞらえることができるでしょう。ただし、大伴御行はかぐや姫との結婚に失敗しますが、光源氏は明石の君と結婚するという点で、大きく異なります。

他にも資料を見てみると、龍神や住吉の神は大阪湾の一帯を支配し、特に暴風雨が起こりやすいところだと考えられていたのではないかという気がします。『平家物語』の巻第一二では、壇の浦で平家が滅亡した後、例の『方丈記』にも出てくる大地震が起こって、都が壊滅状態になります。その後、「判官都落」では、判官源義経が大物の浦から船を出しますが、西の風が吹き、明石の浦ではなく住吉の浦に漂着します。これは平家の怨霊のためだと解釈しています。

同じことは、『義経記』巻第四の「義経都落の事」にも見えます。判官源義経は船に乗って四国を目ざして船出しますが、強風が吹いて帆柱が折れ、摂津国の蘆屋《あしや》の里に漂着します。『義経記』は平家の怨霊とするよりも、住吉の神のご加護によることが強調されています。住吉の神のご加護という点では、『源氏物語』に通底します。

こうして見てくると、『竹取物語』から『源氏物語』へ、さらに『平家物語』『義経記』へと、暴雨風の伝承がずっと継承されていることが見えてきます。その根底にあるのは洪水神話ではないかというのが今日の提案です。『平家物語』は歴史に関連して読みたがる癖がありますので、実際に起きたことを重視します。しかし、平家が滅亡した後地震が起き、都落ちした義経が漂着し、やがて源頼朝の時代になります。そのときに、地震や漂流が時代の転換点になることは、単なる歴史の問題ではなく、物語の構造や主題として認識する必要があると思います。『源氏物語』の研究では、明石の巻について、山幸彦が海神の娘豊玉姫と結婚して鵜《う》葺《が》草《や》葺不合命《ふきあえずのみこと》を産むことが先例であると考えられています。光源氏が山幸彦、海神が明石の入道、豊玉姫が明石の君、鵜葺草葺不合命が明石の姫君になぞらえられます。紫の上が玉依姫にあたるというのも、玉依姫が鵜葺草葺不合命を養育することからすれば、紫の上が明石の姫君を養育するのもよく納得されます。ただそこに行く前に、もう一つ洪水神話を置いてみる必要があると思うのです。洪水神話と豊玉姫神話が『源氏物語』の須磨から明石への移動の背景にあって、そこから生まれてくると思います。私にとっては、文化人類学者が言う洪水神話と『源氏物語』とはそんなに遠いものではありません。

J・G・フレイザー[20]は『洪水伝説』（星野徹訳、国文社、一九七三年）で、世界の洪水神話を比較して、「概して、いくつかの洪水伝説が、そしておそらくは多くのそうした伝説が、豪雨の結果であれ、地震による高波の結果であれ、またその他の原因によるものであれ、現実に起こった洪水の誇張された報告にすぎないと考えることには、相当な理由があるように思われる。すべてそのような伝承は、幾らかは伝説的であり、幾らかは神話的である」などと述べています。

東アジアは、世界でも洪水神話がとてもよく残った地域ですが、日本にはそれがない[21]と言われています。伊弉諾尊・伊弉冉尊の国産みの神話は、洪水神話の兄妹婚の痕跡ではないかと見たり、うつぼ舟型の物語は洪水神話の断片ではないかと見たりします。さらに踏み込むと危ないのかもしれませんが、須磨・明石の一帯には失われた洪水神話が変形されつつ残存したのではないかと思うのです。文化人類学者は物語文学や軍記物語を資料にしませんから、ないと言ってしまいますが、どうも違うのではないかと思います。

光源氏は須磨の破壊と明石の再生を通して、新たな世を築いていきます。その時に、豊玉姫神話ばかりでなく、その前提に洪水神話を置いてみることによって初めて見えてくることがあると思います。それによって、『源氏物語』を日本文

(20) イギリスの社会人類学者（一八五四～一九四一）。

(21) 佐々木喜善（一八八六～一九三三）は柳田国男と三陸海岸を旅して、「注意すべきことには東奥三陸の海岸にはずうっと大海嘯《おほつなみ》の伝説が古代の大洪水伝説の形式で残つてゐることである」（「辺土の浜4　臼の口碑」『岩手毎日新聞』一九二〇年九月二九日）と指摘した。

学史から解放して、人類史の中に置いて考える契機が生まれます。『源氏物語』を世界文学として見ようとするならば、翻訳の問題だけでなく、そうした視点が必要な時代を迎えています。

振り返ってみますと、一九八〇年代、文学研究は文化人類学の影響[22]を強く受けましたし、一九九〇年代になると、社会学の影響[23]を受けるようになりました。それぞれの時代に生まれた理論を使って、盛んに文学作品を読み解きました。学問の交流は重要ですが、それを重ねるうちに文学研究はアイデンティティーを喪失し、むしろ保守化してきたように見えます。しかし、二十一世紀に入って、文学研究のみならず、文化人類学も社会学も学問の転換を迫られています。そうした状況にあって、文学研究から積極的に発信していくことが必要です。

私自身は、文学研究の風潮に抗するかのように、古典文学も近代文学も見てきましたので、そこに境界線はありません。民俗学のみならず、文化人類学・歴史学・宗教学・教育学にも深い関心を寄せてきました。そのうちに、専門がどこにあるのかわからなくなって、今日はこんな話をしているわけです。この文学研究にどうやって命を注ぎ込んでいくのかという点では、必ずしも答えが出ているわけではありませんが、今の細分化した文学研究から再構築できないことは確かです。こういうことを言うと嫌われて、スケープゴートにされるのですけれども、

(22) トリックスター、中心と周縁などの概念を提示した山口昌男（一九三一～二〇一三）が、その典型。石井正己「山口昌男のいた時代」(『時の扉』第二九号、二〇一三年）を参照。

(23) オーストリア生まれの思想家I・イリイチ（一九二六～二〇〇二）の『ジェンダー——女と男の世界——』(岩波書店、一九八四年）などが、社会学を通して受容された。

もう誰かがはっきり言わなければなりません。前座はこのくらいにして、講師の皆様の講演に移りましょう。

（二〇一六年一二月四日）

東アジア文学研究の未来に向けて

――『吉備大臣入唐絵巻』を中心に

小峯和明

一　東アジアの文学圏

イメージ・マップから

ご紹介いただきました小峯です。

今日は「東アジア文学研究の未来に向けて」という大きいタイトルを付けましたが、先ず、古典の研究の前提に地図のイメージ・マップが重要な意味を持っていて、普通の日本列島の地図ではなくて、逆さに見る地図、網野善彦さん辺りがはやらせたと思いますが、やはりこの逆さの向きで常にイメージするべきだろうと考えます。そうすると、日本海が、韓国では日本海とは絶対に言わずに東海（トンヘ）というわけですけれども、内海に見えてきますね。ふだん見慣れているのは太平洋側から見ているわけで、古い日本図の行基図もそうですが、むしろ日

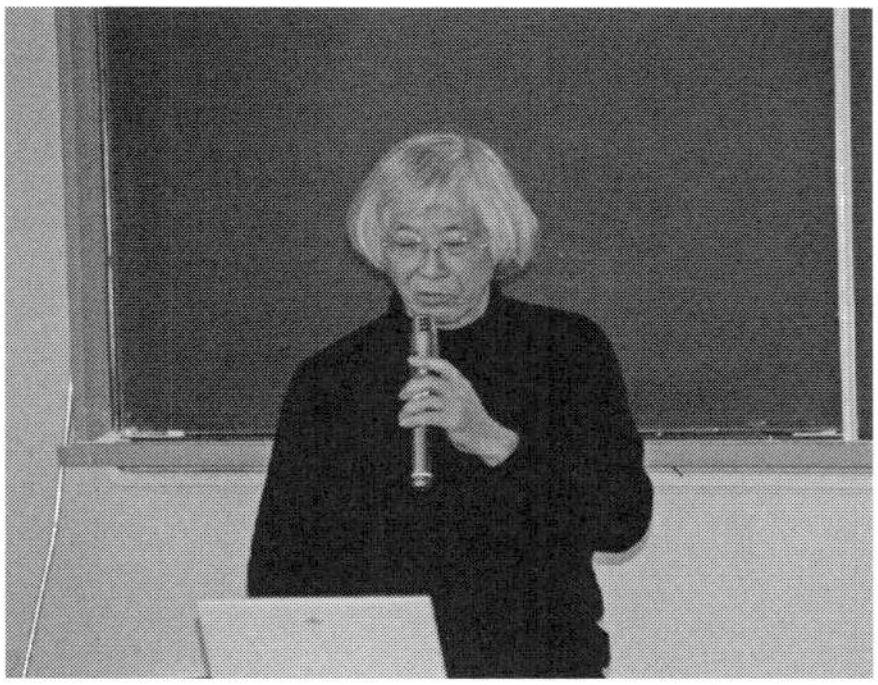

本海側から見る地図のイメージの方が前近代の歴史文化を考える場合には適していると思います。北のアムール川流域とサハリンから蝦夷（北海道）がつながり、それから朝鮮半島―対馬―博多のルート、さらに南の琉球列島と薩摩がつながるのがよく分かります。これらの交流の関係は、時代を超えていつの時代でもありました。江戸時代は鎖国と言われてましたけれども、これらのルートは変わらずずっと続いていたわけで、こういう視点から日本や東アジアの文学や文化の世界は考えるべきだろうと思います。

同じように日本海側から見る日本図の古い例は、黒田日出男さんの本（『龍の棲む日本』岩波新書、二〇〇三年）で有名になった、十四世紀初め、中世の鎌倉時代末期に作られた、称名寺・金沢文庫に残された地図があります。残念ながら西日本の半分しか残っていませんけれども、その周囲を守護神としての龍が取り巻いている。その外側に「雨見」（奄美）、「龍及」（琉球）や唐土、蒙古、高麗、新羅などが見え、古代の国と現在の国とが混在していますが、さらには現在のスリラン

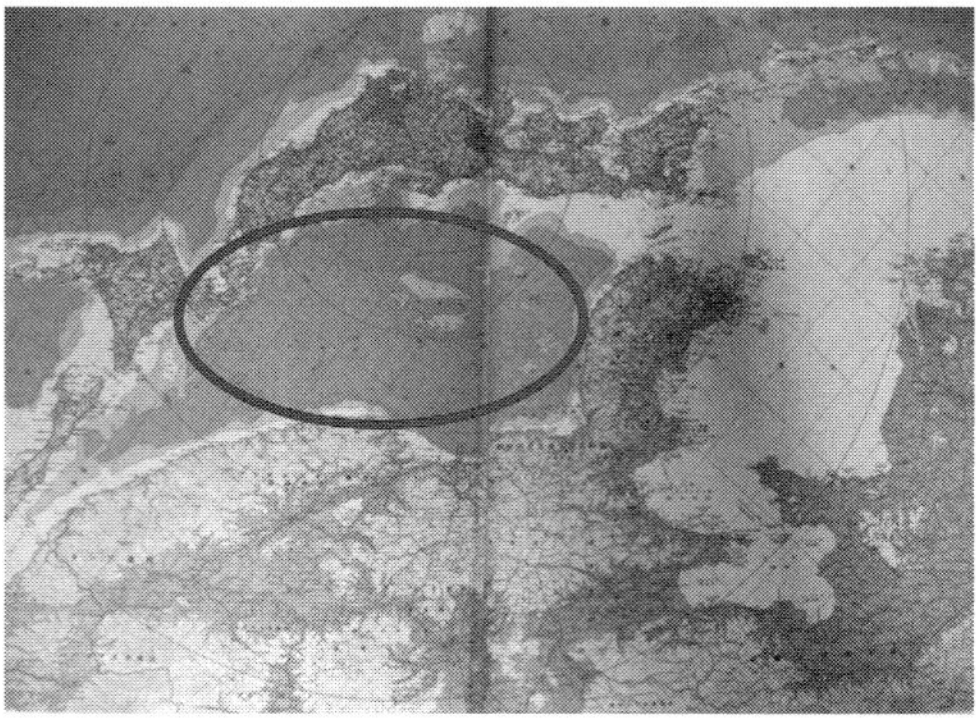

日本列島を逆さに見ると？　日本海（東海）が内海に見える！（網野善彦『日本とは何か』講談社より転載）

カ（羅刹国）まで描かれていて、おのずと日本を中心とする世界図になっています。おそらく東日本側の津軽海峡辺りで龍の頭が尻尾をくわえていたに違いないのですが、残念ながら残っていません。時代ごとのイメージ・マップをどう描くか、常に検証しておく必要があると思います。

日本文学とトランス・アジア

それで、問題の立て方としては、今の日本の国文学会の多くが相変わらず内向きの状態がまだ続いていて、これをいかに外向きに開いていくか、が切実な課題としてあります。今回のこの石井さんの企画も、その一環としてあると思いますけれども、大げさに言えば、研究の鎖国状態からいかに脱却するかということですね。かつての、日本人による日本人のための日本語の文学、その研究と教育のままでよいのか、そのままではあまりにローカル過ぎるのではという問題です。

そこから脱却する方策としてヒントになるのが、三年前にニューヨークのコロンビア大学のシラネ・ハルオさんと対談[1]したときに、彼が最初に言った言葉で非常に印象に残っているのは、日本語で「日本文学」と言うと見えないけれども、これを英語で言うと、「Japanese literature」で、それをまたもう一度日本語に訳し直すと、三通りの解釈ができる。第一は日本人。Japanese には日本人という意味がある。第二は日本語という意味がある。そして第三には、広く日本に関するとか、日本について、という意味がある。ということで、三様の解釈ができる。そうなると、第一の「日本人の文学」だったら、日本人でさえあれば別に外国語で書いてもよい。第二の「日本語の文学」だったら、外国の人が日本語で書いてもよい。第三の「日本についての文学」だったら、もう言語も人も何でもいいことになって、かなり日本文学の領域を広げて考えることができるのではないか、という提言です。「日本文学」をひろげて考えようとする立場からみると、きわめて示唆深い提言で、おおいに共感をおぼえ、啓発されます。

特にそこで話題になりましたのは、「トランス・アジア」(Trans Asia)という言葉で、要するにアジアの国家間を超えていろいろつながりを持っていこう、ということですね。この方面の研究で言うと、伝統的なものとしては和漢比較文学研究がありまして、学会もあって活動していますけれども、それはほとんど一対一対応の日中比較の、中国の古典を日本がいかに受け入れたか、という一方通行

(1) 二〇一三年七月十五日、岩波書店にて。「《対談》日本文学研究の百年」と題され、雑誌『文学』第一四巻・第六号(二〇一三年十一・十二月号)に所収。

の受容論に終始している。中国古典はもちろん重要な意味を持っているわけですけれども、もう一つ大事なのは、間の朝鮮半島だろうと思います。この朝鮮半島に対する視野が、今まで決定的に欠落していた。欠落というか、無視というか、あるいは無意識のうちの排除といってよく、これが非常に長らく続いていたのではないか。そこから見直していく必要があるだろうと考えております。そうなると、中国と朝鮮半島と日本、さらにはこのあとふれます「漢字・漢文文化圏」にまで広げれば、ベトナムも視野に入ってくるわけです。

もう一つ、日本においては沖縄の問題がありますね。前近代は琉球王国でした。琉球文学や文化は、いわゆる日本とは違う歴史文化をたどってきましたので、それをどう扱うかという問題にもなってくる。この方面の研究は、中国でも関心が集まってきていますが、「域外文学」という言い方がされています。「域外」という言葉にやはり中華思想的な意識がうかがえるので、私はあまりこの言葉は使うべきではないと思っています。

漢字・漢文文化圏と訓読

特にこういう東アジア方面で関心を呼んだのが、金文京さんの『漢文と東アジア　訓読の文化圏』（岩波新書、二〇一〇年）という本で、かつては漢文訓読が日本の専売特許のように言われていましたけれども、これは朝鮮半島でもそうですし、ベトナムでもそうで、周辺の東アジアは皆この訓読をやって漢文を自分のものにしてきた歴史があります。そうした訓読の意義を東アジア・レベルから明らかにしたもので、今日、訓読論が注目されている動きとも対応しています。

このように東アジアに視野を広げていくと、共有の文化圏の根拠はやはり漢字・漢文を使っていることにもとめられます。しかも、漢字・漢文だけではなくて、後の時代になると、漢字を排除したり、漢字を元に別の文字を作り直したり、全く新しい文字を作る動きが出てくる。東アジアの地政学[2]がかかわりますが、日本が比較的早くて、十世紀には仮名が使われた文学が出てくるようになる。それから、十三世紀にはベトナムのチュノム（喃字）[3]という、これは梵語の音写から来ている文字ですけれども、漢字の部首をあらたに組み合わせたような文字が使われる。それから、十五世紀には朝鮮のハングル[4]、というようにして、漢字から離れていく動きが出てきます。

これには当時の政治情勢や権力闘争やイデオロギーやアイデンティティーの問題が複雑にからみますが、いずれにしても「漢字・漢文文化圏」といってよい文化環境のもとにあった。今日、ハングルやアルファベットの文字が主流になった韓国やベトナムでも、話し言葉のなかに漢語はたくさん生きています。それだけ

（2）主として風土・環境などの地理的な面から、国家や地域の政策を考察し、その影響関係を研究する学問。

（3）ベトナム語を表記するために漢字の要素を組み合わせて作られた文字。十三世紀から数世紀の間、盛んに用いられた。

（4）朝鮮固有の文字。朝鮮王朝第四代の世宗の時代に創製、一四四六年に「訓民正音」（民に教える正しい音）として公布された。

長い歴史文化の厚味があるということでしょう。あるいは、漢字とハングルや喃字とをそれぞれ混ぜて文章に使っていた時代もあります。ですから、この〈漢〉と〈和〉という問題は、日本だけではないということです。

この〈漢〉と〈和〉という問題を広げて見ていく場合、その鍵になるのは、私は日本語しかできないので、いつも外国に行くと困っているんですが、この訓読という力技ですね。訓読といっても要するに一種の翻訳ですけれども、この訓読という技によって、朝鮮のものやベトナムのものまでも、外国語として学ばずとも、訓読の読み下しという形で日本語として読み変えることができるのですね。これは実に便利な方策で、昔から外国語が苦手な者にとっては、誠にありがたいアクロバティックな方法で自国語に読み替えてしまうわけで、そこから何とかやっていこうと考えています。

一人ではとうていできないので、今いろんな形で研究会をやっていまして、中国古典に関しては十五世紀の明代の釈迦の伝記ですけれども、『釈氏源流』[5]という挿絵付きの刊本を、北京を主とする「東アジア古典研究会」のメンバーで継続的に読んでいます。それから、朝鮮古典に関しては、「朝鮮漢文を読む会」をもう十数年前からやっています。今紹介された『海東高僧伝』[6]という十三世紀の高麗時代の僧伝の注解を、昨年、平凡社の東洋文庫で刊行できました。その前には、

(5) 詳しくは、小峯「日本と東アジアの仏伝文学」(小峯編『東アジアの仏伝文学』勉誠出版、二〇一七年七月)を参照。
(6) 高麗の覚訓が一二一五年に撰述。新羅統一以前の二十人程の仏僧の伝記。十九世紀末に巻一・二の残欠本が発見。海東とは朝鮮半島の意。

朝鮮古典の出発点ともいえる神話、伝説から志怪に到るまでさまざまな説話を集めた『新羅殊異伝』(7)（逸文のみ）の訳注も同じ東洋文庫で出しています。ベトナム古典に関しては、十四、五世紀の神話、伝説集ともいえる『嶺南摭怪』(8)を少人数の「ベトナム漢文を読む会」で読んでいます。さすがに手を広げ過ぎたので、一番最初に始めた「琉球の会」での、十八世紀の漢文説話集『遺老説伝』(9)を読む会は休会中ですけれども、いろいろな形でともかく地道に読み進めています。

私の研究テーマは、「説話」、広い意味での「物語」で、『今昔物語集』から始まりましたが、結局最後に行き着くのは、「説話」を中心としつつ、「物語とは何か」という命題だろうと考えています。人はなぜ「物語」を必要とするのか、ということですね。特にこの「説話」という言葉は東アジアの共通語としてありまして、現代の中国語でも普通に「話をする」という意味で使われますけれども、本来は中国の唐宋代に特別の意味を持っていた言葉で、現代語でいえば「話芸」に当たります。語りの話芸を指す言葉として使われていて、その話芸の専門家は「説話人」と呼ばれていました。ですから、その話芸から「説話」をもう一度復権させてとらえ返していく必要があるだろうと考えています。

もう一つの研究の柱になっているのは、絵画ですね。日本の文学は、特に絵画との関わりが深い。特に私の場合は絵巻を中心にしていますけれども、言葉とイ

（7）編纂者・成立事情未詳。後世の文献に引用される形で、逸文として伝わる。殊異とは霊異・奇異・怪異といった意。

（8）十三世紀半ばにチャン・テ・ファップの手に成った説話集を、十五世紀末にブー・クインが校訂・修成したもの。

（9）古くより語り継がれてきた琉球各地に伝わる民間説話を、琉球王府の修史事業の一環として編集したもの。

メージの関わりですね。これが非常に重要な問題になってくる。現代のマンガやアニメにもつながってくるわけで、視覚文化とか、イメージとテクスト、メディアとの関係性を探究していくのが課題となっています。

二　『吉備大臣入唐絵巻』をめぐる

絵巻の世界

それで、今日は具体的な絵巻として、『吉備大臣入唐絵巻』という十二世紀末期から十三世紀初頭にかけて制作された絵巻を対象にします。この絵巻は、有名な『伴大納言絵巻』(10)と、先ほど石井さんの話題になっていた海幸・山幸彦の神話の絵巻『彦火々出見尊絵巻』(11)との三点セットの形で、平安末期の後白河院が作らせたと言われている絵巻の一つです。それが中世には、若狭国の小浜（現在の福井県）の新八幡宮に疎開させていたことが記録（『看聞日記』）に残っていて、そのまま小浜に残ったんですね。まさに最初の逆さ日本図でいえば、当時の表玄関である日本海側の古い港町です。しかしながら、これが江戸時代になると、大名の酒井家(12)が召し上げてしまい、まず『彦火々出見尊絵巻』は原本が将軍徳川家光の江戸城に献上され、火災に遭って燃えてしまう。献上の際に狩野家に模写させたものが小浜の明通寺に残っています。そして、この『吉備大臣入唐絵巻』は酒井

(10) 平安時代の末期に成立。時の大納言であった伴善男が八六六年（貞観八）に応天門を焼いたとされる事件の説話を絵画化したもの。

(11) ヒコホホデミノミコト（山幸彦）は、『古事記』・『日本書紀』にみえる神。この神と、兄のホスセリノミコト（海幸彦）との神話を絵画化したもの。

(12) 若狭国小浜藩主の家。徳川家光に仕えた酒井忠勝（一五八七～一六六二）が初代藩主。

(13) 文化財を保護・活用し、国民の文化向上に貢献することを目的とし

家を離れて以後、転々として昭和に入ってからついにはアメリカのボストン美術館に行ってしまいます。現在、ボストン美術館の至宝になっています。それがきっかけで「文化財保護法」[13]ができたという、有名なエピソードがあります。結局、最終的には『伴大納言絵巻』だけが酒井家に残りましたが、これも一九八〇年代に酒井家を離れ、東京の出光美術館の所蔵になって、今日に到っています。同じ所で制作され、同じ小浜に疎開していた三つの絵巻がその後たどった流伝は、誠に数奇な運命としか言いようがありませんね。

そこで、『吉備大臣入唐絵巻』ですが、物語は、有名な奈良時代後期の吉備真備[14]が遣唐使として中国に渡るが、あまりに優れた人物が来たというので、怖れた皇帝によって楼閣に幽閉されてしまう。そこへ真備より先に来てすでに鬼になっていた阿倍仲麻呂[15]が現れ、二人は意気投合、仲麻呂の援助を受けて、次々と中国の王から課された難題を解決して、無事日本に帰る、という奇想天外な物語です。その難題に挙げられたのが三つあって、第一は『文選』[16]の解読。これは中国古典の漢詩文集で、当時かなり難しい古典になっていて、これを読まされる。第二は囲碁の勝負。囲碁というのは外交上のゲームだったので、遣唐使の一団にも囲碁の名人を連れて行ったりしています。それで中国の名人と対戦させられる。それから、第三は『野馬台詩』[17]という暗号のような謎の詩の解読。この三つが難題

た法律。一九五〇年（昭和二十五）制定。

（14）六九五～七七五。七一七年（養老元）に唐に渡り、七三五年（天平七）に帰国。二度も遣唐使となり、様々な文物を持ち返り、日本の学芸確立に多大な役割をはたした。逸話も多い。

（15）六九八～七七〇。七一七年に吉備真備らと共に唐に渡るも、帰国は叶わず、唐朝に仕えた。

（16）中国の南北朝時代（五～六世紀）、南朝梁の昭明太子により編纂された詩文集。東アジアに広範に影響を与えた古典の代表作。

（17）梁の武帝時代の僧、宝誌和尚の作とされる。五言二十四句の詩。内容は、栄枯盛衰と日本の終末を予言するもの。

に課せられますが、鬼の仲麻呂の協力を得て次々と真備が解決して、最後にこの三つを持ち帰った、ということです。大国の中国に対して、小国日本の優秀な人材が能力を発揮したという、外交上のスーパースターの物語になっていて、言ってみれば劣等感の裏返しとしての対外的な優越感を誇示する話の典型で、現代にも続く東アジアの国際関係の緊張を背景にした、一種の「外交神話」といってよい説話だろうと思います。

ところが残念ながら、この吉備真備の絵巻は第二の囲碁までしか残っていません。後半が切れてしまって残ってないんですね。ですから第三の山場になる『野馬台詩』の解読場面がない。それがどうしてないのかという関心から、私は『吉備大臣入唐絵巻』の絵巻の研究を始めたはずなのに、結局は『野馬台詩』という予言書の解読の研究に深入りしてしまいました。その解読に関して言いますと、『野馬台詩』という詩は五言二十四句の大変短い詩です。それが、文字がバラバラに配列されていて、そのままでは読めない。さすがに鬼の仲麻呂もお手上げで、窮地に陥った真備が日本の方を向いて、長谷観音と住吉大社の方に向かって祈ったところ、霊験が通じて蜘蛛が紙の上に下りてきて糸を引きながら歩いた。その糸を伝って読むと見事解読できたというのが、話の顚末です。ですから、私自身が見えない糸に導かれて、『野馬台詩』の研究、ひいては未来記とか予言書の研究に深入りしてしまったように感じています。

『野馬台詩』という予言詩

この『野馬台詩』がなぜそんなに問題になるかといいますと、この詩は中国の六朝時代の梁という国（今の南京を中心とする辺り）の宝誌[18]という坊さんが書いたとされています。この『野馬台詩』は何と日本の未来の終末を予言した詩であったのです。予言書のことを「未来記」と呼んでいます。「未来記」という言葉は、日本の中世から使われるようになった言葉ですが、中でも〈聖徳太子未来記[19]〉が有名です。その話を始めると話題がそっちにいってしまいますので、今日はやめておきますが、ともかく『野馬台詩』のいう終末の予言とは、天皇が百代で日本は滅びてしまうというものでした。時代を下降衰退の流れでみる終末観の一種になります。これを「百王思想[20]」と言いますけれども、仏教の末法思想とはまた別の終末観として、平安時代後期から中世にかけて非常にインパクトを持った思想でした。つまり『野馬台詩』は百王思想の典拠だったわけです。この百王思想を詩で表わしたということで、『野馬台詩』が中世に大変な影響力を持っていて、注釈書がたくさん作られていたことが次第に明らかになり、私はこの注釈書の探索にのめり込んでいったのです。そして近世、江戸時代になると、もうそのイン

(18) 47ページ参照。

(19) 聖徳太子に擬せられた予言書群。『古事談』・『明月記』・『平家物語』・『応仁記』など中世の文芸に多く散見される。

(20) 百代目の天皇で日本は滅びるという終末思想。平安後期から中世にかけて、仏教の末法思想と相乗してかなりの影響力をもった。その典拠が『野馬台詩』と目される。

パクトが薄れて、今度は歴史を読む上での解読ゲーム的な軽い感覚になって、広く読まれるようになる。出版された手軽な歴史の読み物的なものになっていく。

そのような『野馬台詩』の伝来の由来を語るのが、すなわちこの『吉備大臣入唐絵巻』であったことになります。そしてさらにそのおおもとは、十二世紀初めの大江匡房[21]という学者官僚の談話を筆録した『江談抄』[22]に出てきます。『吉備大臣入唐絵巻』の後半が欠けているのに、なぜその話が分かるかといえば、この『江談抄』があるから、その物語全体が分かるということです。もう一つ、この真備の話だけを書いた中世の古写本の『吉備大臣物語』が大東急文庫に残されていますが、これは古い『江談抄』から直接抜き出して写したものと考えられますので、おおもとは『江談抄』以外に考えにくいです。

結局この蜘蛛の糸に導かれて、『野馬台詩の謎　歴史叙述としての未来記』（岩波書店、二〇〇三年）、さらに〈聖徳太子未来記〉などもあわせて予言書全体にテーマがひろがって、『中世日本の予言書　〈未来記〉を読む』

小峯『説話の森』韓国語訳・李市埈訳、翰林大学出版部、2009 年

(21) 後三条・白河・堀河天皇に中納言として活躍した、院政期を代表する学者文人（一〇四一〜一一一一）。著述も多い。

(22) 平安時代後期の説話集。大江匡房の談話を藤原実兼などが筆録。書名は江家の言談の抄出の意。

（岩波新書、二〇〇七年）という二冊の本を書きました。実はもう一冊予定があって、今まとめている最中です。

ついでですので、『説話の森　天狗・盗賊・異形の道化』（大修館書店、一九九一年）という、昔書いた本を、先ほど講演された李市埈さんが韓国語に訳してくださっていますので（『日本説話文学の世界』）、写真でだけ紹介しておきます。この本を最初に見たとき、この炎が凄くて、これは『伴大納言絵巻』の応天門炎上の画面ですが、この本自体が燃えちゃうんじゃないかと思いました。実際手に取ると熱いです（笑い）。

さて、五言二十四句の『野馬台詩』ですが、何故こんな短い詩がインパクトを持ったかと言うと、最初の句は「東海姫氏国」とあります。これは中国から見ての「東海」なので、厳密な意味はなかったと思いますが、日本に入ってくると、中国の「東海」だから、結局日本のことだという解釈になります。東方の異国を表わす「扶桑」もそうですね。しかも、ここには「姫氏」とあるので、本来は別の国

野馬台詩

東海姫氏国　百世代天工
右司為扶翼　衡主建元功
初興治法事　後成祭祖宗
本枝周天壌　君臣定始終
谷塡田孫走　魚膾生羽翔
葛後干戈動　中微子孫昌
白龍游失水　窘急寄胡城
黄鶏代人食　黒鼠喰牛腸
丹水流尽後　天命在三公
百王流畢竭　猿犬称英雄
星流鳥野外　鐘鼓喧国中
青丘与赤土　茫々遂為空

『野馬台詩』全文

のイメージだったはずですが、「姫」という漢字に誘われて、女帝の国、アマテラスとか、卑弥呼とか、神功皇后(23)だとか、そういう女帝のイメージと重なって、日本を指すと解釈されるようになります。

また、この詩には動物がいろいろ出てきて不気味な感じを表わしています。五聯目の、魚の膾《なます》が生き返って羽が生えて飛んでいったとありますが、これは、作者の宝誌の伝記に出てくる話で、宝誌が鱠を口に入れてはき出したら魚が生き返ったという話をふまえています。何か不思議な怪しげな文言がやたらと出てきます。特に注目されるのが「黄鶏」とか「黒鼠」ですね。「黄色い鶏が人に代わって食す」。要するに人間を食っちゃう。そして、「黒い鼠が牛の腸を喰う」という、何か薄気味悪い文言が出てきます。そして極めつきが、「百王流畢竭、猿犬称英雄」ですね。「百王の流れ竭《ことごと》く畢《つ》き、猿と犬、英雄と称す」。百王は、本来は王が代々続いて国が繁栄するという言祝《ことほ》ぎの表現なのですが、ここでは全く逆で、百王で流れがとだえ尽きてしまうという文言になっていて、しかも猿と犬が英雄を名乗って覇権を競い合うという、一種の下剋上ですね。乱世のイメージがかぶせられて、最後は「青丘と赤土と、茫茫として遂に空となる」で終わります。戦争によってすべてが消えてしまい、後には何も残らないという終末を予言する詩になっています。

(23) 記紀神話にみえる、仲哀天皇の皇后。記紀は、新羅に出征し、いわゆる「三韓征伐」を行ったことを記す。

『野馬台詩』の解釈

詩はこれだけのものですが、その後の解釈は、それぞれの「黄鶏」だの、「黒鼠」だのを歴史上の人物を当てはめて解釈するようになります。特に猿と犬を、応仁の乱を始めた山名宗全(24)と細川勝元(25)になぞらえる例が知られています。なぜなら二人はそれぞれ申《さる》年、戌《いぬ》年生まれだから、という類です。具体的な歴史上の人物に当てはめたり、現実の出来事になぞらえたりする、一種の歴史解釈で、その注釈自体が歴史叙述になっているといえます。中世にはこの手の注釈書がたくさん作られていました。『野馬台詩』の本文自体は変わりませんが、詩の句の下に二行の分かち書きで注が書かれていて、さらに今度はその欄外などの余白いっぱいに別の注が書き込まれている。こういう本がいろいろあります。本文注と欄外注と呼び分けていますが、注釈書の写本自体がまさに注釈の饗宴という趣きです。この欄外に書かれた内容を細かく読んでいくと、いろいろ面白い説話が出てきます。『百人一首』や冥途の役人をやっていた逸話で知られる小野篁(26)が竹から生まれた話など、あれこれ出てきます。

私が今まで見た中では、京都の近衛家(27)の文庫で名高い陽明文庫の写本が一番詳しく注が書かれております。「黄鶏」と「黒鼠」のところを見ると、一つの説は、「黄鶏」は平将門で、「黒鼠」は平清盛、という解釈がある。これは平安時代の最

(24) 武将(一四〇四～一四七三)。応仁の乱(一四六七～一四七七)の際、西軍の総大将として戦った。

(25) 武将(一四三〇～一四七三)。応仁の乱の際、東軍の総大将として戦った。

(26) 八〇二～八五二。文人。『令義解』の編纂に携わり、その序文を草した。学才を示す種々の逸話が中世の説話集に載る。

(27) 五摂家の一つ。平安時代末期の関白藤原忠通の嫡男基実を始祖とする。伝家の貴重な典籍は、陽明文庫に所蔵されている。

初と終わりを平氏の反逆者として見る見方を示しています。一方の説は、こちらの方が時代的には古いですが、「黄鶏」は奈良朝末期の光仁天皇を指す解釈です。東大寺の大仏で知られる聖武天皇の後が娘の孝謙（称徳）という女帝で、ここで聖武天皇の系統が断絶して、天智系の光仁が天皇になる。光仁天皇の次は桓武天皇で、平安京に替わるわけですね。壬申の乱以来の天智系と天武系の王統が交代する時代を踏まえた説で、それにあわせて「黒鼠」は、孝謙天皇とのスキャンダルで有名な僧の道鏡とされます。道鏡と光仁を対比させて奈良朝末期の政変、奈良から平安への大きな時代の転換を見すえる歴史解釈となっています。ですから、どれを誰に当てはめるかによって歴史の解釈が変わってくるわけで、こういう注釈書が中世にはたくさん作られていました。

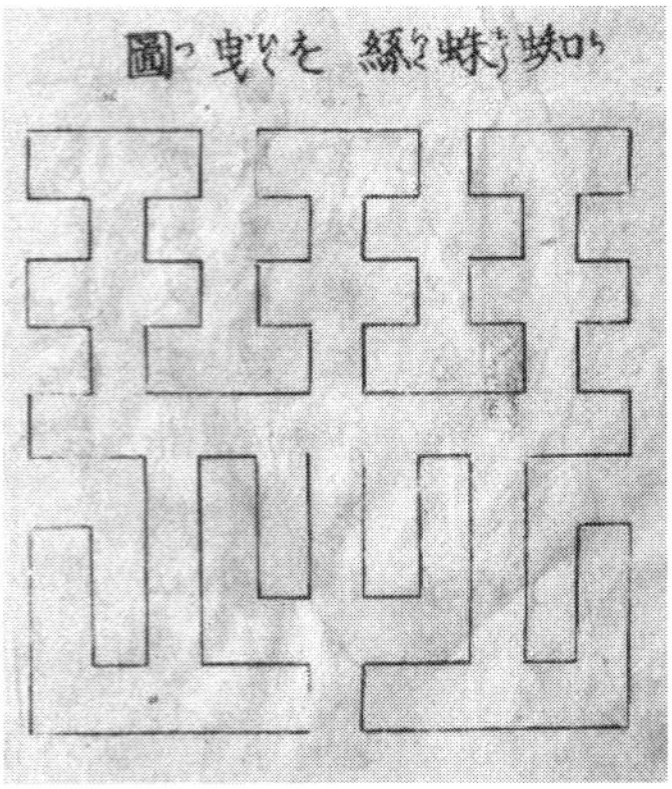
この図形の意味するものは？（筆者架蔵本）

江戸時代になると、それが一種の歴史解読ゲームのようにお手軽な小さい本が出版されます。幕末にはやる『野馬台詩経典余師』(28)という本です。真備が読めと言われた『野馬台詩』の暗号のようなバラバラに書かれた表や、蜘蛛の引いた糸をたどって解読できたそ

（28）一八四三年（天保十四）刊、一八四六年（弘化三）再版。「経典余師」は経書の簡明な注釈書。

の後を直線でたどっていくと、不思議な図形が浮かび上がる、その図まで描かれています。解読の順番は、真ん中の「東海」から始まって、ぐるぐる回って最後は隣の行の「為空」まで来て終わる。それを解読するとこういう図形が浮かび上がる。この図形の意味するものがいまだによくわかりませんが、上の三つは「王」という字ですね。その下は「鼎」が支えているようなイメージだと思いますが、何かお気づきでしたらお教えください。

こういう類で有名なものは、新羅の僧で華厳宗を中国から伝えた義湘(29)という有名なお坊さんがいますが、この人が書いた『華厳一乗法界図』(30)というのがあります。これがぐるぐる廻って線をたどっていくと解読できて、図形が浮かびあがります。こちらは正当な華厳経学の一環として作られている。多分この種のものと類似するものだと思いますが、それ以上はわかりません。

『野馬台詩経典余師』の吉備真備が蜘蛛の糸をつたって解読する場面の想像図（筆者架蔵本）

また、冒頭の挿絵には、吉備真備が机の上に置かれた『野馬台詩』の書かれた紙に蜘蛛が糸を垂れて降り

(29) 新羅の僧（六二五～七〇二）。入唐し、智儼より華厳宗を学ぶ。帰国後は、浮石寺を開いて教えを広めた。日本では、龍に変身して義湘を守る善妙との愛の昇華を描いた『華厳縁起絵巻』（高山寺蔵）で知られる。

(30) 別名『法性図』・『海印図』など。詩は七言三十句で、すべての文字が一本の線で繋がっている。

立った場面が描かれています。平安末期の『吉備大臣入唐絵巻』にも、似たような場面が描かれていたのでしょうが、残念ながら残っていないので分かりません。

鬼の仲麻呂

この絵巻の冒頭は、遣唐使船に乗って真備が中国に着いたところから始まっています。時間の都合で細かいところは端折りますが、今わかっている範囲でいうと、これが日本の鬼のイメージで最も古いものの一つだと思います。ご覧のとおり、我々がイメージする鬼と、そう変わらないですね。私の見込みでは、こういう鬼は地獄絵[31]の鬼から来ていると思います。地獄にいる獄卒という鬼、顔が牛や馬だったりする牛頭《ごず》・馬頭《めず》も含めて、鬼の図像のもとは地獄絵の鬼からきていると思います。要するに、地獄にいた鬼が地獄観の進展に応じて地上に現れてくるわけですね。こういう地上の鬼のイメージは、中国とか韓国など東アジアにはあまりないので、またこれが非常に問題になってきます。鬼の話になるとこれまた一時間では終わりませんので、ここではふれないことにします（笑い）。

ともかくここで出てくる鬼は阿倍仲麻呂です。仲麻呂と真備は、本当は同じ船で遣唐使として中国に渡りますが、仲麻呂はご承知の通り、日本に帰れずに中国で亡くなったので、それがこの鬼のイメージとして表わされているということで

（31）亡者が地獄で受ける様々な責め苦を描いた図。地獄変相とも。

すね。真備はあまりに優秀だというので、楼閣に幽閉されてしまう。そこへ鬼の仲麻呂が現れて、ここの本来の主は自分だと難癖をつけますが、いともたやすく真備に論破され、日本にいる子孫の消息を聞いてから、二人は意気投合して難題解決に努力する。特に、空を飛ぶ術を使って宮中に侵入して、学者達が読みあげる『文選』を盗み聞きして覚えたり、囲碁ではすきをついて敵の石を呑み込んだり、今からみればずいぶんせこいことをして勝ちます。宮中で盗み聞いておぼえた『文選』を昔から知っているようなふりをして古い暦に書き付けておいたり、呑み込んだ石がばれないように下剤を飲まされても出ないようにする、一種の下痢封じの術も使ったりします。そこまでできるのなら、どうして幽閉されたままでいるのか、不思議ですが、実は試されているはずの真備の方が中国側を試しているのかも知れませんね。

いずれにしても、鬼の仲麻呂は恐ろしい形相に反してどこかユーモラスで、親しみがあります。これは日本に帰れず、異国で亡くなった浮かばれぬ魂を慰める鎮魂の意味があると思います。鬼の仲麻呂は怨霊には違いありませんが、ひたすら真備の難題解決に腐心する援助者のイメージになっていて、恐ろしい祟りの怨霊ではなく、真備を守る守護霊のような印象が強いです。

絵巻の錯簡

そこでこの絵巻の最大の問題である錯簡にふれたいと思います。この絵巻が途中で切断されて後半が残っていないと述べましたが、実はないはずの一部が残っていたのです。それが何と宝誌が『野馬台詩』を描いている場面だったのです。何百年もの歴史を越えて生き続けてきた絵巻は、おおよそ百年単位で修理に修理を重ねてきたはずです。それでなければ痛みがひどくなって持ちこたえられません。昨年（二〇一五年）、有名な『鳥獣戯画』が百数十年ぶりに修理されて展覧会に出展されて話題になりましたが、まさに修理がいかに大事かを示しています。[32]この『吉備大臣入唐絵巻』は一九六四年の東京オリンピックの時に初めて日本にお里帰りして大々的に補修されました。現在の四巻に分けられた状態はその時の改装のものです。それ以前は一巻だったようです。

そしてどの段階でかは分かりませんが、補修の際に残っている画面を貼り継ぐ際に間違って貼ってしまうことがしばしば起きます。これを錯簡といいます。修理したときに、残っているものだけで継ぎ合わせますので、継ぎ合わせるときに順番がよくわからなくなって、貼り間違いが起きやすくなります。この『吉備大臣入唐絵巻』も例外ではなく、貼り間違いの錯簡があったのです。

その先鞭をつけたのは、歴史学の黒田日出男さんでした。[33]その後、神田房枝さ

(32) 二〇一五年春、東京国立博物館の特別展において、高山寺に伝わる『鳥獣戯画』が展示された。

(33) 黒田日出男『吉備大臣入唐絵巻の謎』（小学館、二〇〇五年）。

んというボストン美術館で研究員をやられていた方が、詳細に真備の絵巻を調べ上げて、書誌的な研究をされて、ほかにも錯簡があることがわかってきました[34]。黒田さんは実物を見ることなく、『絵巻大成』の類でその錯簡に気づかれたので、まさに慧眼《けいがん》でした。それが神田さんの実証的な裏付けでさらに活かされたわけです。研究はまさにバトンタッチのリレーであることの見本のようですね。

『文選』解読より前にみる、深夜の宮中の場面。この場面は何か？
→黒田日出男の錯簡説（『日本絵巻大成』中央公論社より転載）

問題の画面は、真備が楼閣に幽閉された後の宮中の場面です。みんな寝ていますから、当然これは夜の風景ですね。にもかかわらず、上で三人の男が真ん中にいる人を囲むようにいます。真ん中の人物が何か紙に文字を書いている。それから、左手先にある椅子は王が座る椅子ですね。夜だから王がいない、そういう構図です。この場面は絵巻の最初の方に出てくるので、詞書のストーリーと対応する

（34）神田房枝「「吉備大臣入唐絵巻」再考——その独自性からの展望」（『仏教芸術』第三一一号、二〇一〇年七月）。

場面がなく、従来からよく読めない場面でした。今までうまく解読できなかったので、それを黒田さんが、錯簡によるもので宝誌が『野馬台詩』を書いている場面である、と結論づけたわけです。ただ私は、錯簡の紙継がちょっとはっきりしないので保留にしていたんですけれども、私があまり黒田説を支持しなかったというので黒田さんは大変怒られたようで、それ以来疎遠になっていますが（笑い）、ともかく結論から言うと、今回別の観点からみて、この黒田説は間違いなさそうだということになってきました。

この画面は、『江談抄』などで本文を読み直すと、宝誌らしき僧が紙に文字を書いているのを三人が取り囲んでいる。『江談抄』では、鬼が侵入して盗み見しないように一種の結界を作っているとあります。一種のバリアを張っているという場面で、宝誌と真向かいにいる人物は、右手で灯りを灯して左手でかざし、宝誌が書いている手元を照らしています。宝誌の両側をさらに二人が囲んでいる場面だと読めます。

宝誌の三布帽

問題は紙に書いている人物ははたして宝誌で間違いないのか、その根拠はどこにあるのか、ということです。黒田さんは宝誌だという根拠として、彼の着ている毛皮のベストみたいなものを取り上げ、これを着ているから普通の僧ではない。だからこれは宝誌だとしていますが、今ひとつ決め手に欠けています。今回いろいろ見ていくうちに分かってきたのは、手がかりは頭にかぶっている被り物にあることに気づきました。頭の被り物がとにかく独特です。これについては黒田さんがふれていなかったので、いろいろ見ていくうちに、これこそが宝誌のシンボルである「三布帽」という独特の被り物ではないかということが分かってきました。

その前に宝誌という人物について簡単にふれておきますと、中国の古代、南北朝時代の南朝、梁の都金陵（今の南京）の人で、四一八年～五一四年の生涯とされます。たしかに実在したとは思いますが、かなり早い段階から伝説化された人です。特に予言者として知られ、観音の化身説もあります。あと、水陸会という日本のお盆の施餓鬼供養のような行事の始祖ともされます。中国の『高僧伝』(35)にもすでに出てきますが、鳥の巣から生まれて鳥のような爪が生えていたとか、鱠を食べて吐き出したら魚が生き返ったとか、いろんな説話があります。梁の武帝が滅びる侯景の乱(36)を予言したことから予言者のイメージが固定したようです。長髪で独特の被り物をしていたとか、鋏や曲尺などをぶら下げた錫杖をかついでいたとか、常軌をはずれたいろいろな逸話があります。早い時代の図像としては敦

(35) 梁の慧皎が編纂した、漢代から梁代までの高僧の伝記。『梁高僧伝』とも。

(36) 梁の武帝治下の五四八年（太清二）、南予州刺史の侯景が起こした反乱。

煌の莫高窟[37]にあるものが有名で、上に何か被っていて、錫杖に瓢箪がぶら下がっていたり、ちょっと普通の坊さんのイメージとかなり違う。これらが宝誌のトレードマークになっています。

美術史の研究を見ていくと、中国の四川省は石仏がたくさんあることで知られていますが、とくに有名な大足山の石窟[38]があります。まだ行ったことがありませんが、重慶からちょっと奥に入っていった所ですけれども、古いもので唐の時代、それ以後はだいたい宋の時代で、石窟がたくさん作られていて、ここに石仏の宝誌像が残っています。例えばこのような宝誌像で、独特の被り物で、手に持っている錫杖にはいろんなものがぶら下がっている。この被り物が「三布帽」といわれるものです。

それから名高い李白がこの宝誌のことを詩に詠み、書で知られる顔真卿がそれを書いて、呉道士という人が宝誌

この謎を解くためには、中国の宝誌像の検証が必要。敦煌莫高窟395宝誌和尚像（北論文より転載）

四川省・夾江千仏巌石窟91号・宝誌像　三布帽が特徴的（北論文より転載）

(37) 中国甘粛省の敦煌市にある仏教遺跡。おびただしい石窟の壁画と経典などの典籍で名高い。

(38) 中国重慶市の大足区にある仏教遺跡。北進一「神異なる仮面の高僧—四川省石窟宝誌和尚像報告」（松枝到編『象徴図像研究—動物と象徴』言叢社、二〇〇六年）。

揚州・李白の三絶詩、顔真卿の書、呉道子の画（筆者撮影）

南京・宝公殿の宝誌像（野村卓美氏提供）

の画を描いたという、有名な「三絶詩[39]」というのがあります。ここでは宝誌の錫杖には軍配か扇が付いていています。今研究会で読んでいる『釈氏源流』にも出てきまして、ここの挿絵では弟子が錫杖をかついでいて、本人は頭に三布帽を被っています。

この十月に南京大学に講演に行った時に、昔の研究会仲間の野村卓美氏が大学で日本語を教えていてしばらくぶりに再会し、宝誌のお墓を案内してもらいました。志公殿や宝公塔がありまして、志公殿は残念ながら閉まっていたのですが、なぜか殿の前に宝誌の伝記を絵画化した額がいくつも立てかけてありました。苦労して窓越しに中の宝誌像も撮影しましたが、後ろの壁画にも宝誌が描かれていました。

このように見ていけば、『吉備大臣入唐絵巻』にみる僧の被り物のイメージは、中国のものと形こそ一致しませんが、宝誌のシンボルであることは間違いないと

(39) 詩・書・画の秀でた詩。三絶とは、その三つの技芸について優れた人、あるいはそれぞれ優れた人たちがいること。

ヒントはこのかぶりものにあった！　宝誌のシンボル：三布帽
（『日本絵巻大成』中央公論社より転載）

判断できるのではないでしょうか。その結果、この絵巻の画面はまさに三人に守られながら宝誌が『野馬台詩』を書いている場面であることは明らかだろうと思います。ということは、この十二世紀末期の絵巻を描いた日本の絵師が、宝誌のイメージとして、こういう独特の被り物があったことを知っていたことになります。具体的な情報源は分かりませんが、まぎれもなく宝誌の三布帽のことは日本にも伝わっていたことを示しているでしょう。

文献では『景徳伝灯録』[40]巻二十七や『神僧伝』[41]巻四などにみえますし、図像も伝わっていた可能性はおおいにあります。唐の大暦年間（七六六～七七九年）に奈良の大安寺の僧戒明[42]が金陵の宝誌旧宅を訪れて礼拝、十一面観音の真身を実見、木像を将来したといいます（『延暦僧録』）。十二世紀の大江親通『七大寺巡礼私記』[43]に、この大安寺仏殿の宝誌像を実見した記録があります。ただ、これは高さ三尺で、両手で面皮を剥ぐとその中から観音の姿が現れたという、また別の説話をもとにした姿となっていますので、長い髪で

(40) 宋の道原が撰述。過去七仏からの禅僧の伝記を多く収録したもの。
(41) 明の成祖が撰述。後漢から南宋までの名僧の事績を収録したもの。
(42) 奈良時代、大安寺の僧。宝亀（七七〇～七八一）の末に勅命を受け入唐した。
(43) 一一四〇年（保延六）の成立。七大寺とは、大安寺・東大寺・興福寺・西大寺・元興寺・薬師寺・法隆寺のこと。

三布帽もあったかどうかは定かではありません。

三　宝誌の観音化身

顔の中から顔が

宝誌は顔を剝ぐと中から観音が現われるという観音の化身説がとくに有名です。日本では『宇治拾遺物語』などでよく知られていますが、ボストン美術館にある羅漢像に交じった宝誌図像は中国の宋代に描かれています。これは、皇帝が絵師に命じて宝誌の肖像画を描きに行かせると、宝誌が自分の顔はこの顔ではないと言って皮を剝ぐんですね。そうしたら中から観音が出てきたという説話で、まさに顔の中から観音が現われる劇的な場面を描いたものです。

ベルギー王立歴史美術博物館蔵・宝誌像の壁画（筆者撮影）

二〇〇九年、ベルギーのブリュッセルに行った時に、たまたま歴史美術博物館に行ったら、壁の上に大きな壁画が架かっていて、よく見たら、何とまさしく顔が真っ二つに割れて中から観音の顔が出てきた絵でした。これは間違いなく宝誌ですね。中国のどこのものかもよく分かりませんでしたが、寺院の堂内の壁画か石窟の壁画を剝がしたもので、その周囲に展示されている仏像が金の時代、十二世紀辺りのものが多かったので、同じ時代のものかも知れません。

また、日本から中国に渡った僧が、この宝誌の観音化身像を礼拝した記録が残っています。先の大安寺の戒明が宝誌宅を訪れた例が最も古いですし、有名な円仁(44)が八四〇年三月、山東半島から五台山に向かう途中に、醴泉寺《れいせんじ》(45)というお寺で十一面観音の宝誌化身像を見たという記録があります（『入唐求法巡礼行記』）。円仁が『野馬台詩』のことを知っていたのかどうか、非常に気になるところですし、どんな観音化身像だったでしょうか。それから成尋《じょうじん》(46)の『参天台五台山記』(47)巻四にも、一〇七二年十月に七容院で宝誌像を礼拝したとあります。痩せて黒く、紫袈裟・衫裙《さんくん》を着け、袖を挙げていて手も見えるが、骨もあらわに痩せこけていたと出てきます。三布帽の有無は分かりません。

現存する日本の宝誌の木像として名高いのは、中世に作られた一木作りの宝誌像があります。元は伊豆の河津の南禅寺にあったもので、東日本に多い鉈彫りの荒削りのものです。後に京都の西往寺に移り、今は京都国立博物館に寄託されています。顔の真ん中が縦に真っ二つに割れて、その中からまた顔が出ています。

(44) 平安時代前期の僧で、天台宗山門派の祖（七九四～八六四）。諡、慈覚大師。入唐して顕密を修め、帰国後、延暦寺第三代天台座主となる。

(45) 中国山東省の鄒平県にあった寺で、現在は遺跡が残る。龍台寺とも。

(46) 平安時代中期の天台僧（一〇一一～一〇八一）。一〇七二年（延久四）入宋。善慧大師とも。

(47) 平安時代後期の紀行文。入宋した成尋の天台山や五台山などにおける体験や見聞が記されている。

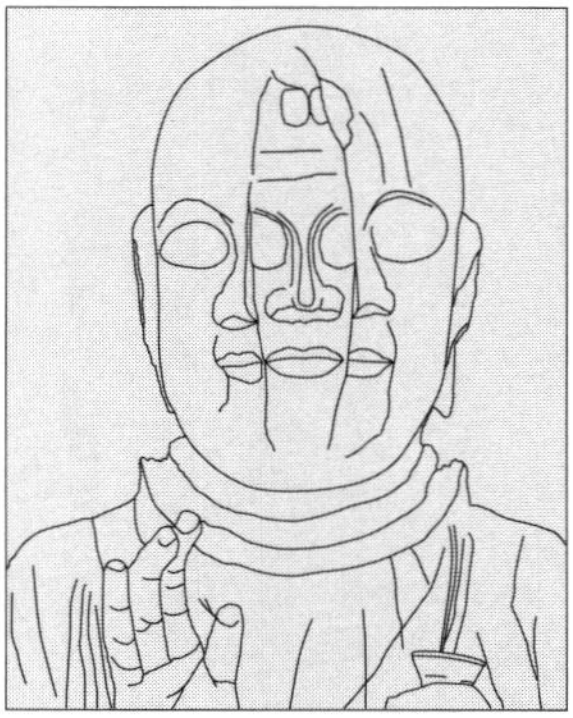

中世の日本で作られた宝誌像——顔の中から顔が！　元・伊豆河津の南禅寺、京都・西往寺蔵の模写

中から観音が現われたことを示しているわけで、普通の仏像は固定化して動きがないですけれども、この木像は顔を割るとまた顔が出てきた様子を表していて、動きがある仏像として注目されます。またその中の顔をまた割ると、また別の顔も出てきそうで、どんどん剝いていくと玉葱の皮みたいに、また顔がいっぱい出てくるのではないかと思わせる、そういう感じがする仏像ですね（笑い）。私はこの木像が気に入っていて、この顔の大きい写真を書斎に飾っています。いったい何が本当の顔なのか、いつも悩まされる肖像です。

文献で注目されるのは、神奈川県の称名寺・金沢文庫に法会の唱導で説教用の資料がたくさん残っています。袖に入る五寸四方ほどの小さい本で、これらを「説草」というのですけれども、そこにいろいろな説話が書きこまれています。大半は十三、四世紀の鎌倉時代後半から南北朝時代の写本ばかりです。非常に貴要な資料群です。ここにも宝誌に関する「説草」が四種類もありました。最初の二つは、観音の化身説に関わるもの。あとの二つは中世の神道説で宝誌がアマテラスと一体化するというもので、アマテラスも観音だという説があり、二人とも観音化身を回路につながってくる説で、ついには宝誌が日本に来たことになるわけです。表紙のタイトルは『宝志和尚現本形事』と『宝志和尚伝』ですが、今回は時間の都合で神道説の方は省略します。

ここでは、『宝志和尚現本形事』を見ますと、絵師が宝誌の顔を見たら、ある絵師は十一面観音、ある者は千手観音、ある者は聖観音とみんな違う観音の顔を描いたという。この話は十二世紀の比叡山の学僧のノートともいえる『打聞集』にも出てきますし、有名な『宇治拾遺物語』にも出てきますね。かなりこの話は広まっていて、観音の種類がいろいろ変っています。説話集のもとをなした「説草」との関連がうかがえる説話例としても注目されます。

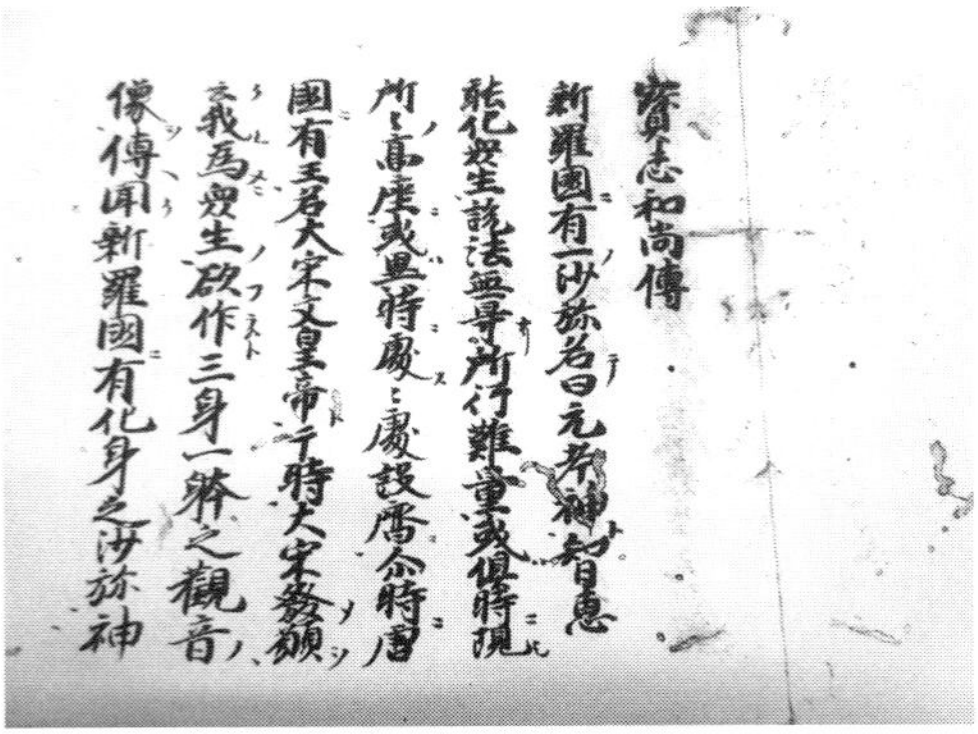
寳志和尚傳
新羅國有一沙弥名曰元孝神智恵
能化衆生説法無尋所行難量或復時現
所々高座或畢時處々處設齋会時唐
國有王名大宋文皇帝于時大宋務願
我為衆生欲作三身一躰之観音
像傳聞新羅國有化身之沙弥神

金沢文庫本『宝志和尚伝』（複写本より転載）

もう一つの「説草」は『宝志和尚伝』ですけれども、今と同じような説話ですが、特に目を引くのは新羅の僧が出てくることです。中国の宝誌の話なのに、新羅の国の僧が登場し、名前は「元孝」という。中国の王が、観音の姿を描かせようとすると、新羅に有名な僧がいると聞いて、そこまでわざわざ行かせたら、逆に中国にちゃんと宝誌という人物がいるだろうと言われ、それで改めて宝誌のもとで肖像画を描かせたという話になっています。中国から新羅経由でまた中国に戻ってくるという、ずいぶん回り道的な話になっています。

この「元孝」という僧が誰なのか、これはちょっと分かりません。新羅で有名な僧でしたら記録があってもよさそうですが、「元孝」はほとんど出てきません。新羅で名前に「元」の付く坊さんだったら、まず連想されるのは「元暁」[48]ですので、おそらく「元暁」のことではないかと思います。韓国語の発音で、「孝」と「暁」は似ているという説もあるようですが、日本での唱導で使われる話になっていますから誤伝の可能性もあります。「元暁」でしたら、中国の『高僧伝』にも出てきますし、日本では高山寺の明恵上人ゆかりの絵巻『華厳宗祖師絵伝』[49]でよく知られていますので、おそらくこの「元暁」のことではないかと思われます。「元暁」だったら、義湘と一緒に唐へ向ったものの、途中で泊まった塚穴で見た夢に鬼が現われ、そのまま悟って引き返してしまう話が有名で、中国に対して毅然とした態度をとる姿勢がここの宝誌をめぐる話題でも共通していますね。

(48) 七世紀、新羅の著名な僧。主著に、『華厳経疏』や『大乗起信論疏』など。

(49) 鎌倉時代の絵巻物。海東華厳の祖とされる義湘と元暁の事跡を描いたもの。『華厳縁起』とも。

四　東アジアへの視界

朝鮮とベトナムの宝誌

今の金沢文庫の宝誌をめぐる説草に、新羅の僧が出てきたことはきわめて重要で、まさに東アジアにまたがる宝誌の話題にひろがっていきます。日本のことしか考えなかったら話はここで終わりなのですが、東アジア路線からはここからがむしろ肝心の話題になりますね。朝鮮半島にも宝誌の話はいろいろ出てくるのです。時間が超過しているので、要約せざるをえませんが、ポイントだけ言いますと、韓国の南部の山のお寺に、世界遺産になった海印寺（ヘインサ）という寺があります。十三世紀の高麗時代、モンゴル（元）に侵略された時に仏教の力で撃退しようと一切経が作られますが、この寺には、その時の版木がそっくり残されている由緒ある古刹です。

この海印寺の縁起、創建の由来に宝誌がかかわっているのです。『踏山記』[50]という書名も出てきますが、おそらく偽書[51]でしょう。新羅から宝誌を慕って二人の僧が金陵（現、南京）まで来ますが、すでに宝誌は亡くなっていて、お墓にお参りに行ったところ、夢に宝誌が現れて、お寺を造るならこの海印寺の所に造れとお告げがあり、それで建てたのが今日の海印寺だというわけです。海印寺創建の

(50) 臨終の際に宝誌が、後に訪れるだろう二人の僧に渡すよう門弟に託したと伝わる書。

(51) 作者や書名、あるいは成立事情などに偽りがあると認められている書。聖徳太子や空海など著名な人物に仮託して後世に偽作された書が多く、当時は真書として扱われ、影響力をもった。

もとが宝誌の夢告であったことになり、そこまで宝誌は深くかかわる大きい存在であったことが分かります。

ネット時代のお陰で便利になって、韓国の古典籍総合データベースというのがあって、漢字でも検索できますのでこれで調べると、宝誌の例がたくさん出てきます。その大半は朝鮮王朝時代のものですが、やはり予言者とか観音の化身説が中心です。今の海印寺の宝誌縁起説もよく出てきます。宝誌のイメージはまさに東アジアにひろまっていたことがこれでよく分かります。

それからベトナムにも、宝誌が出てきます。ベトナムで作られた『禅苑集英』(52)という漢文体の高僧伝がありまして、ここにも、今のところ名前が出てくるだけなのですけれども、宝誌のことが出てきます。名前が出てくるということは、おそらくそれに附随して、宝誌をめぐる説話もいろいろ語られていた可能性がありますね。ベトナムの調査は少しずつ始めている段階ですので、今後さらにいろいろ資料が出てくるのではないかと期待しているところです。まさに東アジアの「漢字・漢文文化圏」にまたがって宝誌が存在していたことがあらためて確認できた、というところです。

(52) 陳朝（一二二五～一四〇〇）の成立とされる。撰者不詳。

結語

以上のように、地図や絵画ばかりでなく木像や石仏などの造型も文学研究の対象になるわけで、あらゆるものを総動員して読み込む必要があるということですね。『吉備大臣入唐絵巻』という絵巻から始まって思わぬ旅をしてきた感じですが、文学の研究と教育において、「読む」ということが一番の基本であり、何をいかに読むか、「読む」ということはどういうことかを、いつも考えながら深く広く「読む」ことが大事だと思います。その「読む」ことは文章だけではなくて、宝誌の三布帽のごとく、絵画もまた「読む」という行為に深くかかわります。一般的には、絵は見るものだという常識がありますが、そうではなく、絵も「読む」ものであって、「見る」ものではない、心を込めて「観る」ものだ、ということになります。

それから、ここで試みたように、日本だけではなく、中国、朝鮮半島、ベトナムなど東アジアを視野に入れることで、格段に「読む」視野が広がると同時に、いろいろ深く「読む」ことができるようになります。あらゆるものが様々に見えない糸でつながっていることが見えてくると思います。吉備真備が蜘蛛の糸をたどって『野馬台詩』を解読できたように、我々もまた、いつも見えない蜘蛛の糸をさがし続ける必要があるのでしょう。『吉備大臣入唐絵巻』と『野馬台詩』をめぐる物語は、このような「読む」ということの根源を考えさせてくれるものだったといえます。

最後に、この十月に宝誌の故郷のお墓参りに行ってきましたので、紹介しておきます。かつての金陵、今の南京の北方の郊外で、明を建国した朱元璋[53]の広大な廟がありますが、その近くに霊谷寺というお寺があって、その一角にあります。先にもふれた「志公殿」に宝誌像が祀られ、その近くに「宝公塔」という墓があ

志公殿（筆者撮影）

宝公塔（筆者撮影）

(53) 明朝の初代皇帝（一三二八～一三九八）。字、国瑞。諡、高皇帝。洪武帝とも。

ります。蔣介石が国民党軍の墓を建てるために、もとの宝誌の墓を壊して移したらしく、それだけ風水のポイントになる場所のようで、中国の長い歴史の重みを感じさせますし、今日まで宝誌の記憶がこのような形で生き続けていることにあらためて感慨をおぼえさせられます。

以上で終わります。時間が超過して申し訳ありません。どうもありがとうございます（拍手）。

＊補注　本内容は新刊の拙著『遣唐使と外交神話―『吉備大臣入唐絵巻』を読む』（集英社新書・シリーズ〈本と日本史〉②、二〇一八年五月）に重複します。併読して頂ければ幸いです。

松尾葦江

古態論のさきには

――平家物語研究をひらくⅡ

まえおき

二〇一六年十二月に東京学芸大学で行われた講演会の総合タイトルは、「文学研究の再構築―文学研究に未来はあるか―」というものでした。「再構築」というからには既存のままではいけない、「未来はあるか」と言われて「無い」というわけにはいくまい、との前提であると受け止めました。平家物語研究の立場から、これに合わせた話をするには、現在の研究状況にどんな問題があるかをまず把握しなければなりません。そこで、ここ三年くらいの文献目録を通覧してみました。すると、諸本研究や構想論・表現論が盛んだった時代は去り、話題は拡散していることがわかりました。ざっと見渡したところでは史実との関係、史料の探索と（その一環とも言えるかも知れませんが）人物論が多いようでした。つまり昨今では、平家物語を歴史上の事実を扱った言説として見る視点が主軸となり、文

「研究の再構築」「未来はあるか」という問いに答えるために

平家物語は史実の記述なのか

学としての性質も成立の背景も、そのような角度からのアプローチが多くなっているように見受けられました。そうなった理由の一つには延慶本古態説の定説化があり、また一方では言語芸術としての「文学」研究の落魄があるということでしょうか。日本史研究のほうの、文学作品をも吟味はしながら史料に加えていくという近年の動向も、関係しているのかもしれません。

諸本研究の動向については拙著『軍記物語原論』で、また延慶本古態説の今日的評価については、さきに雑誌「中世文学」所載「諸本論とのつきあい方—平家物語研究をひらく」（参考文献1、2）の中で述べました。本稿の副題にパートⅡとつけたのは、諸本研究がその隆盛の末期に志向していた古態追究の前方には何が求められていたのか、その結果はどうなったのかをふり返ってみなければ、諸本研究の再構築はできないであろうと考えたからです。前稿に引き続き、平家物語研究に特有の用語や概念を整理しながら、問題点を検証していきます。

なお講演当日は時間の都合もあって、用意した原稿の二割程度を割愛し、話し言葉ふうに直しながら話しましたが、本稿は以下、論文体で統一させて頂くことにしました。おのずから先行研究の評価も含むことゆえ、客観性、中立性を保証できる文体で述べたかったのです。

古態論の求めたものとその結果

一　古態論とは何か

1　古態論の現在

「古態」と「原態」

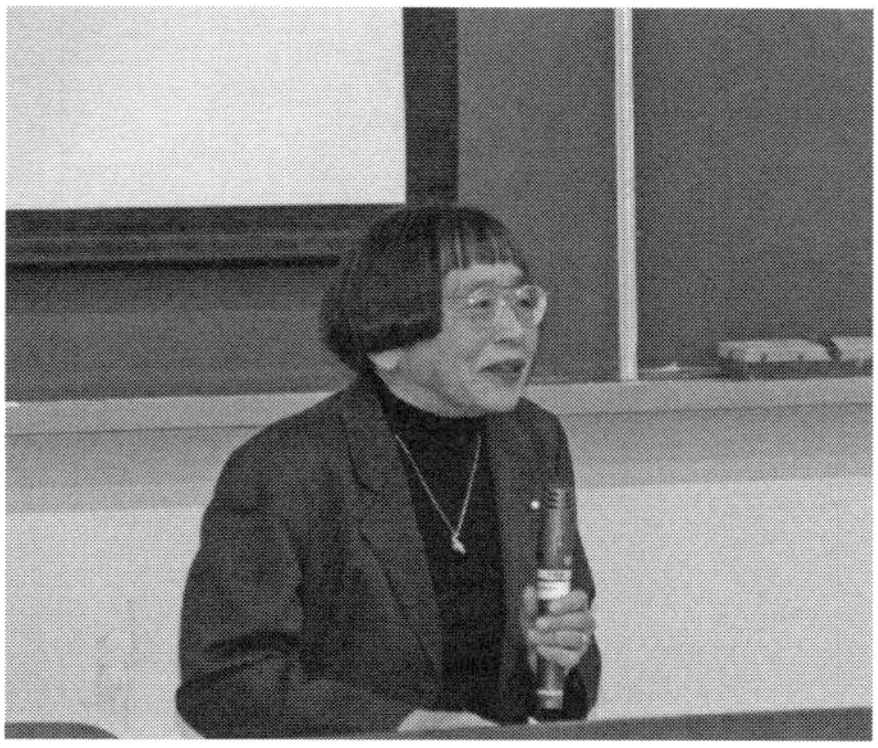

まず古態とはどういう意味か説明しておく。よく似たタームに原態、原本があるが、かんたんにいうと「古態」は比較級、「原態」は作業仮説としての「原本」を想定した用語である。現存本文をもとにできるだけ前のかたち、それより前のかたちを推定した場合、より古い様態を古態という。それに対し原態は、「原本」がどんなかたちをとっていたかを言い表す語である。昭和四十年代から使い分けされるようになり、昭和末期からは、原態論は下火になって、古態追究が平家物語研究者の関心の大きな部分を占めるようになった、と概括できるだろう。ここでは研究史を旨としてはいないので総花的に論文名を挙げることはせず、近年の単著の中から特徴的な四本をとりあげ、二つに分け、それを中心に置いて研究の状況をみていく（なお収録された論考の初出はここでは一々注記しない）。

①現存本文を対照比較して（混態・増補を摘出し）遡上の経路を求める研究

本文比較から遡上する研究

a　佐伯真一『平家物語遡源』（一九九六年、参考文献3）

b　櫻井陽子『『平家物語』本文考』（二〇一三年、参考文献4）

二著の間には十七年もの間があり、研究史上は一時代が画されるのがふつうだと思われようが、この間を通じて、多くの研究者の間では延慶本古態説の敷衍（と検証）が繰り返され続けていた。前者aが出た後に、八坂系諸本の悉皆調査の結果（参考文献6）、混態本（二種以上の本文を取り混ぜて形成された本）の多さが注目され、殆どの諸本は混態によって成立していることが認識されるようになった（じつは伝本調査に基づく諸本論が混態現象にいきつくことは、すでに曽我物語の場合で判っていたのだが、その理由をつきつめることなく放置されていた。参考文献7）。そして現存延慶本もまた改編されており、書写時に混態が起こっていることが後者bによって指摘されて、延慶本古態説は部分的に変質せざるを得なくなった。混態は読み本系・語り本系の区別なく起こる。応永書写の現存延慶本は、覚一本的な語り本系本文以降のものであり、全てが鎌倉初期、まして平家滅亡当時のものではない。原態への手がかりを得ようとすれば、原延慶本を想定せざるを得なくなるが、まぼろしの平家―原◯◯本を想定してその上に積み重ねる推論は際限がなくなり、実証性を保証しにくい。そのため、b以降の平家物語研究では、延慶本を丸ごと

混態現象

延慶本もまた混態

古態本として用いることは警戒されるようになり、部分的に古態を残す、最も多く古態を残す、という観点で取り上げられるようになってきたのだが、他分野からは未だに丸ごと延慶本を最古の本文、平家物語初期の形態とみなす傾向が強い。

「本来の」とは

なおaでも言及されているが、古態や諸本展開を論じる際に、しばしば「本来の」平家物語、もしくは「本来の」構想といった想定がなされることがある。「本来の」とはどういう意味なのかは、必ずしも明確ではない。平家物語の原本をいうのか、もしくはこの作品のあるべき姿を言っているのか。ときにはその両方が混融した使い方をされていることもあるようで、当惑する場合もあるが、その後の研究においても見かけられる用語なので、注意が必要である。

本文の整合性から推定する研究

②読みによる整合性をもとに（他本を参照しつつ）流動の方向を推定する研究

c　千明守『平家物語屋代本とその周辺』（二〇一三年、参考文献8）

d　原田敦史『平家物語の文学史』（二〇一二年、参考文献9）

cは①とほぼ同時代に書き継がれてきた論考であるが、複数の現存本文を対照して先後を判定するだけでなく、ある一本の文章の齟齬や記事の矛盾に注目し、改変前の形態を推定するために他の諸本を参照していく点で、dと共通している。いわば①から②へ、移行する過程を含有しているといえよう。この二著は、語り本の共通祖本として〈読み本的な古態本文〉が想定されるとする結論においても一致している。つまり延慶本一本を古態本として選出するのでなく、また現存延慶本を丸ごと古態とみるのではなく、対象とする本文の非整合部分をもとに改変される前の形態を推定すると、合致するのは読み本系、しばしば延慶本である、という推測過程をたどる。しかし「整合性」の判定は時に主観を伴わざるを得ない。矛盾している、という判定が研究主体の読みに基づく以上はやむを得ないと言えようが、そもそも原態では「整合」していたのか、という疑問も起こってくる。延慶本古態説隆盛期には、初期の平家物語は雑多な史料や伝承をたばねてできたとして、それゆえ緊密な構想などは求め得ない、と言われたことがあった。しかし物語の成立とは、何がしかの構想が立ち、それを支える連関が組まれ、（歴史文学の場合）それに合わせて事件の記述が整理統合され始めた段階をいうのではないか。そこに至って初めて我々は、「物語」を作品として受容することができるようになる。あやうさはあるとしても文学研究の基盤にはつねに、作品の読み――根幹的な構想を把捉する作業が必須である。

読み本系本文の古態性

整合性の判定

①②とも、作業としては諸本を並べ比較して結論を求める、同様の方法に見えるが、①が説話単位、一文単位による先後判定に埋没して構想論を後回しにしたのに対し、②は作品の構想や記事の連関を意識しながら改編の経緯を描き出すことを意図している。古態論をそれだけで完結するもの、もしくは成立論の準備作

構想論を含む諸本研究

業とはせず、そのさきへの見通しをより遠く、成立と本文流動との特殊性をつよく意識した構想論へ向けている点で、発展性があるといえよう。

2 今後の課題

二大系統の根本的差異

現在の諸本論・古態論がさきへ進むためには、超克されねばならない課題が二つあると思う。一つは二大系統として区別されている読み本系と語り本系の差異をどう捉えるか、という問題であり、もう一つは語り本（十二巻本）成立経緯の解明である。

読み本・語り本という呼称は必ずしも享受の実態を示すものではなく、両系統の最大の差異は、むしろ文学的方法の相違なのだと私は考えているが、さらに成立契機の相違にもふみこんで論じようとするのが原田敦史（前節の②d）である。

源平系と平家系

読み本・語り本の呼称は「源平系・平家系」とする方が実態に即していると主張したのは麻原美子（『平家物語世界の創成』〈二〇一六年、参考文献10〉）であったが、dは源平系（読み本系）が頼朝記事を多く持つようになったのはいつからか、つまり源氏勝利の視点は原初からのものなのか否かにまで論点を広げようとしており、平家物語成立の政治的契機が視野に入っている。物語である本作品のすべてを政治的契機で説明できるとは思わないが、時代の制約を無視しては歴史文学の諸事情を解明できないこともたしかである。

語り本の成立は

では、語り本系諸本が後出だとして、現在見るような語り本の祖本、十二巻本平家物語はいつ、どのようにして生まれたのか。その点が明らかにならなければ平家物語の成立を説明したことにはならないのだが、延慶本古態説はこの点を未だ説き明かしていない。成立論から見れば未完の説なのである。

二　平家物語には研究者の語る「伝説」がいくつもある

研究上の「伝説」

ここで、現在も平家物語研究の「通説」乃至《ないし》前提となっている共通理解や過去の理論の問題点のいくつかを確認しておこう。それらは有能な研究者が語った、一種の「物語《ストーリー》」から始まり、永年のあいだに「伝説《レガシー》」として存立してしまったものであったりする。学界を席巻する新説は物語《ストーリー》の首尾を備えて初めて受け入れられる、と言ってもいいのかもしれない。しかし新しい仮説はいきなり首尾が整っているとは限らず、一つずつ煉瓦を積むように点検しながら組み立てられていくものではないだろうか。殊にその時代の多数派が待望していた理想や希望に合致して展開した物語《ストーリー》は、そういう背景をふまえて評価される時期が来なければならない。そもそも人文系の仮説は、数十年も吟味されずに前提条件のままでありつづけるものではあるまい。しかも平家物語の場合、それらの「伝説」同士は互いに整合していないか、擦《す》り合わされずに併存しているのである。

三つの「伝説」の吟味

以下、延慶本古態説、平家物語成長文芸観、琵琶法師と語りの論の三点を取り上げるが、その前に諸本分類と古態本について基本的な理解が必要なので、解説しておく。

1　平家物語諸本と代表本文の意義

次頁の図は平家物語の諸本分類を簡略に図示したものである。枠で囲ってあるのは高校教科書の底本として採用されたことのある本である。

現存諸本を二大系統（語り本系と読み本系）に大別することには研究者の間で異論が無い。その大別の理由について、かつては享受方法の相違、原作者の相違などが言われたことがあり、読み本系を増補系とも呼んだことから判る（読み本系は語り本に増補してできたと考えられていた時期があった）ように、原態に近いのは語り本だとする時期が長かった。しかし、両系統はそもそも文芸的方法が、対照的ともいえるほど相違しており、この点が重要なのだと私は考える。さらにそれは成立契機の差異に基づくとするのが前述のd、原田敦史であるが、この問題に関しては今後の進展を俟《ま》ちたいと思う。

代表本文

ここで代表本文という考え方を説明しておく。流布本という語は普通名詞で、

平家物語諸本の分類

平家物語諸本分類図

- 読み本系諸本
  - 源平闘諍録　四部合戦状本
  - 延慶本　長門本　源平盛衰記など
- 語り本系諸本
  - 一方系諸本
    - 覚一本　流布本 など
  - 八坂系諸本
    - 一類　中院本など
    - 二類　城方本など
    - 三類　太山寺本など
    - 四類　両足院本など
    - 五類　城一本
  - 一方・八坂両系の性格を併せ持つ本
    - 屋代本　百二十句本 など

最もひろく普及している本、という意味である。近世においては出版された本文がそれに当たることが殆どであり、平家物語の流布本とは、覚一本から派生した一方系本文が近世に版行されたもの（殊に整版本によって普及した本）、及びその同類本をいう。昭和初期までは一般読者も教育現場もこれで平家物語を読んでいたのであるが、覚一本の文芸的達成度の高さ、検校覚一の校訂によったとする跋文

覚一本

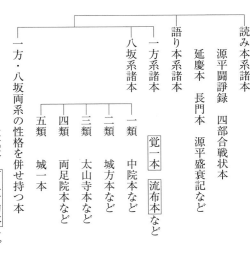

があること等の理由で（岩波文庫や日本古典文学大系の底本となり）、代表の座は入れ替わった。現代の我々がそのまま覚一本を代表本文とすることの是非については、中世以来の影響力（近世初頭に版行のための校訂が行われるまで、混態に際して最も影響力が強かったのは覚一本であり、その存在感は大きい）から言っても妥当である。

昭和前期の古態論

昭和前期までは、内容的に簡略、史実密着、年代記性の濃い、漢文体に近い、表現が素朴な（文飾の少ない）、もしくは叙事的な本が古態だとして、源平闘諍録・四部合戦状本のような真字本《まなぼん》、または屋代本が注目されていた。しかし昭和四十年代に、真字本はその漢文体的文体による制約のために簡略に「見える」のであり、四部合戦状本は延慶本のような広本的本文を抜粋して作られた痕跡のあることが水原一（参考文献11）によって証明された。また一時は「原平家のおもかげ」を残す本として論じられた屋代本も、書誌的・語法的に応永年間以降のものと見られ、現在では無条件に古態本としては扱われていない。

百二十句本と通し語り

百二十句本（新潮日本古典集成　参考文献12）は、いわゆる覚一系周辺本文（屋代本と覚一本との混態本文）の一つで、断絶平家（六代の処刑を以て平家の子孫はその後永く断絶したとする記事）で終わる。一巻を各十句（「句」とは平曲を語る際の一単位に当たるまとまりを言う。内容的には流布本のほぼ一章段に該当する）、計百二十句に分割した、整然たる構成をもつが、この構成が百二十句本元来の形であるかどうかは完全には証明されておらず、一部平家（全巻通し語り）などの平家語りとの関係は、未だ不明というべきである。何故百二十句本が教科書に採択されたかを推測すると、読み本系的本文、もしくは一方系本文でない本文を提供しようとする苦肉の策だったかもしれない。

八坂系の本文

八坂系諸本は、灌頂巻で終わる覚一本や流布本などの一方系本文とは違って、断絶平家で終わる。語り本系本文でありながら、しばしば読み本系記事の一部を小さな要素として保有している。しかし八坂系諸本にはこれまで注釈がなく、近代の校訂本文刊行も限られている。それゆえ八坂系と一方系との混態本文で、九州の琵琶法師と関係があると見込まれている百二十句本を底本に選んだのであろう。

延慶本

延慶本については目下、研究現場では平家物語の代表本文とされ、最も古態をよく残していると考えられている（延慶本古態説の評価については後述する。なお、とりあえず本文を読もうとするには、汲古書院刊『校訂延慶本平家物語』（一）〜（十二）がある）。雑多な情報を盛り込み、覚一本と違って未だ校訂を経ていない延慶本の本文は、最も読みにくい部類に属する。国文学のみならず、歴史学・漢文学はもとより宗教・建築・船舶等々に至るまで広汎な知識を必要とし、しかしそこに中世の真面《しんめん》目《もく》を見る、という研究者も少なくない（参考文献13）。

源平盛衰記と長門切

源平盛衰記はこれまで最も後出の平家物語として、むしろ近世的思想の母胎とも見られてきた。たしかにその最終改編時期は中世末期かと思われるが、近年、長門切《ながとぎれ》の出現によって平家物語の古態性との関係について、見直しが必要になった（参考文献14）。長門切とは、世尊寺流で書写された平仮名書きの平家物語断簡で、もとは大部な巻子本だったらしいが、現存するのは原本そのものではなく転写本である。最新の発見までを数えると模写も含めて七十九葉以上になる。近世古筆家の極書《きわめがき》は応永（一三九四―一四二八年）頃活躍した世尊寺行俊筆とする例が多い。ところが最近、炭素14年代測定法によって料紙の製造された年代を推定すると、一二七三年から一三八〇年の間、特に一二八四年前後の可能性が高いことが判明した。この年代は「平家物語」の書名が資料に現れる最もはやい時期から、三十年弱しか経っていない。しかも長門切本文を現存平家物語諸本と対照すると、一部例外はあるものの、大半が源平盛衰記の本文に近い（現存盛衰記よりもやや簡略）のである。長門切そのものにも未だ謎が多いが、もしも十三世紀末にすでにまとまって存在したとすれば、読み本系平家物語諸本が現存本のごとく変貌する以前（読み本系共通祖本）のすがたを、延慶本寄りでなく源平盛衰記の古態部分寄りに想定することが必要になる。源平盛衰記の成立過程の複雑さが予見されることになり、ひいては他の諸本の発生と変容過程の複雑さも推測される。さらにその結果として、現存諸本の対照比較から割り出した「古態」とは、じっさいの本

長門切と古態論

文流動のどの段階を反映しているのか、簡単には判断できないことを突きつけられることになる。盛衰記に限らず、諸本は決して一方向へ変化してきたわけではなく、往復、ときには渦巻のような運動を繰り返して異本を生み出してきたのであろう（参考文献15）。

2　延慶本古態説の功罪

昭和四十年代、衝撃的に登場した延慶本古態説の重圧感は、その後半世紀近く、この仮説の未完部分や、この説に拠りかかりすぎることからくる作品研究の危機を意識させずにきた。その概要と功罪とについてはすでに述べた（参考文献2）ので繰り返さないが、ここで箇条書きにまとめると、①成立論の通念を覆した（読み本系から語り本系へ、広本から略本へ）②従来は矛盾すると考えられていた伝承性と史料性を両輪として（ゆえに打倒しにくい）、軍記物語の成立の特殊性を明らかにした　③作品を説話の集合体として、全体の構想を排除した　④雑多な情報を抱え込む延慶本を平家物語の根本に据えることにより、研究の社会史・文化史的分野への拡大（同時に拡散）を促した　等々が挙げられよう。しかし前述したように、古態性は相対的なものである。延慶本を代表本文として使えば、果たして原初の平家物語を具体的に考察することになっているのかどうか、検証と見直しの時期に来ていると思う。

３　成長流動の文芸と呼ばれて

一時期、平家物語のキャッチフレーズとして「成長流動の文芸」という語がよく用いられた。戦後から昭和三十年代にかけて、歴史社会学派やそれに同調する人々によって、文字によらない文学―説話や軍記物語が、個人の創作によって成立する文学より高く評価され、その魅力が説かれた。特権階級による文化の創造・展開を核に構築される文学史に反して、読み書きのできない衆庶の創造力という黄金伝説が、眩しいまでに描き出された。

歴史社会学派の功罪

歴史社会学派の功罪についてはすでに述べたことがある（参考文献２）が、こういう「物語《ストーリー》」には敗戦後の日本人を酔わせ元気づける夢が盛り込まれており、多くの軍記研究者が影響を受けた。当時、歴史社会学派の文体は、卓抜な読みをアジテイティヴに歌い上げて、当代人の精神的飢えを満たす力を持っていたと思う。そして彼らは個々の作品の評価や諸伝本の分類を、それだけで終わらせず、文学史に関連させていこうとした。平家物語においても、諸本の「展開」、「変容」を文学的評価と結びつけて文学史の中に位置づける試みに取り組んだが、それゆえに古態本の判定が覆ると論そのものが崩れてしまうことになった。

現在は、前述の通り近接した本文を精しく対照してその形成過程を復元しようとする作業が行われることが多いが、現存諸本による作業には限界があり（喪われた鎖鐶はあまりにも多い）、直線的な遡上は困難であることをすでに指摘してきた（参考文献15）。『神皇正統記』の諸本などを見ると、中世的本文のありかたにはどこか共通するものがあって、殊に歴史文学や説話文学のような、事実であることを建前とする記述では却って異同の幅が広く、多様な表現構成がゆるされた、乃至は求められたようなのである。中世人にとっての文芸観や達成度の基準は、現代人のそれとは同じでないことに注意する必要がある。

中世的本文のありかた

こうして我々は、我々のもつ基準とは必ずしも同じでない価値基準でゆれうごく諸本群を、「平家物語」という作品として読むことになるが、このような「ゆればを抱え込んだ」作品論を実現することの難しさは、総論としては論じにくい。個々の場合に応じて試行するしかないのであろう。

ゆれる物語

4 語りと平家物語

平家物語、中でも覚一本の達成は語りのおかげだとする論が（前節で述べた歴史社会学派を承けて）永く通用してきた。教科書の学習問題などにもそういう趣旨の問いがよく見受けられる。しかし語られたから感動的な文学になった、というだ

語りとリズム

けでは何も説明したことにならない。現実に、平家物語の文体のリズムと音曲としての平曲のリズムとは殆ど無関係といってよい。リズム感のある、また交響楽的に感動を誘い出し盛り上げる力をもつ平家物語の文体については、別途の解明が必要なのである（参考文献16）。私は近代詩の内在律*をヒントに考えているが、その論証は未だ十分にまとまっていないので別稿を期したい。

また「語り」という語はひろく曖昧なまま使われているが、平家物語以前の語りとそれ以降の語りとは質的にも異なり、一括して言及することは適切ではないのではないか。物語の成立以前に関わるのは主として素材としての語りであり、即興性は平家語りという芸能の確立以前のことであって、区別されねばならない。琵琶法師が即興で平家物語を語って成立させたかのような説明（学習参考書などには今も見いだせる）は、荒唐無稽である。それに平家物語が生まれた社会は、無文字社会ではないので、書き言葉の影響が皆無ではありえない。書かれた物語に節付けされて語られ、暗誦されて繰り返されるうちに芸能として洗練され、権威づけられて固定し伝承されていく、というのが大筋であろう。中世にあってすでに、享受・流布の実態は読みと語りが併存していた。

＊内在律
音数や踏韻などの形式によらず、詩的発想や表現によって生み出される、作者の内面から発するリズム。

語りと平家物語

三　教育・読者現場との乖離を埋めるには

前述のような「物語《ストーリー》」を統合して「平家物語史」を編もうとすると、いくつも未解決の課題や非整合の問題が見つかる。十二巻本の発生経緯や、諸本分岐以前の初期読み本系平家物語の形態などもその一つである。それらの間隙を埋めることは必要だが、中には検証してみれば根拠のない、消し去るか改めて問題を立て直すかの必要がある「伝説《レガシー》」もある。そのような状況の中で教育現場、一般読者と研究現場との距離を縮めるために何が必要か、喫緊課題を挙げながら整理しておく。

平家物語研究の喫緊課題

1　代表本文と作品の読み

教育現場の代表本文がほぼ覚一本一色であるのは、①名人と謳《うた》われた検校覚一の校訂本だから、という理由からか。②現代の我々にとって最も文芸的に洗練され、感動的になっているからか。あるいは③校訂・加注した活字翻刻がいくつも公刊され、利用しやすい本文として広まったからなのか。いっぽう、近世の演芸や絵画などが底本としているのは圧倒的に、当時出版されていた流布本である。また源平盛衰記も近世に出版されてひろく流布し、読者の階層別で見れば、一部

代表本文の資格

群としての平家物語

では平家物語をしのいでいたとも言えそうな状態であった。現在の研究者は延慶本に注目する人が多く、覚一本に基づく論文はもはや少数派である。にも拘わらず、代表本文を覚一本と見定めることの妥当性は既に述べたが、その上で「平家物語」を論じる際に、ゆれはばを含んだ、群としての「平家物語」をイメージできているかどうか、文学としての特殊性をふまえて作品に向き合っているかどうかの問い直しが必要ではないか。一般読者や次世代の読者に、そのイメージを（煩瑣《はんさ》でなく）伝えることができるのか、それも研究者の担うべき課題であろうと考える。

2　語りに関する課題

語りと文芸的達成の関係

「語りによる文芸的達成」という評価も、長期間存続し続けた平家物語の伝説の一つであった。しかし何故、語りが感動的な文体を生み出すのか、何が、眼で読む我々を感動させるのかは説明がされていない。今後は語りの解明を、文芸の達成度や成立事情の問題に直接結びつける前に、一つには表現論、もう一つには芸能史の中での位置づけへと展開させていく必要がある。

表現論としては、音声によって集団の場で聴く「語り」が喚起する感動にちかい感情的盛り上がりが、独りで眼で読んでも発動し得るのはどういう仕掛けなのか、文体や場面構成法を分析することが出発点になろう。修辞や定数律のみならず、内容と不可分に訴えかけてくる韻律の仕組みを見極める試みである。

芸能としての語りについては、①平家物語の発生に関わる語りと、②物語が成立して、芸能者がそれを自らの演目として以降の語り、さらに③当道座の統制下にある語りをそれぞれ区別した上で、他の中世芸能の場合も参照しながら、語りが詞章に対してどのように関わるのかが問題にされねばならないだろう。室町期になぜ混態本が大量に生まれたのか、近世初期に行われた出版のための校訂が何をもたらしたかも、これに関わるだろう。その過程で諸本論とも密接に関係してくることになる。

語りと詞章（諸本論）との関係

3　歴史文学はドキュメントではない

歴史文学の方法

歴史文学は実録とは限らない――この当たり前のことが、軍記物語研究ではしばしば置き去りにされている。歴史叙述の事実らしさは、実録的な具体性や詳細性によって保証されるので、物語の作者はそういう記述を効果的に用いるには違いないが、文学としての一般性、ひろく共感を呼ぶことのできる中立性は、むしろ無名性によって支えられる。作者はそれを知っているはずである。事実をそっくりそのまま物語ることなどできはしないのだから、そのままのように見えるためには相応の工夫が要るのだ。ああこれは自分の経験と同じものだ、もしくは自分にも同様の経験があり得る、と享受者に感じて貰うためには、個別の特殊性、実名性を薄めていくことが必要になる。我々は、そういう仕掛けに引っかかって物語を享受するのだが、作品を研究分析する際に、作者の手練手管を見破ることがどれだけできているか。物語の中に出る固有名詞や具体的な記事を拾って、作者や成立事情と結びつけていく際には、いっぽうで作者のたくらみをつねに意識しておくべきであろう。

時制の助動詞と語り手

さらに、事実性を証明する方法についてもしばしば誤解がある。例えば時制の助動詞と物語の語り手との関係を見よう。助動詞「き」が使われていれば直接体験を語っているのだから作者に結びつく、とする論法があるが、じつは平家物語の諸本を対照すると、「き」と「けり」は代替可能であるらしい。平家物語の主な文末表現は言い切り（原形・現在形）か推量・時制の助動詞であり、また作中人物や世間による評言、語り手の評言などが直接話法・間接話法、または形容語として付加されることも多い。それらは前後が殆ど同文であっても、諸本によってゆれうごく。覚一本巻一から例を挙げよう。

【例①】もとは一門たりし（平貞光）――〈屋〉元ハ一門タリケル　〈延〉一門ナ

リケル　（殿上闇討）

【例②】人々よみわづらひたりしに——〈屋〉人々読ミワヅラヒタリケレドモ

〈延〉読煩タリシヲ　（御輿振　＊毫雲の語りの中）

例①では屋代本・延慶本共に「けり」である箇所、覚一本は「き」になっている。例②では屋代本だけが「けり」で、覚一本・延慶本が「き」である。この①②の例だけ見ても諸本間の異同分布すら一致しない。「き」と「けり」によって作者を判定することは、平家物語の場合、不可であることが判る。

平家物語が隠したもの

平家物語は永く日本人をとりこにしてきた。近年は、日本史などから源平時代に関するさまざまな思い込みが突き崩されつつあるが、一方で新たな思い込みの貼り付け、増幅がなされている場合もあるのではないか。例えば、源頼政のように伝記の空白の多い人物像を描くとき、和歌史の空白部分を平家物語の挿話で埋めたりしてはいないか。果たして頼政一族が以仁王の乱を起こしたのか、頼政の和歌は彼の世渡りの道具になったのかどうか。それらを考証する場合に、平家物語が私たちに隠してしまったものは何か——という視点も、必要だと考える。

4　文学はプロパガンダではない

歴史物語の仕掛け、とか平家物語が我々を籠絡《ろうらく》してきた、とかいう口ぶりは誤解を招きそうだが、今ここで言いたいのは、文学と政治との関わりを批判するには、通常の研究以上に方法の厳格さが必要だということである。ある主張をプロパガンダと非難すること自体が、プロパガンダになり得る。軍記物語を反戦平和の教育のために使え、という主張はそれ自体が、反戦平和が世の大義である今日において、時流に乗った宣伝だと批判されたら、きっちり答えられるのだろうか。さまざまな主張の正否は相対的なものだと、古典をあつかってきた私たちは知っている。古典を正しく理解するために時代背景や風俗習慣の相違を究明していく必要があるように、過去の主張を現代の視点で審《さば》くことの空しさは、用心してしすぎることはない、と思う。他人の正義について言挙げする前に、研究者ならやるべきことがあるだろう。例えば紙の統制が厳重でしかも出版以外に発信手段の殆どなかった時代、世間に向けてどのような方法で反体制を謳《うた》うことがあり得たのか。すでに大正・昭和の時勢、たかだか七十年前の社会環境や自由の条件も、注釈をつけなければ理解出来なくなっているように思える。

想像力の育成

「木曽最期」を戦争は悪、と教えるために読むのではなく、戦争を含む非人間的な局面に立った時、人は人に、あるいは時代に対して、何ができるかがここに語られていることを読みたい。「さてこそ粟津のいくさはなかりけれ」と語り終える言葉の向こうに、義仲に希望をかけて（勿論、やむなく、泣く泣く、という者たちもあり、両方の気持ちをないまぜに持っていた者が大多数だったであろうが）、都をめざして来た幾万の男たちの希望もついえたのである。それまで義仲が成長し挙兵するまでの時間の、延べ幾万倍が虚しくなった、その瞬間を言い表す、短い一文を読めるちからを、私たちは保持していたい。これからも育てたい。さらに研ぎ澄ましていきたいと思う。文学研究が絶えず再構築しなければならないのは、そういう想像力を支える語学力であり、知識とその体系なのである（参考文献17）。

文学の効用

こと新しく言うようだが、物語の効用（現実世界と文学の関係、と言い換えてもよい）とは、我々に時空を超えるつばさを与えてくれることであろう。不自由な肉体を地に縛りつけているあらゆる絆を、想像力によって解いてくれる。読んだ当時は意識できなかったことでも、後日に自らの経験とスイッチする場合もあり、それは単なる体験とはまた違ったものになるであろう。文学をプロパガンダ化することは、えてしてその可能性を捨て去ることになる——あまりに惜しい。

四　ゆれる物語を読むということ

平家物語諸本研究の意義

最後に、なぜ諸本を、なぜ平家物語を研究するのかについて付け加えたい。研究者の数だけ解答が出るだろうが、私は中世文芸の幅は平家物語諸本の幅であり、すなわち平家物語諸本群のなかに中世がある、と考えてきた。近世は雅と俗のあいだをゆれうごく時代としてイメージされる。中世もまた、（従来の言辞を借りれば）定家や世阿弥に代表される新古今的な美意識と、例えば縁起や注釈文芸や教訓書等々の、かつては文学には数えられていなかった、饒舌で雑多な情報を抱えた言説が代表する知的好奇心とを両極として、そのあいだに展開してきたといえよう（参考文献18）。

古典の魅力を次世代へ

いま欲しいのはこのように多様な中世文芸にあって、それぞれの研究対象の魅力を、どれだけ一般的に（わかりやすく）語れるか、という試みではないだろうか。例えば私は、ようやく方法が定着してきた注釈文芸や縁起、法会についての研究に、それを待望している。同時に平家物語の魅力（①中世以降の人々にとって ②現代の私・我々にとって）をどれだけ語っているか、殊に次世代に向かってそれを伝えることができているかどうか省みながら、今後も古典を読み、文章を書いていきたいと思う。

参考文献

1 松尾葦江『軍記物語原論』（笠間書院、二〇〇八年）
2 松尾葦江「諸本論とのつきあい方—平家物語をひらく」（「中世文学」60、二〇一五年六月）
3 佐伯真一『平家物語遡源』（若草書房、一九九六年）
4 櫻井陽子『『平家物語』本文考』（汲古書院、二〇一三年）
5 櫻井陽子『平家物語の形成と受容』（汲古書院、二〇〇一年）［文献4の姉妹編］
6 山下宏明編『平家物語八坂系諸本の研究』（三弥井書店、一九九七年）
7 村上學『曽我物語の基礎的研究』（風間書房、一九八四年）
8 千明守『平家物語屋代本とその周辺』（おうふう、二〇一三年）
9 原田敦史『平家物語の文学史』（東大出版会、二〇一二年）
10 麻原美子『平家物語世界の創成』（勉誠出版、二〇一六年）
11 水原一『延慶本平家物語論考』（加藤中道館、一九七九年）
12 水原一校注『平家物語　上中下』（新潮日本古典集成、一九八一年）
13 栃木孝惟・松尾葦江編『延慶本平家物語の世界』（汲古書院、二〇〇九年）
14 松尾葦江「長門切からわかること——平家物語成立論・諸本論の新展開—」（「國學院雑誌」二〇一七年五月）
15 松尾葦江「資料との「距離」感—平家物語の成立流動を論じる前提として」（「國學院雑誌」二〇一三年十一月）
16 松尾葦江『軍記物語論究』（若草書房、一九九六年）

17　松尾葦江「眼で聴き脚で読む―平家物語を読んでみよう」（『ともに読む古典―中世文学編』笠間書院、二〇一七年）

18　松尾葦江「諸本論から文学史へ―多様性の時代の代表文学―」（「悠久」151、二〇一七年十月）

和歌の帝国
──菅江真澄・林子平・古川古松軒

錦　仁

一　和歌の果たした役割

二〇一一年三月十日、東日本大震災の前日に、私は『なぜ和歌《うた》を詠むのか──菅江真澄の旅と地誌』（笠間書院、二〇一一年）という著書を刊行しました。この本に書いたこと、すなわち私が三十年あまり取り組んできたのは、和歌そのものを批判することです。古代から一三〇〇年余り続いてきた和歌は、この日本において、いかなる役割を果たしてきたのか。和歌があることによって日本はどのような国家になりえたのか。これを批判的に考えることです。

国文学を批判すること。国文学を、国文学的でない発想によって、国文学ではない他の分野へ越境する視野の中に捉えること、すなわち文学研究の再構築ということです。

私の問題意識は、通常の和歌研究や和歌研究者と少し異なると思います。通常の和歌研究者は、奈良・京都・江戸または鎌倉のような政治・文化の中心地に住んでいた、誰もが知っている歌人、誰もが価値を認めた作品を研究します。そうでない場合は、そのように認められるべき歌人・作品であることを証明するための研究をします。それは当然のことです。和歌は、天皇を頂点とする国家体制の、その本質を最もよく体現する中央の文化として続いてきたからです。

しかし、私自身がそういう研究にのみ従事するのであれば、満足が行かない。すでに価値ありと定まっている歌人や作品を、すでに価値ありと定まっている研究方法に従って、くりかえしていくような気持ちになるからです。この国と文化に対して冷徹な、客観的な研究者としての目、すなわち自分を少し喪うことになるのではないか。既成の価値観に何のためらいもなく従属して生きるのであれば、つらい。だから私は、通常の研究を十分に尊敬した上で、自分の住んでいる大地に立って、自分というたった一人の心で、日本の本質を体現するゆえに長い歴史を生き抜いてきた和歌の本質を見つめようと思うのです。地方に視点を置き、あるいは視点を移して和歌について考え、新しい発見ができればとても楽しい、と申したいのです。(補注1)

気負ってお話しするのではありません。自然にそう思うようになりました。そ

ういう観点からすると、院政期の歌論書『俊《とし》頼髄脳《よりずいのう》』(1)の巻頭に記された、和歌とは何かの一節は、まことに重要です。源俊頼は、何よりも先にこれを書いておかねばならぬことなので冒頭に記したと思われます。

要約します。和歌は我が国の「たはぶれあそび」である。和歌は神代からあって、今も絶えることはない。よって日本に生まれた人間は、男も女も、身分の高い人も低い人も、誰もが和歌を学んで詠むべきである。熱心な人は上達し、熱心でない人は上達しない。和歌とはそういうものだと述べています。

ほぼ同じことを、約七十年後の藤原俊成が『千載集』の仮名序の、やはり冒頭に書いています。簡単に申します。和歌は神代に始まり、奈良時代に普及した。『古今集』『後撰集』『後拾遺集』『堀河百首』が編纂されて続いてきた。和歌は我が国の「風俗」であり、上達すれば後世に名を残す。よって、和歌を好まなければ人間らしい心が足りないと思われる。だから、日本に生まれた人はすべて歌を詠むのであって、外国から来た人も歌を詠む。要するに、日本は和歌の国である

（1）関白藤原忠実の命を受け、その娘・高陽院泰子の后がね教育のために書かれた和歌の解説書。天永二年（一一一一）～永久二年（一一一四）の成立か。小学館・日本古典文学全集『歌論集』などに収録。和歌の歴史や詠み方のほかに説話・伝説に及ぶ。

というのです。
日本に来た外国人も和歌を詠む。これは『古今集』仮名序を踏まえていると思われます。半島から来た学者の王仁《わに》が、皇太子であった仁徳天皇に、和歌を詠んで即位を勧めたとあります。さらに約百年後、『拾遺集』巻二十には、インドから来たバラモン僧正が湊に着いた途端、日本人である行基《ぎょうき》(2)と歌を詠み交わしたとあります。二人は前世、シャカの前で修行した仲だった。和歌は神代からあることを仏教的に言い換えたのです。『古今集』仮名序の神道的な和歌史観が早いけれども、平安中期には仏教的な和歌史観もあった。俊成はそれをもとりこんで述べているから、俊頼を大きく超えて、新しい時代の和歌思想を説いているといえます。

さらに俊成は、聖徳太子が乞食と歌で問答をしたと書いています。これも『拾遺集』巻二十からの引用です。和歌は身分差を超えて心と心を繋ぐ。伝教大師は歌を詠んで鎮護国家の祈願をした。そういう様々な理由で歴代の天皇は和歌を大切にしてきたというのです。

和歌は日本固有の「風俗」、すなわち〈くにぶり〉であり〈ことわざ〉(3)であるというのです。和歌は神代からあり、だれもが歌をうたい、どこにもある。歌で心をあらわし、身分差を超えて心を通わせる。外国から来た人も歌を詠む。それ

(2) 六六八～七四九。奈良時代前半の高僧。父は百済系渡来人の高志才《こしのさい》智《ち》。民間布教に従事し、灌漑設備の造営と布教を結びつける宗教活動をした。東大寺の大仏造営に協力し、天平十七年（七四五）大僧正。『日本史事典』（角川新版）による。

(3) 古代「くに」は宮廷に対する半属半独立の地方を意味し、「くにたま」（国魂）を有すると考えられた。天皇の即位式の大嘗会《だいじょうえ》に国魂の籠もる歌を披露し、宮廷への服属を示した。「くにぶり」（風俗）は、神世の古い時代に発生し、人々の生活の中にまで浸透している習俗・習慣の類をいう。今も持続している古くて新しいもの。西

が日本だ。日本の原イメージを想い描いたのですね。俊頼も俊成もそのように和歌を定義してから歌論を書いていきます。藤原清輔の『袋草紙《ふくろぞうし》』も基本的に同じです。

以上をまとめると、和歌には三つの原理がある。[4] 神代から続いているという歴史性、誰もが歌をうたうという万民性、どこにでも歌があるという国土性。これが和歌の三本柱だ、日本の国柄だというわけです。『古事記』『万葉集』『風土記』は、日本の歴史・人々・国土を書いていますが、『古今集』の仮名序はその三つをまとめて凝縮している。俊頼も俊成も清輔も、そういう仮名序をふまえて和歌の本質を定義したのです。

こうした和歌観は、江戸時代の初期に、庶民から天皇に及ぶ歌を集めた下河辺《しもこうべ》長流《ちょうりゅう》[5]の『林葉累塵集《りんようるいじんしゅう》』[6]がありますが、その仮名序の冒頭に、よりはっきりと書かれています。同じ頃の契沖は『万葉代匠記《まんようだいしょうき》』[7]の序文に、和歌は中国の漢詩よりずっと古く、『万葉集』は大陸の『詩経』と同じであると述べています。誰もが歌をうたうという点で大陸にも日本と同じ詩歌観があったというのです。また、幕府の老中・松平定信の『燈前漫筆』にも同種の考えが述べられていますし、小沢蘆庵《ろあん》の『布留の中路』、平田篤胤の『歌道大意』にも、仮名序の和歌本質論がくりかえされています。ペリーが来航した年（一八五四）に編まれた『橘守部家《たちばなもりべか》

村亭『歌と民俗』（岩崎美術社）。「ことわざ」は、言葉で表現する業、広くいえば歌を詠むこと。

（4）錦仁「和歌の思想―俳句を考えるために」（『俳句の詩学』角川学芸出版）、同「古今集と平安和歌」（『日本文学史―古代・中世編』ミネルヴァ書房）など。

（5）江戸初期の歌人。和歌を木下長嘯子《きのしたちょうしょうし》、連歌を西山宗因《にしやまそういん》に習う。全国に門弟が多く、契沖もその一人で『万葉代匠記』に長流の説を多く引く。生年未詳、貞享三年（一六八六）没。

（6）『古今集』をカノンと仰ぐ堂上派《どうじょうは》の繊細優美な和歌に対し、庶民的感覚の地下派《ぢげは》の和歌を収集した。総歌一三七〇首。根底に『万葉集』尊重が

集《しゅう》』の序文（橘冬照《たちばなふゆてる》・選）もそうですし、江戸時代の歌論書の多くがそうです。

和歌とは何か。もう一度、申します。日本は神代の昔から、だれでもどこでも、男も女も、貴族も庶民も、みんな歌を詠んできたし、うたってきた。今もそうだし、未来もそうだ。そういう国として続いてきたというのです。一言でいえば、和歌イコール日本です。

　ならば、和歌の研究はどうあればよいか。第一に、神代から現代への連続性を捉える観点が必要となります。同時に、中央から和歌を見、地方からも見なければなりません。日本という国を和歌をとおして歴史的に全体的に捉える観点が必要です。すなわち、中央と地方を優劣や差別の意識、上下・対立・差別・格差といった既成の構図にとらわれず、交流・交換・伝播・浸透といった関係性の観点からも見る。全体的・包括的に、日本という大地の上で和歌を考えたくなります。こういう観点と研究方法がこれまで少なかったのではないか。日本史の分野では地方史の研究は当たり前のことですが、国文学・文化学ではそうではなかったし、今でもそうではありません。

　酒田市立光丘文庫に、『所々名所旧跡并《ならびに》仏神御利生記』という一冊があります。享保二年（一七一七）に、山形県庄内地方の寺社と名所に関する由来文書を集めて、書写して一冊に綴じたものです。それらの古文書の多くが、神代からの歴史を述

ある。

（7）契沖（一六四〇〜一七〇一）。水戸光圀は下河辺長流に『万葉集』の注釈を依頼したが病気で果たせず、親しかった契沖が代わって取り組み完成させた。「代匠記」はそのことを示す。『契沖全集』（岩波書店）に収録。

べてきて、どこでだれがどのように言い伝えているかを書き記しています。たとえば、「最上川・袖の浦・恋の山　名所」という短い古文書を見ると、これらは「往古より伝」えられてきた歴史的な名所であり、「代々の御門《みかど》の御製、其外、公卿・大臣の詠歌、又ハ蜑《あま》・山賤《やまがつ》に至るまで此浦の業《わざ》を口ずさみぬ」とあります。遠い昔から、身分の高低にかかわらず、だれもが歌を詠んできた場所であり、それゆえに名所であるというわけで、そう書いたあとに『古今集』などの勅撰集にある古来有名な九首を列挙しています。(補注2)「此浦の業をくちずさみぬ」とあるのは、そこに住む庶民たちも同様に自分たちの生業《なりわい》を民謡などの歌に詠み込んで口ずさんできた名所なのだというわけです。

つまり、和歌の歴史性から始まり、和歌の国土性・万民性に及んでいる。(補注3)具体的には申しませんが、これは菅江真澄（一七五四〜一八二九）の地誌の記述方法と基本的に同じでありまして、どちらにも和歌の本質の三原理が含まれています。このように研究者の注目しない地方の古文書にも、平安期から続く和歌の思想が息づいている。注目すべきことだと思います。

和歌は、神代から現在そして未来へと続いていく日本の歴史を体現するものでした。したがって、和歌を遡って行くと、日本という国が始まった神代に辿り着く。ゆえに、地方にある和歌の名所は、その地域が神代から続いている日本の内部であることを証明するものとなる。和歌の名所には、こういう思いが込められているので重要なのです。和歌に包まれた国、そういうイメージが日本なのです。

こういうわけだから、大正四年（一九一五）、天皇が青森県に巡幸した際に、地元の有力者が百人を選び、地元の名所を百ヶ所選んで、それぞれ一首ずつ詠んで百首とし、『津軽名所詠歌帖』（弘前市図書館蔵）という一冊にして天皇に献上しました。序文に曰わく、青森県は日本の僻地、辺境の地であるが古来このような名所がある。この歌集を天皇がご覧になれば、青森は全国に知られ、いつまでも人々の記憶に留まることだろう、というのです。和歌・名所・天皇・国家がつながっています。そういう連鎖の中に青森県がしっかりと位置づけられる。名所和歌集を編む意義は、古来そういうところにありました。大嘗会で悠紀・主基の国の地名が歌に詠まれたのも、そういう意義があったからでしょう。平安期の和歌思想は、近代になっても意義を喪わなかったのです。

これとほぼ同じ言説が正徳四年（一七一四）の春、仙台藩主・伊達吉村が編纂した『仙台領地名所和歌』（写本・板本・活字本が流布した。宮城県図書館蔵）の序文にあります。この歌集は、領内の名所を三二〇ヶ所選んで、京都の貴族歌人（一二一人）に詠んでもらったものです。それらの名所を藩主が巡覧して和歌を詠み、地元の人々は誇りに思うわけで、この歌集は多くの人々に読まれました。中央と地方がつながり、貴族と武士が心を合わせて、和歌による共有の世界を形成しています。日本の国土を広く意識した公武合体のような名所歌集です。

仙台藩は領内地誌の作成にとても熱心でした。なぜなら『古今集』や『伊勢物語』に仙台藩、つまり宮城県と岩手県・福島県の一部の歌枕がたくさん出てくるからです。「塩釜」「末の松山」「浮島」「沖の石」「宮城野」「阿武隈川《あぶくまがわ》」ほか、有名な歌枕がたくさんあって平安時代から詠まれてきました。仙台藩はそれを我が藩の文化的ステータスとし、あるものは遺跡を造って「見える化」し、仙台藩の存在価値を主張しました。よって仙台藩では、歌枕・名所が領内に多数あることを書き記す地誌、たとえば佐久間洞巌が四代藩主・伊達吉村に献上した『奥羽観蹟聞老志』（一七一九年）を皮切りに、地誌の編纂に力を入れていきます。その中で安永年間（一七七二〜一七八一）に編まれた『安永風土記』は、基礎資料となった村々の書上文書がほぼすべて残っています。それらを見ていきますと、阿武隈川が流れる村々は全部で八村です。その村々はいずれも阿武隈川を我が村の名所であると報告していますが、それを証明する古歌は、おもしろいことに、八村それぞれ違っています。前以《まえもっ》て藩が指導して一村一首、別々の古歌を割り当てたに違いありません。よって阿武隈川は、仙台藩内を広く流れる代表的な名所となって全国に発信されたのでした。阿武隈川を我が藩の名所と誇る藩は、源流のある白河藩をはじめ、太平洋に注ぐまで複数ありますが、仙台藩の主張が最も説得力のあるものとなりました。

二　和歌研究の資料を発掘・発見する

秋田藩では菅江真澄に命じて名所づくりをしました。二本松藩・相馬藩も熱心でした。文化意志をもつ藩主は、和歌と漢詩の詠める名所がたくさんある美しい国づくりに心懸けたのです。

しかし和歌は一方で、恐ろしい力を秘めています。天明初年（一七八一）に東北地方は冷害に襲われました。青森県が特にひどかった。菅江真澄は同五年（一七八五）秋の旅日記『楚堵賀浜風《そとがはまかぜ》』に、目を覆うばかりの惨状が残る村々を歩いて、克明に記録しました。村人の苦しみ、悲しみ、憂いを見つめてきて、墨絵のような美しい風景に出会った途端、優美な和歌を詠む。そして風流にひたる。この変わり身の早さ、飢饉の惨状を見てきた人間を一瞬にして変身させるもの、それが和歌なのです。風流、風雅、優美、美しきものを表現する和歌は、人々の苦しみや現実から遊離した無縁のところに、たおやかに美の翼を広げる。和歌は、現実をいとも簡単に超えさせる。それが和歌の魅力であり、魔力です。

だから、和歌を詠む菅江真澄は、民俗学の人々に嫌われます。和歌なんか詠まないでほしかった。詠まなければ、庶民に寄り添い飢饉の被害や暮らしぶりを克明に記録した民俗学の祖として、もっと純粋に高く評価できるのに、というわけでしょう。

真澄の歌はひどく下手である、というのが柳田国男以来の定説ですが、間違いです。全般にとてもうまい。柔らかく優しい感受性の持ち主で、その歌は幕府の老中・松平定信とも親しかった秋田藩主・佐竹義和《よしまさ》がたいそう褒めた。(補注4)私も昔からそう思っています。

真澄は、三十五歳から四年三ヶ月ほど北海道に渡って松前を拠点に旅をして歩きました。注目すべきは、松前の八幡神社に、現地の同行者である松逕《しょうけい》という人物と歌を奉納したことです。旅日記『蝦夷喧辞辯《えみしのさえき》』（寛政元年〈一七八九〉四月十九日〜六月三十日までを記す）の六月十五日条に、「天下太平《てむかたいへい》、国家安全《こくかあむせん》」の十四文字を歌の頭に置いて、二人で一四首ずつ計二八首の連作を捧げて、日本を平和で安全な国にしてください、と祈りました。二人の歌はどれも繊細優美です。神さまが感動して、私たちの願い事を叶えてくれるだろう、というわけです。

この「天下太平、国家安全」というのは、佐々木馨さんの『アイヌと「日本」—民族と宗教の北方史—』（山川出版社、二〇〇一年）などで知ったのですが、実はアイヌ平定の意図を込めた幕府側のスローガンだった。幕府が設立した国泰寺の住職が、アイヌを仏教に改宗させることを幕府に誓った四箇条（「国泰寺掟書」）に出てきます。「一、天下太平国家安全之勤行怠慢あるべからざること」「一、蝦夷をして本邦之姿に帰化せしむること」云々。つまり国泰寺の住職は、「天下太平、国家安全」を実現するために「勤行」に励みます、「蝦夷」を日本に帰化させ改宗させます云々と誓ったのです。そして真澄は、歌を奉納するにあたって、土砂降りの雨が晴れたことだし、「アイヌたちも砦から出て来て和人の支配を受け入れるだろう」と書いています。

もうおわかりでしょう。真澄はアイヌ平定を狙う幕府側の意志を代弁した。通説の真澄観になじんでいる人は、真澄は弱い者の味方だ、権力に与《くみ》するはずがない、と思うかもしれません。しかし真澄は、十日前の六月六日条に、早馬がやってきて「クナシリのほとりの蝦夷人、いかなるすぢにやあらん、もゝあまり《（百余り）》のシャモ（＝日本人）を、鉾《（ほこ）》してつき毒箭《（どくや）》ゐたてて、なか〳〵のささぎ《（は）》也」と村々を告げてまわったと書いています。「アイヌが一斉蜂起し、松前藩足軽一人を含む七一人の和人を殺害するクナシリ・メナシの戦いが勃発した」（佐々木馨）事件を記録しているのです。

そういうわけだから、真澄は軍神の応神天皇を祀る八幡神社に、二八首の連作を捧げて、アイヌが砦を出て和人の支配を受け入れますように、「天下太平、国家安全」になりますように、と祈ったに違いありません。これを傍証する歌は、『蝦夷喧辞辯』にいくつも見いだせます。

うごきなき御代《みよ》のためしといはかづら花やちとせをかけて咲（く）らん
（四月二十一日）

四《よつ》の海浪のたちゐもしづかなる御代はたのしとうたふな人
（四月二十九日）

蝦夷人の立（つ）るけぶりの末までもにぎはひなびく御代のかしこさ（〃）

すくもたくけぶりのすゑも治（ま）れるかぜにしたがふうらのゆふなぎ
（六月二日）

四の海治（ま）る波のうへまでもかゝるみちある御代のかしこさ（六月三日）

石清水《いはしみづ》うつさぬ里はなかりけりこは世にふかきめぐみなるらん
（六月十五日）

「うごきなき御代」は国が盤石であること、「しづかなる御代」は平和であること、「立（て）るけぶり」は煮炊きをする煙のことで人々が食べ物に困っていないこと、「四の海治（ま）る波」は国が平和であること、「ふかきめぐみ」は天皇の慈愛・恩恵を意味します。（補注5）要するに、幕府の統治を受け入れているので日本は安泰だとうたっているのです。あるいは、それを願っている。そういう矢先にアイヌの反乱が勃発したのでした。

真澄は、幾人かの伝手《つて》を介して松前藩主・松前道広の知るところとなり、藩内に滞留することを許され、蝦夷地を自由に旅しました。歌に注意してこの旅日記を読むと、藩の有力武士や女主人（藩主・道広の継母、文子《あやこ》）たちと心の通い合う和歌の交流を盛んに行っています。別れを惜しむ歌から始まり、藩内の見聞を歌を交えて書き記し、また松前に戻るという構成です。しかたなく松前藩や幕府側の意図を代弁したのではなく、松前藩や幕府と同様に、アイヌの順化が日本国家の太平・安全になると思っていたに違いありません。それが当時の日本の常識でありました。[8]

三　和歌と日本——林子平、古川古松軒も入れて

和歌はたしかに優美です。優美ではあるけれど、その陰に、平安時代から続く〈和歌イコール日本〉という実に複雑な意味を孕んだ和歌思想が流れています。そういう観点から検証すると、真澄と同じ頃に仙台藩の林子平（一七三八〜一七九三）が著した『三国通覧図説』（一七八五年）は見過ごせません。序文にこう述べ

（8）ただし幕府側の資料は、松前藩の蝦夷対策を厳しく非難する。順化・教化の姿勢が欠如しているという。最上徳内・松浦武四郎もその立場から幕府に報告している。水戸藩はさらに厳しい。

ています。琉球国の王子・読谷山《よみたんざ》朝恒は和歌を詠む。それは琉球国が日本文化を受け入れて「化服《かふく》」されている証拠である。そして、八丈島に漂着した琉球の船頭も、琉球語交じりだがなんとか和歌を詠もうと努力している。琉球国は身分の高い人から低い人まで和歌を詠む国になった。だから日本と同じで友好国である。(補注6)

今なら沖縄に失礼ではないか、と批判されるでしょう。それはともかく、子平は知ってか知らないのかわかりませんが、先に紹介した『古今集』の仮名序に始まり、俊頼・俊成などが説いた和歌思想を述べているのです。七百年以上も後なのに、それは時代を超えて江戸時代の和歌思想であり続けたのです。

子平の『三国通覧図説』は、琉球国よりもアイヌについて多くの紙数を割いて持論を展開しています。ロシアが南下しつつある。ロシアがアイヌを「化服」する前に、日本が友好関係をしっかりと結び、交易を盛んにすべきだ。そして、国を富ませ、兵を強くし、国家防衛の準備を急ぐべきだ、と説きました。日本を包囲する状況は、今日の世界状況によく似ていると思います。

とりわけ文化年間(一八〇四〜一八一八)以降、イギリス、フランス、アメリカなどの異国船が来航し、幕府は対策に追われました。その一方で、子平の言説が世間に急激に広まるのを恐れたらしく、老中の松平定信は子平を仙台藩に命じて軟禁させたといわれています。だがその後、幕府の対策は子平の持論に沿ったものになっていきました。世界情勢の認識とそれへの対策において子平の考えは間違っていなかったというべきでしょう。

子平は、琉球国と同様に、アイヌを日本に「化服《かふく》」させたいと望んだのです。（補注7）琉球国とアイヌを視野に入れて日本全体の国家防衛論・文化防衛論を説きました。それは子平個人の思想を超えて当時の社会情勢になるのですが、その中心に幕府の重要人物、松平定信がいたことは明らかです。定信と関連のあった人物に、もう一人、古川古松軒（一七二六～一八〇七）がいます。

古松軒は岡山生まれの紀行家ですが、幕府が派遣した奥州・松前巡見使に同行して『東遊雑記』を書きました。同時に『松前蝦夷地之図』を製作し、その余白に、蝦夷で見たこと聞いたことをくわしく書きました。この書き込みのある地図を、松平定信はみずから命じて献上させましたが、いま注目したいのは、古松軒がアイヌ語の通訳である長右衛門と交わした和歌（狂歌）のことです。

この人物は、松前の泊川に住む汐越屋長右衛門で六十余歳の老人です。若い頃、蝦夷地を往来し交易の仕事をしました。賢き者ゆえ巡見使の案内者を仰せつかったが、始終付き添っているので古松軒は親しくなり、蝦夷の風俗をくわしく聞いたと『東遊雑記』（『日本庶民生活史料集成』第三巻、三一書房、一九八三年）に書いてあります。

古松軒は、長右衛門に狂歌を詠み掛けました。蝦夷にきて素晴らしいと思ったものは、

蝦夷錦　松前女郎　鰊《ニシン》昆布　海豹猟虎《オットセラッコ》　海豹《アザラシ》ノ皮

困っていることは、

雪フカク　山坂多く　波の音　米の出来ヌト　鬼熊ハイヤ

蝦夷錦（美麗豪華な織物）は素晴らしいし、ニシン・昆布も極上であるが、雪は深く、波音が高く、羆《ひぐま》が出る。山も坂も多く、米は獲れない。それに応えて長右衛門は、

カモイトノ《○高貴人ノ事也》　エビ《○蝦夷ノ事》ノツチウチ《○棒ウチノ事》　ヌカルシテ《○見物スル事》　マシバ《○士ノ事》ウタレモ《○皆ト云事》　ミヒナ《○笑フ事》トウノコ《○ヨロコブコト》

と詠んだ。日本からきた高貴な人々がアイヌ人の棒術(9)を見て、また日本の武士たちも見て笑って楽しんでいるという狂歌ですが、和歌は日本語でもアイヌ語でも詠めるのですね。二人ともおふざけなのですが、この笑いと狂歌には、どこかしらアイヌを低く見て「化服」しようという意識が潜んでいるような気がします。二人のこの歌は『東遊雑記』にも『松前蝦夷地之図』にも載っています。

（9）「槌打《つちうち》」のこと。巡見使が来ると「鶴舞」とともに行われた。男子が向き合って片手を握り、もう一方の手にもつ槌で相手が弱るまで背中を打つ。祈禱を伴う。最上徳内の『蝦夷草紙』に、日本の産土《うぶすな》の祭礼に相撲を興行するのに等しいと記す。

実は菅江真澄もアイヌ語で五七五七七の歌を詠んでいます。しかも、アイヌ語の歌を日本語に置き換えて和歌に直して詠んでいます。『蝦夷喧辞辯《えみしのさえき》』の五月二日条に、

アヰノヤタ　キモロヲシマタケ　ニイヤノニ　ノチケリアンベ　レタルヌゥカラ

という歌があります。アイヌの男の語った言葉が和歌のように聞こえたので、真澄がさらに直して書き留めたのでしょう。一応、真澄が手を加えて作ったことにしておきます。ほぼ五七五七七の短歌形式ですね。「アヰノ」は「蝦夷」、「ヤタ」は「磯」、「キモロ」は「山」、「ヲシマタケ」は「物の陰」、「ニイヤ」は「桜」、「ニ」は「木」、「ノチケ」は「盛り」、「リアンベ」は「近き磯の浪」、「レタル」は「白き」、「ヌゥカラ」は「見る」であると真澄は注解しています。そして、そのままの語順で日本語に直し、見事な和歌に詠み替えています。

ゑぞのすむいそ山かげのさくら花さかりをなみの寄るとこそ見れ

アイヌ語でも日本語でも優美な和歌が詠めるのですね。(補注8) その証明をしているように見えます。アイヌの住む磯辺の山陰に今を盛りと咲く桜よ、白い波が打ち寄せるかのようだ。美しい光景ですね。日本の田舎と何も変わらない。蝦夷に渡っ

た和人はこんな遊びに興じたのですが、その心の奥に、林子平の「化服」の願望にどこか通じるものが匂うのではないでしょうか。詠み替えの背後に、日本とアイヌは一帯であるという心理的風景（illusion）が見えるような気がします。アイヌを順化・同化したい、そうなるべきであるという底意（vision）が潜んでいるように思われてなりません。

古松軒、真澄、子平は繋がっています。定信とも繋がっています。古松軒の歩いた巡見使のコースは、真澄の旅のコースと重なるところが多く、二人は青森の三厩《みんまや》から松前に渡るとき、あわや遭遇するほど近い宿屋に泊まっていました。とすれば真澄は、なにゆえに東北・北海道を目指したのか。幕府のアイヌ対策や巡見使を派遣した狙いも視野に入れて考えてみるべきだろうと思います。また、松前藩に抱えられ、和歌の交わりに参加したり、道内を巡察して地誌を書いたりしたかったのかもしれません。通説では、権力の目を躱《かわ》して庶民の生活を記録した、ゆえに庶民の味方であり、民俗学の祖である、と言われますが、そうした範囲を超えています。真澄のそこを見つめなければ、真澄の本当の姿も、和歌の本当の姿も見えてこないと私は思います。

そこで最後に、本居宣長（一七三〇～一八〇一）の国学と真澄のかかわりを考えてみようと思います。真澄はなぜ東北・蝦夷に来たのか。中央を遠く離れた辺境の地になぜ興味をもったのか。真澄は、若い頃、本居宣長の『玉勝間』を読んで強い影響を受けました。『しの、はぐさ』『久保田の落穂』『かたゐ袋』などの随筆（各地で聞き取り調査をしたノートがもとになっている）に、宣長の『玉勝間』からの引用があります。

真澄が引用した『玉勝間』を確認すると、こういうことです。地方には古いものが昔のまま残っている。方言・習慣・風俗などを集めれば、神代から続く日本の本来のありかた・考え方・文化などがわかるだろう。地方を旅して集めてみたいものだ。真澄はそういう宣長の言葉を引用しているのです。

真澄は、宣長の思いを実践すべく北へ向かったらしい。宣長の言葉に心が動かされて故郷の三河を離れ、東北へ、蝦夷へと向かった。事実、真澄の随筆や旅日記を見ると、地方で採集した方言や習俗を活かして『万葉集』の古歌などを解釈した記事がたくさん出てきます。青森や松前の旅においてすらそうでありました。

さらに注目すべきは『蝦夷喧辞辯』に、斉明天皇のときに阿倍比羅夫に命じて蝦夷平定に向かわせたという『日本書紀』の記事を引いていることです。真澄の心にそういう記事を尊重する真淵・宣長らの国学の精神があることは疑えません。「天下太平、国家安全」を祈願する歌が詠まれたのは、そういう国学的発想があったからだと思います。その宣長は、『本居宣長全集』の書簡を見ると、松平定信に著書を献上して国学を講じる機会を探っていることがわかります。その後、定信が宣長を尊敬したことはいうまでもありません。

真澄の歌を褒めた秋田藩主の佐竹義和は定信と親しい関係にありました。築地の私邸・浴恩園に招待され、兼好筆の『古今集』の注釈書などを持参して風雅の交わりをしていることが定信の『花月日記』（文化十一年〈一八一四〉十月十九日）でわかります。そのとき同席したのが屋代弘賢、北村季文、谷文晁たちです。屋代弘賢は全国の諸藩に「風俗問状」を発して地誌作成を促しました。真澄は秋田藩の儒者・那珂通博に見込まれて、その返書を作成する手伝いをし、それがもとで秋田藩の本格的な地誌作成者になったのでした。

このように松平定信、佐竹義和、本居宣長、林子平、古川古松軒、菅江真澄は、ゆるやかな一本の糸で結ばれています。定信が白河藩の南湖のほとりに一七ヶ所の名所を設け、著名な儒学者に漢詩を、親しい藩主や歌人に和歌を詠ませ、自分も二首の歌を詠んで〈白河藩新名所和歌漢詩集〉というべきものをまとめましたが、その中の菅茶山・尾藤二州（ともに儒学者）は古松軒に好感を寄せた理解者であり、そのほか頼山陽、香川景樹、加茂季鷹、滝沢馬琴、小沢蘆庵、谷文晁などとも知り合いでした。[10] 古松軒はあきらかに定信文化圏の人間です。なお、定信が若年寄に起用した堀田正敦（一八七五～一八三二。仙台藩主・伊達宗村の八男）も歌を

（10）橋本修吾『古川古松軒』（橋本病院、明治四四年〈一九一一〉五月）。著者は古松軒の玄孫。家伝の資料によって伝記・逸事を記したもの。函館市中央図書館蔵。

寄せており、かれも蝦夷に渡って『蝦夷紀行』（別名『松前紀行』。一八〇七年）を著していきます。古松軒や菅江真澄の旅日記と比較してみる必要がありそうです。

以上、見てきたように、かれらを結ぶ土台の一つは、平安期以来の和歌の思想、〈和歌イコール日本〉です。そして、北方への意識です。日本という国をどう捉え、どのようにしていくか。その土台となる観念を背後から与えたのが〈和歌〉なのでした。日本という国は、どのようにして始まり、どのような国となって続いてきたのか、未来へ続いていくべきか。そうした国家理念を形成する土台に、平安期以来続いてきた和歌の思想が常に働いてきた。和歌の果たした役割は多いが、国家理念を下支えするものとして遠い昔から続いてきたという事実がありま す。欧米の異国船が押し寄せた江戸後期、それがより強く働くようになった。そういうことを明視しなければならないと思います。

和歌の研究は、どんな資料を使って、どんな方法で、何を目指して進めてゆくべきか。従来の和歌研究を十分に尊敬し、同時に既成の研究方法に縛られず、大いに逸脱して、日本文学および日本学の対象に見据えて和歌を研究して行きたいと考えています。

四　最後に――「中今」の日本

最後に補足しておきます。戦前・戦後、国語学・国文学はもとより日本の学界を導いた山田孝雄（一八七三～一九五八）は、昭和十八年（一九四三）五月刊行の『日本國家科學大系』第一巻（實業之日本社）の巻頭論文「日本肇國史《ちょうこくし》」の中で、およそ次のようなことを主張しています。

他国の歴史は、民族の「興亡」の歴史である。しかし日本は、神代以来、天皇を頂点に変わらざる国体を維持してきた。一民族の「盛衰」の歴史なのであって、他国と根本的に異なる。太古の国体がそのまま現在の国体である。太古が常に現在としてあるのだから、日本は「中今《なかいま》」の国である。

戦争を引き起こした右翼の思想であると反発を覚える人がいると思います。しかし、民族興亡の歴史ではなく、盛衰の歴史であるという主張は、同一民族によるという当時の常識をとりはずせば、なるほどと耳を傾ける人が多いでしょう。

この「中今」の思想こそ、私が述べてきた『古今集』仮名序の和歌思想にほかなりません。和歌は神代に始まった。今まさに、いにしえの聖帝と変わらぬ御代を迎え、和歌が復興し、『古今集』が編纂された。これから先、「時移り事去り、楽しび哀《かな》しびゆきかふとも」、和歌がいつまでも続く限り、未来の人々は、今という時代をきっと仰ぎ見るに違いない。紀貫之はそう述べているわけで、これこそ「中今」の思想です。事実、それを証明するように、和歌は短歌として今もなお日本人の心を表現する器たりえています。

理想の古代があった。次に衰えた時代がきたがそういう「近き世」を改革・克服して、今まさに理想の古代がよみがえった。よって日本の歴史は太古の昔から変わることなく続いている。和歌と国家は一体だ。盛衰はあろうけれども、永遠に未来へ続いていく。そう祈願し確信しているのです。

同じような言説は文武天皇の詔勅にあります。本居宣長も書いているし、明治以降、和歌や思想を研究した学者たちも盛んに述べています（参照・片山杜秀『近代日本の右翼思想』講談社選書メチエ、二〇〇七年）。近頃、何かと話題の学園理事長が小学校を設立するにあたって「天皇国日本を創るために」と発言をしました。「天皇国日本」という言葉は、昭和八年（一九三三）刊行の佐藤通次著『身體論』（白水社）に見えます。どこかしら和歌の思想と軌道が重なっているようなところが感じられます。

和歌を研究するということは、こういう事実を自覚したうえで論文を書くことではないかと私は思います。もちろん、研究者の自由ですが、少しは意識しておきたいと考えます。まったく知ろうともせず、和歌は優美を表現する文芸であり、世界に誇るべき日本の文化だ。それを科学的な方法で研究しているのだから、私の結論は正しい。無自覚にそう思うのであれば、既存の和歌研究を遵守するだけで、おのれの主体性を知らず知らず問わなくなってしまうのではないか。自分の研究法をみずから決めて実践し、真に自分らしい思想性のある研究ができないだろうか。自分の住んでいる土地から、長い歴史のある和歌と日本を愛惜しつつ批判する、そういうまなざしをもって、その本質を追究できないものかと考えるのです。私の場合はそう考えるというのであって、みんながそうあるべきだというのではありません。つたなく、内容の乏しい研究しかできませんが、それは棚に上げて、蛮勇を省みず申してみました。

補注1　実はこうした研究および研究者は枚挙に遑がない。一例をあげると、『名所追考抜書　全』（江戸後期写本。著者未詳。岩手県立図書館蔵）は陸奥国の歌枕の詳細な研究。石田洵『山吹の里─岩手の歌枕と都人の幻想─』（熊谷印刷出版部）、四戸俊一『南部の歌枕』（北英堂書店）などはそれをさらに発展させる。

　書名はあげないが、金沢規雄と佐佐木忠慧の対極的な歌枕研究がある。前田淑の『江戸時代女流文芸史【旅日記編】』（笠間書院）、『江戸時代女流文芸史─地方を中心に─【俳諧和歌漢詩編】』（笠間書院）、『近世地方女流文芸拾遺』（弦書房）は庄内藩の杉山廉《れん》女、池田喜代《きよ》井《い》、出羽松山藩の塚越善智院など地方女性歌人の研究。廉女の歌集には松田二郎の注釈書がある。板垣耀子『江戸の紀行文』（中公新書）も注目される。

補注2　「歌人の其（の）数多かりし中にも」＝これらの名所を詠んだ古歌はたくさんあるが、と述べて、『古今集』巻二十「東歌」の「最上川のぼればくだる稲舟のいな《（否）》にはあらずこの月ばかり」をはじめ、『新後拾遺集』の後鳥羽院下野、『続後拾遺集』の俊成の歌などを選んであげる。古文書の筆者が「最上川」の歌を「御製」と記したのは誤りであるが、そう見なすことで地元の名所を権威づけている。勅撰集の歌や著名な歌人の歌をあげて、我が故郷の風景を詠んだと見なすのは、地方の古文書によく見られる。

補注3　真澄の地誌『雪の出羽路』を見ると、まず『古事記』『日本書紀』などを引いて地元の位置と歴史を全国的な観点から確認し、次に地元の著名な歴史書を引き、また観察・調査した事柄をあげて、そこに住む人々の生活やありさまを詳しく説明していく。歴史、地域（村々）、人々の生活を記すのが基本である。拙著『人はなぜ和歌《うた》を詠むか―菅江真澄の旅と地誌』（笠間書院）を参照。

補注4　真澄『久宝田《くぼた》のおち穂《ぼ》』（一八二二年）に、真澄の詠んだ「旭川夕日の色もせき入れて紅ふかき梅のした水」を、藩主の義和が「になうめで給ひしよし、人づてに聞た《（て）》恐《カシコ》まりぬ」とある。この歌もあって義和は上流の「仁別川」とその下流の「泉川」を「旭川」と改めた。和歌を詠むときは「あさひかわ」、漢詩を詠むときは「きょくせん」と言えるので、和歌と漢詩の詠める名所となった。真澄はこのことがよほど名誉と思ったらしく、『布伝能麻迩万珥《ふでのまにまに》』（一八二四）にも書き記している。真澄に伝えたのは義和の知的ブレーンで真澄を引き立てた那珂通博であろう。

補注5　真澄の歌と似た歌が多数見いだせる。真澄より少し後だが、箱館奉行所雇として蝦夷地の開拓に力を尽くした松浦武四郎（一八一八～一八八八）の『東蝦夷日誌』安政四年八月条に、壮大な大自然の岩窟・大滝・岩壁に神霊を感じて「蝦夷惣國中、大小神祇、國家安穏、萬民豐樂と叩頭して」を祈願したとある（吉田常吉編『新版　蝦夷日誌（上・下）』時事通信社）。真澄の精神はこれと同調するものだろう。それを証するように真澄の歌とよく似た歌が多数見られる。

天地の神も知りませ國の爲千島の奥に思ひ入る身を

木の根ほり岩がねとほし踏分しふみ《文》か《化》はる世の人ぞいそしき

君が代は蝦夷が千島のはてまでもかしこき御世のひろめかるなり（弘訓《ひろのり》〔足代《あじろ》〕）

大やまと豐蘆原の國の名はこのあたりより呼びそめしかも

すめらぎのみいづかゞやくえぞがしま道のひろめも今ぞかるらむ

道路を切り開いて交通の便をよくし、蝦夷地の産物を国内に運び、併せて文明の光の届いていないアイヌの教化（撫育・化服）に努めたのだが、同じ精神・用語は林子平（一七三八～一七九三）、最上徳内（一七五五～一八三六）、近藤重蔵（一七七一～一八二九）などにもあまねくあった。真澄の『ひろめかり』（一七八九）と題する旅日記も、右の観点から捉え直すべきだろう。教化の観点は、アジアに対する福沢諭吉（一八三四～一九〇一）などにも見られる（藤田昌志『明治・大正の日本論・中国論―比較文化学研究―』勉誠出版）。また、マシュー・ペリーに先立ち「日本開国という壮大な計画」を立案したアーロン・パーマー（一七七八もしくは一七七九～一八六三）は、異教徒をキリスト教へ改宗する「啓蒙運動」の信奉者であった（宮崎正弘×渡辺惣樹『激動の日本近現代史1852―1941』ビジネス社）。そういう思想とも共通するものがある。真澄を民俗学の祖とのみ見るのでなく、当時の世界と日本の情勢を視野に入れて捉えなければならない。

右の真澄や武四郎の歌とよく似た歌は当時の資料に数多い。例えば、庄内藩の商人・松浦千代兵衛の『蝦夷地道中日記』（北海道大学附属図書館蔵）に、「蝦夷の千島開らけ〳〵て繁昌する事聞しに百倍せり」云々とあり、「ミちのくの蝦夷の千島の外までもあまねく照らす日の本の神」と詠んでいる。万延元年（一八六〇）四月の歌。日本の延長として蝦夷を見、琉球を見ようとしていたことが和歌を通して見えてくる。

こうした歌の最も早い例は、源俊頼の家集『散木奇歌集』の「みみらくのわが日のもとのしま（島）ならばけふもみかげ（御蔭）にあはましものを」。「みみらくの島」は『万葉集』巻十六の左註に「肥前国松浦県美禰良久《みねらく》の崎」とあり、『蜻蛉日記』には「いづことか音にのみ聞く」と歌に詠まれ、どこにあるのかすでに不明であった。俊頼はそれをふまえて、「日本の島ならば「御蔭」（天皇の恩恵）を蒙りたいと思っていることだろう。そのように、もしも尼がどこかに生きているのなら、お会いして、お情けにすがりたいものだ」の意を込める。「みみらくの島」を「蝦夷が島」と置き換えると、先にあげた真澄や武四郎の歌と通い合う。平安時代の昔から、天皇の恩恵の届く範囲が日本という考えがあり、それを和歌で表現していた。

補注6　林子平は、明和元年（一七六四）の来聘使・読谷山朝恒の歌七首と船頭の歌一首を書き留めている。朝恒の歌を三首あげる。

いつもかくかなしきものか草まくらひとりふしみの夜半の月かげ

降る雪にうづらの床のうづもれて冬もあはれはふかくさのさと

波かぜもおさまる君が御代なればみち遠からぬ日の本の国

江戸城への道筋で名所を優美にうたう。「波かぜも」の歌は日本への帰順を詠むが、日本との外交を円滑にするための意図的な手段だったと思われる。

藤堂良道『老婆心話』（一八三〇年自序。東北大学附属図書館蔵）は、『三国通覧図説』に載る朝恒の歌七首を引用し、ほかに天保三年（一八三二）の来聘使・豊見城王子の三二首を載せる。四首をあげる。

誠もて海をも越へ（え）ん丈夫のわかれに袖をぬらすべしやは
夢さめて露こそ結べ草枕ふしミの里の有明の月
寒きよるハ鶉の床も寒からん初霜しろし深草の里
桜花風ものどけき九重にあくまで見つる春や幾春

「誠もて」の歌は「那覇の湊」を出航するときの別れの歌。愛国の思いがにじむ。

松浦静山『甲子夜話』巻十五（一八二四年）に、「波かぜも」の歌を除く朝恒の六首をあげ、「先年琉球使渡来のとき、その王子、我国風をよみたるを集て書留しものあり。さしたる歌に非れども、我風の異域に及べる一端を見るべければ録謄す」とある（原田信男氏の教示）。やはり林子平と同じことを述べる。「国風」は和歌、「くにぶり」である。

補注7　林子平は『北海道策』（一七八五年）に、「蝦夷も教化せバ漸々に開くること疑ひなし。然《しか》れ共《ども》、其国《そのくに》飽（く）まで気運否塞《ひそく》の下国《げこく》なる故にや（中略）聖智の人の出《い》づる事あるまじければ、済度《さいど》の為に隣国より教化して人道を知らしめ物産を生育なさしむべき事、是れ神仏儒の旨なるべし。殊に蝦夷ハ界《さかひ》も近く、其上《そのうへ》、日本を尊信する国俗《こくぞく》なれば少（し）く教諭せば其俗《そのぞく》忽《たちま》ち化服《かふく》すべし。是れ、其国え（へ）立入《たちいる》商估《あきひと》舟人《ふなのり》の輩《はい》たりとも心得あるべき事か」と述べている。

日本ももとは文明国ではなかったが数千年の間に発展を遂げ、今日に至った。蝦夷国もそうなるであろう。隣国である日本が教化・教諭して文明国にするのは神道・仏教・儒教の本来の趣旨・役務である。幸い、蝦夷には日本を尊信する習俗があるから、たちまち「化服」（徳の力による教導）されるはずだ。商人も船乗りもこれを心得て行くべきである、という。

子平は沖縄と同様に蝦夷を「化服」「教化」すべきことを説いた。今の私たちにはあまりに一方的・高圧的・独善的・帝国主義的と見えるが、欧米の列強諸国が日本に通商を求めて艦船を差し向け、それと併行して、キリスト教の布教を図ったのと変わらない。そういう世界情勢の中に真澄や武四郎を置いて見るべきだろう。

なお、宝永年間（一七〇四～一七一一）に鳥海山の帰属をめぐる争論が周囲の郡村で起こったとき、幕府より派遣されてきた役人に飽海郡側が提出した文書に、「一山の衆徒三衣を着し、天下泰平、国家安全、御領主御武運長久、五穀成就之祈禱」（「里土産」。酒田市立光丘文庫蔵）を修祓したとある。蝦夷地に関する特有のスローガンであったわけでないことが知られる。

補注8　真澄は『蝦夷廼天布利《えぞのてぶり》』（一七九一年）の中で、遠くでアイヌの少女たちが「寄木」を拾っているのを見て、「ツヰマ《遠方》、ヲタ《砂浜》、メノコウヰノリ《集人》、リリヤンゲ、ホロノヲウカヰ《許多》、チクニ《樵木》、コーエキ《採》」とアイヌ語で詠んでいる。また『淤遇濃冬籠《おくのふゆこもり》』（一七九四年）では、今井常通が語ったロシア語を「モノウカノ《多》、スネヤカ《雪》、テレポ《木》、ウヱツウエ《染》、ツウエト《花》、ウエシヤウ《見》、セホウ《人》エツカ」と聞き書きし、「けふいくかふりもをやまぬ白雪を梢の花と人や見るらん」と優美な和歌に直している。

真澄はアイヌ語・ロシア語でも五七五七七の歌が作れることに興味を覚えたのである。これに関連して注目すべきは、蝦夷に渡った通詞たちの携帯した辞書の『藻汐草』（一七九二年刊）に、平安期などの三首の和歌をアイヌ語で五七五七七に直して載せてある。日本的な心情・表現をアイヌたちに教えようとしたと見られる。この辞書を焼き直した『蝦夷語箋』（一八五四年刊）にも見られ、林子平の琉球王子の和歌についての評論と通底する。和歌は琉球と蝦夷に〈日本〉なるものを浸透・布教するための手段であったらしい。松浦武四郎『蝦夷日誌』（弐編）には、全文にアイヌ語訳のルビを付けた「念佛上人《ネンホテカモイ》子引歌《ポポウンニシケイナ》」を唱えさせて布教したことが記されており、その場を描いた挿絵がある。

なお、『享保二酉年奥州二州巡見日記』（酒田市立光丘文庫蔵）には、津軽に住むアイヌの女が和人の男と通じて噂になったので、アイヌ語混じりの和歌を詠んで同胞たちに陳弁したとある。最上徳内『蝦夷草紙』には、日本語を真剣に学ぶ青年、松浦武四郎『蝦夷日誌』には、日本語に少し馴染んだ女たちが出てくる。そして、バチェラー八重子の歌集『若きウタリに』（一九三一年刊。岩波現代文庫）は、日本語で詠んだ短歌、アイヌ語で詠んだ短歌、両語混じりの短歌を収める（原田信男氏の教示）。和歌とは何か、を考えさせる鋭いヒントである。

第二部　海外から見る日本文学

東アジア説話研究における『遺老説伝』

金容儀

一　東アジア説話における『遺老説伝』

遺老説伝[1]に対する私の愛着は、人に談つても信じられまいと思ふほど深い。今から二十年ばかり前に、金沢博士秘蔵の本を借用して、井上といふ老人に写してもらつてから、四度は少なくとも朱筆を手に持つて精読した。読んでしまつても尚しばらくの間は、机の上に留めて置く必要が毎度あつた上に、惜しみつつもしば〳〵知友に貸して読ませもした。半歳と続けて書棚に休息して居たことの無い、私の文庫の中では最もよく働いてくれた本の一つである。伊波氏[2]の『古琉球』[3]によつて、南島の学問に目を開いた私は、更に遺老説伝によつて沖縄が好きになつた。大正十年の春の旅行は、実は此書に勧められ又誘はれたと言つてもよい（『遺老説伝』学芸社、一九三五年）。

これは一九三五年学芸社から出された『遺老説伝』に寄せられた民俗学者柳田

（1）一七四五年に琉球の歴史を記した『球陽』の外巻として編まれた説話集である。その外巻の別称である『遺老説伝』は、古くから琉球各地に伝わる説話、自然の異変、民間信仰などを集めた書物である。

（2）伊波普猷（一八七六～一九四七）のことである。伊波普猷は沖縄県那覇市出身の民俗学者で言語学者である。彼は一生をかけて沖縄を研究しつづけ、沖縄学の父と言

國男[4]の序文からの引用です。柳田國男の序文には、柳田國男がどれだけ『遺老説伝』を愛読していたのか、また『遺老説伝』によって柳田國男の沖縄研究が導かれたことについて、具体的に述べられています。その後、この『遺老説伝』が『柳田國男の本棚』（大空社、一九九八年）シリーズの一冊として収められるようになりました。

周知のように、『遺老説伝』は一七四五年編纂された沖縄の歴史書『球陽』[5]の外巻として、沖縄各地に古くから伝わる説話などを集めた文献説話集です。ここには、合せて一四一話（一四二話とも）にいたる貴重な沖縄説話が収録されています。『遺老説伝』には、近代以降沖縄人に失われつつあった、あるいは忘れられつつあった、説話的な心性（mentality）とも言えるような、沖縄人の情緒がよく表れています。谷川健一の表現をかりてその説話的な心性を要約するならば、それは神・人間・動物の循環的関係に求められるであろうと思います（谷川健一『神・人間・動物—伝承を生きる世界—』）。

ここで少しだけ私事を述べさせていただき

われる。主な著書に『古琉球』『校訂おもろさうし』『沖縄考』などがある。

（3）伊波普猷が一九一一年に出版した研究書である。沖縄の言語、歴史、民俗、文学などについて論じたものである。現在は『おもろさうし』『中山世鑑』と並ぶ沖縄学の基本文献として読まれている。古琉球は、かつての琉球の歴史区分である。

（4）民俗学者である。兵庫県生れ（一八七五〜一九六二）。貴族院書記官長を退官後、朝日新聞に入社。日本国内を旅して民俗・伝承を調査した。常民の生活史をテーマに、柳田学とよばれる日本民俗学を創始した。文化勲章受章。著書に『遠野物語』『石神問答』『民間伝ますと、私は大学生の時代から日本の文学作品を読むのが好きでした。また日本文化にも興味を持っていました。韓国で修士課程が終わってから日本の大学に留学し、主に民俗学や文化人類学を学んできました。私が大学生の時代から日本文学や日本文化に興味を持っていたのは、「日本」は韓国の隣国であり、その隣国の歴史や文化に興味を持つのは当然だと思ったからです。

　私は日本の大学での留学が終わり、帰国してからまもなく今の大学に勤めるようになりました。その後二〇〇二年四月から五ヶ月間、沖縄に滞在しながら沖縄文化を身近に体験する機会に恵まれました。沖縄に滞在していたある日のことです。世話していただいていた沖縄国際大学の図書館で、偶然『遺老説伝』を見つけ、読みはじめました。読んでいくうちに、日本本土の説話とは、また一味違う沖縄説話の風土性に触れました。そしていずれこれを韓国語で翻訳して紹介しようと思うようになりました。私が翻訳を決心した主な理由は、この『遺老説伝』が東アジア説話の比較研究において大いに役立つ説話集であると考えたからです。

　沖縄では、いわゆる「万国津梁」という言葉がよく使われます。この表現に示されているように、かつて沖縄は「文化の交差路」としての役割を果たしてきました。特に近代以前の東アジアの文化交流において重要な位置を占めていました。私ははじめて『遺老説伝』に触れた時に、『遺老説伝』に説話の形として刻まれ

承論』『海上の道』などがある。著書は『定本柳田国男集』全31巻、別巻5冊に集大成されている。

（5）一七四三～一七四五年の間に編纂された琉球の歴史書である。琉球王国の正史を代表するものである。歴代国王の事蹟や国事のみでなく森羅万象に及ぶ記録が含まれており、歴史研究のほか、民俗、民話など多方面の研究資料となっている。もともと球陽は琉球の別名である。

た、東アジアにおける文化交流の諸相に気づかされたわけです。当時沖縄国際大学の図書館での私の決心は、ようやく韓国で『오키나와민족설화집 유로설전（沖縄民族説話集 遺老説伝）』（全南大学校出版部、二〇一〇年）というタイトルで出版されるようになりました。

私は『遺老説伝』の翻訳をきっかけに、さらに沖縄説話に関心がそそがれ、つづいて沖縄出身の民俗学者佐喜真興英(6)の『南島説話』(7)（全南大学校出版部、二〇一五年）も韓国語で翻訳して紹介しました。また『遺老説伝』をはじめとして、沖縄各地に伝わる民間説話を取り上げ、いくつかの論文をまとめたこともあります。

ここでは、主に私が『遺老説伝』を韓国語で翻訳していく過程において気づいた、沖縄説話の風土性とも言えるような、沖縄説話の特徴について、述べさせていただきたいと思います。

二　御嶽の由来にまつわる説話

『遺老説伝』には多種多様な説話が収録されています。その中でも、沖縄の御《う》嶽《たき》の由来にまつわる説話が非常に目立ちます。私の確認によると、御嶽の由来や起源について語られた説話は合わせて一八話が収録されています（テキストは嘉手納宗徳編訳の『遺老説伝』によります）。

（6）沖縄研究者・民族学者である（一八九三〜一九二五）。沖縄本島中部の宜野湾に生まれる。福岡や宮崎で判事として勤務するかたわら民族学の研究に没頭した。沖縄の説話集『南島説話』、古代社会の女性に関する「女人政治考」（遺稿）などの著作をのこした。

（7）沖縄出身の民族学者佐喜真興英が採録した口碑説話集である。合わせて一〇〇話が集められている。一九二二年郷土研究社から出版された。

御嶽とは、沖縄の民間信仰において祭祀が行われる聖なる空間のことです。現在世界遺産に登録されている斎場御嶽《せいふぁ》は、琉球王朝時代に国家的な祭祀が行われていた空間で、もっとも広く知られている代表的な御嶽です。もちろん沖縄の御嶽のように、民間信仰における祭祀空間は、東アジアのいたるところに存在しています。例えば韓国の村落には沖縄の御嶽に似たような「ソナンダン（城隍堂）」という祭祀空間が存在します。韓国の民俗学者表人柱は「沖縄の御嶽と韓国南道地域の村落共同体信仰の比較研究」という論考で、両者の比較研究を試みたこともあります。これからは韓国と沖縄の比較にとどまらず、東アジアにおける民間信仰の祭祀空間という観点から、比較研究が求められるでしょう。

比較研究のために必要な作業の一つが説話の分類であると言えます。沖縄の御嶽の由来にまつわる説話は様々な観点から類型的に分類することができるでしょう。例えば御嶽に祭られている祭神の素性によって分類してみると、自然物の神格化、動物の神格化、人物の神格化という三つのカテゴリに分けて考えることができます。［表1］は、私が試みた分類の結果をまとめたものです。

［表1］を一瞥すると、自然物の神格化、動物の神格化、人物の神格化という三つのカテゴリの中でも、人物の神格化にまつわる説話が一番多いことがわかります。それらの人物は生前の業績、不遇な生涯と死、死後の異変などによって神

【表1】『遺老説伝』の御嶽の由来にまつわる説話の分類

出典	御嶽名	所在地	祭神	備考
第20話	唐守嶽	唐榮	神岩	自然物
第23話	早飯森	那覇	駿馬	動物
第26話	不明	船藏山	ノロ	人物
第41話	不明	運城および泊	運城：護国屁民の神 泊：海の守護神	神
第42話	不明	南風原	善縄大屋子	人物
第47話	不明	伊敷索山	伊敷索按司	人物
第49話	不明	久米島	笠末若茶良	人物
第61話	不明	宮古島	目利真角嘉和良	人物
第68話	漲水御嶽	宮古島	大蛇	動物
第69話	廣瀬御嶽	宮古島	神女	人物
第71話	不明	宮古島	兄妹	人物
第72話	不明	宮古島	神女の娘	人物
第74話	不明	宮古島	神女の子真種若葭	人物
第78話	不明	宮古島	塊石	自然物
第94話	崎山森御嶽	首里	崎山里主	人物
第103話	穏作根御嶽	南風原	与那覇村の人	人物
第105話	安平田嶽	南風原	安平田子	人物
第131話	不明	渡嘉敷伊保崎	日本僧　喜才	人物

として御嶽に祀られるようになりました。

まず生前の業績によって神に祭られるようになった事例としては、祭祀を司る（第26話）、百姓を教化（第69話）、鉄をもって農機具を製作（第71話）、賢明な人物（第94話）などがあげられます。また不遇な生涯と死によっては、官軍に殺される（第47話）、罪なく死する（第74話）、罪なく亡くなる（第105話）、流されて病死する（第131話）などがあげられます。そして死後の異変によっては、神の託宣（第42話）、死後の霊験（第49話）、天上に昇った後に霊験（第61話）、死体が消え去る（第72話）などを事例にあげることができます。それらの説話の中から不遇な生涯と死にまつわる事例を一つあげてみましょう。

［事例1］『遺老説伝』第105話

往古、南風原間切津嘉山村の安平田子、勇にして巨富、家人も亦衆くして、備はらざるは無し。大屋を津嘉山と嘉屋武の際に構へて居住す。一日、大宴して以て飲む。時に、具志頭間切の人有り、其の門外に過るや、酒欲即ち動く。遂に辞を托するに口渇を以てし、而して入りて水を求むるに、惟ゝ水を与へて酒を与へず。即ち恨を挟み、讒を時の王に進むるに、其の逆志有るを以てす。王、官軍に命じ、討ちて之れを誅せしむ。未だ幾ばくならざるに、古葉（樹名）・真根（草名）併びに樹木の、其の宅に叢生する有り。其の妻子大いに驚き、別地に遷る。遂に其の宅を以て嶽と為し、之れを名づけて安平田嶽と曰ふ（嘉手納宗徳編訳『遺老説伝』）。

［事例1］は、南風原間切津嘉山村に住む安平田子という巨富が、具志頭間切の人に酒を飲ませなかったことによって、その人に恨まれ、官軍に殺されてしまったという話です。安平田子の死後に、家に樹木が叢生するなどの異変があり、その家族が家を御嶽にして、安平田嶽と名づけるようになったのです。

ところで『遺老説伝』に伝わる人物の神格化にまつわる説話を分析してみると、いわゆる「御霊信仰」に結びつくような要素がほとんど見当たらないことがわかります。［事例1］からも、御霊信仰の要素は確認できません。

御霊信仰とは、何か怨みをもって死んだと思われる死者の霊がたたることを恐れて、その死者の霊を神として祭る信仰です。菅原道真(8)に代表される御霊信仰は、日本の民俗宗教においてかなり重要な位置をしめています。菅原道真は官僚や学者としてのすぐれた業績があったにもかかわらず、まわりの人々から妬まれ、不遇な死に目にあいました。そして彼の死後に起った様々な異変（たたり）によって、やがて人々から神として祀られるようになりました。

（8）平安前期の学者・政治家である。宇多・醍醐両天皇に重用され、文章博士・蔵人頭などを歴任、右大臣に至る。九〇一年藤原氏をはじめとする勢力の陰謀により大宰府に左遷され、その地で九〇三年に亡くなった。北野天満宮や太宰府天満宮などで「学問の神様」としてまつられている。

日本の民間信仰における御霊信仰に類似した観念は、韓国の民間信仰においても確かめることができます。韓国では「解寃信仰」と言われ、特に巫俗信仰においては人物の神格化が重要な位置をしめています。たとえば現在韓国の巫俗神としてよく祀られている崔瑩[9]、林慶業[10]のような歴史的な人物は、不遇な死によって、彼らの死後、神として祀られるようになりました。

三　沖縄説話における「夜来者」説話の特徴

『遺老説伝』に収録された説話を読んでいると、なぜか話のモチーフや構造において、韓国や日本本土でよく知られている説話と非常に類似したものが多いことがわかります。例えばその一つとして『遺老説伝』第68話をあげることができます。この第68話はいわゆる「夜来者」説話です。『古事記』の三輪山伝説、韓国の『三国遺事』に伝わる甄萱[11]という人物にまつわる記事にも類話が見られます。この説話は、沖縄・奄美諸島の民間では「蛇婿入り」の話として、年中行事の一つである「ハマウリ」に結びついて伝わることが多いものです。

［事例2］『遺老説伝』第68話

（前略）其の母、肉戦き心裂け、魂体に附かず。遂に三女を抛棄して走せ去り、

（9）高麗末の武人政治家である（一三一六～一三八八）。朝鮮を建国した李成桂の威化島からの回軍によって敗れ、殺された。韓国の巫俗信仰において神として祀られている。

（10）朝鮮時代の武臣である（一五九四～一六四六）。明軍征討を命ぜられると、僧になって逃亡し、反清を貫いた。そして明の副摠官となるが、清に捕らえられ朝鮮に送還された後、殺害された。韓国の巫俗信仰において神として祀られている。

（11）新羅末期の武将である（八六七～九三六）。新羅末期、政治がみだれ各地に反乱が起こると彼も反旗をひるがえし、徒党を率いて西南方面の諸城を攻撃した。八九二年

家に回る。三女倶に懼色無く、急ぎ大蛇に攀ぢ、首を取り尾を撫でて、敢て少しも離れず。大蛇、舌を以て子を舐め、両情相浹し。既にして大蛇、三女を帯びて嶽中に飛び入り、以て護守の神と爲りて消滅す。大蛇、終に雲を起し霧を馳せ、光を放ちて上天す。是れに由りて人皆之れを尊信し、以て神嶽と爲す（嘉手納宗徳編訳『遺老説伝』）。

［事例2］は、沖縄本島から南のほうに位置する宮古島の張水《はりみず》御嶽の起源にまつわる説話です。張水御嶽は、沖縄に散在する数多くの御嶽の中でも、広く知られている有名な御嶽の一つです。

［事例2］のあらすじはおよそ次のようです。ある長者の娘の所に毎晩通ってくる正体不明の男がいました。その男が誰なのかを確かめるために、ある晩男の頭の上に針を刺しておきました。翌日その針についた糸をたどっていきました。そこでようやくその男の正体を知ることができました。その男の正体は大蛇でした。つまり［事例2］は、人間の女性と異類の男性の婚姻という、一種の異類婚姻譚としてとらえることができます。

ここで東アジア説話の比較という観点から、私が注目したいのは、長者の娘と大蛇の間に生まれた三人の子供について、［事例2］には何も述べられていない

に武珍州（光州）で自立した。百済の復興と新羅の打倒を標榜して、正式に後百済王と称した。

という点です。即ち［事例2］には、「既にして大蛇、三女を帯びて嶽中に飛び入り、以て護守の神と爲りて消滅す」と述べられているだけで、異類婚姻によって生まれた三人の子供たちが、その後どのように生きていったのか、あるいはどのように成長したのかについては、全く述べられていないのです。これは沖縄の「夜来者」説話に見られる一つの大きな特徴であると言ってもいいと思います。

この点については、例えば『古事記』に伝わる三輪山伝説と比べてみるとすぐわかります。

［事例3］『古事記』の三輪山伝説

（前略）故、教の如くして、旦時に見れば、針に著けたる麻は、戸の鉤穴より控き通りて出で、唯に遺れる麻は、三勾のみなり。爾くして、即ち鉤穴より出でし状を知りて、糸を従ひて尋ね行けば、美和山に至りて、神の社に留まりき。故、其の神の子と知りき。故、其の麻の三勾遺りしに因りて、其地を名づけて美和と謂ふぞ（新編日本古典文学全集『古事記』）。

［事例3］のあらすじを簡単にまとめると次のようです。活玉依毘賣という美しい娘の所に毎晩通ってくる麗しい男がいました。娘は日にちが経たないうちに

妊娠をしました。父母は不審に思って、どんな男かと娘に問いただしましたが、何もわからなかったのです。父母は娘にその男の着物の裾に糸を結んでおくように教えました。夜半になると、いつものように男が訪ねてきました。翌朝糸を追うと、美和山に至って神の社に留まりました。男の裾に結んだ糸は三輪ほど残っていました。これに因んでそこを名づけて美和と呼ぶようになったのです。

［事例3］は、『古事記』神話に登場する意富多多泥古が神の子孫であることを物語る神話として伝えられています。意富多多泥古は大物主大神と活玉依毘賣の血統を受け継いだ子孫として登場します。［事例3］においては、意富多多泥古が神の子孫であるという点が非常に重要な意味を持っています。つまり三輪山伝説では、異類婚姻によって生まれた子供の素性及び成長が明らかにされているわけです。

次は韓国の事例を確認してみましょう。

［事例4］『三国遺事』の甄萱伝説

また　古記には「昔　一人の金持ちが光州の北村に住んでいたが　彼に一人の娘がいた。容姿が端正であった。ある日　父に〝いつも　紫色の着物を着た男が寝室に来て交婚する〞といった。父が〝それでは　お前が長い糸を針に通

して　彼の着物にさしておけ〟といった。娘はその通りにして　翌朝　糸をたぐって行ってみると　北の塀の下の大蚯蚓の腰に針がささっていた。これによって孕んで一人の男の子を産んだ。年齢が十五の時　自ら甄萱と称した」といっている（林英樹訳『三国遺事』）。

［事例4］は、韓国の『三国遺事』に伝わる甄萱という人物にまつわる説話です。『三国遺事』とは、十三世紀末に高麗時代の僧侶一然(12)によって編纂された歴史書です。また甄萱は後三国時代に活躍していた英雄の一人で、後百済の始祖です。［事例4］によると、甄萱は蚯蚓《みみず》という異類と人間の女性の間に生まれました。まずこの点が『遺老説伝』の［事例2］や『古事記』の［事例3］とは違います。即ち［事例2］や［事例3］では、異類が大蛇になっていますが、［事例4］では「蚯蚓」という微々たる異類の子として語られているのです。この点は、多くの先行研究において指摘されたように、甄萱という人物が歴史的に敗北した英雄であった事実と密接な関連があります。つまり甄萱が歴史的に敗北した人物であったので、彼の父が「大蛇」から「蚯蚓」という、微々たる存在に置き換えられた可能性が高いわけです。

今まで述べてきた［事例2］、［事例3］、［事例4］の内容を比較して表でまと

(12) 高麗時代の僧（一二〇六〜一二八九）で、『三国遺事』の著者である。『三国遺事』には、朝鮮古代の神、民間説話のほか、新羅時代の郷歌14首が収録され、朝鮮古代文化研究の貴重な資料である。

めると［表２］のようになります。特に本稿で注目したいのは、［事例３］と［事例４］では、異類婚姻によって生まれた子供の存在が明確に語られているということです。逆に言えば、『遺老説伝』に収録された［事例２］だけが、異類婚姻によって生まれた子供の存在について明確に語られていないことになります。私はその主な理由を沖縄の羽衣説話の王権説話としての性格に結び付けて追究したいのです。

［表２］『遺老説伝』第68話の類話

	『遺老説伝』第68話	『古事記』の三輪山伝説	『三国遺事』の甄萱伝説
夜来者	美少年	立派な男	男
相手の女性	富豪の娘	活玉依毘売	富豪の娘
夜来者の素姓	大蛇（恋角の後身）	大蛇（？）	蚯蚓（甄萱の父）
生まれた子ども	三人の女子	意富多多泥古	甄萱

四　王権説話としての沖縄の羽衣説話

羽衣説話（天人女房譚）は、世界的に広く分布しています。日本では『丹後国風土記』の記事、三保の松原、倉吉の打吹山《うつぶきやま》、沖縄の茗苅子《めかるしぃ》などがよく知られています。

ところで沖縄に伝わる羽衣説話は、韓国や日本の本土に伝わる話に比べると、話の末尾に地上の男性と天上の女性の間に生まれた子供のその後の成長について、かなり具体的に述べられているという特徴が見られます。つまり地上の男性と天上の女性という、一種の異類婚姻によって生まれた子供が、天女（天上界）の血筋（出自）を受け継いでいるという点が非常に強調されているのです。例えば沖縄の歴史書『中山世鑑』(13)や『中山世譜』(14)に述べられている察度王《さっとおう》(15)の出自についての記事は、その代表的な事例です。

［事例5］

察度王は、浦添間切謝那村の奥間の大親の子である。母は天女である。…（中略）…これを着ると天へ上っていった。

幼い姉弟は声を惜しまず叫んで泣き悲しんだので、さすがの天女も名残惜しく思い、屋根の上に三度下りてはきたが、それから遂に天上へ帰ってしまった。奥間大親も大変なことだと悲しんだが、どうにもならなかった。

仕方がないので、それから二人の子供達を養い育てているうち、男の子は漸く成長したが、畑仕事もせず朝な夕な魚釣りや猟に遊び惚けていた。…（中略）…世子を廃して浦添按司を推戴した。浦添按司は即位して以来、他を誹って口

(13) 琉球王国、最初の正史である。一六五〇年国王の命で向象賢が編述した。のち増補訂正を加え、漢訳化し『中山世譜』とした。

(14) 琉球王国の正史の一つである。一七〇一年『中山世鑑』をもとに蔡鐸により漢文でほぼまとめられたが、一七二五年その子蔡温の手で大幅な改訂が加えられた。

(15) 琉球の王である（一三二一〜一三九五）。察度王統初代。母は羽衣伝説の天女とされる。浦添按司となり、のち英祖王統にかわって中山王となる。明の太祖の要請で明と外交関係をむすび、進貢貿易をはじめた。東南アジアや朝鮮との貿易につくした。

先巧みに取り入るよこしまな人を退けて、賢知の者を登用したので、民の徳は厚くなり不仁を行う者はいなくなった（諸見友重訳注『中山世鑑』）。

［事例5］は『中山世鑑』に述べられた「大元至正十年庚寅察度王御即位」の記事です。この記事に述べられた察度王は、琉球王朝時代の国王の一人で、もともと奥間の大親と天女の間に生まれた子供です。［事例5］には、異類婚姻によって生まれた子供が成長して王位につくまでの過程が詳細に述べられています。記事の冒頭に「母は天女である」と述べられ、この点が強調されていることがわかります。察度王が貧しい家に生れたにもかかわらず、王位につくことができたのは、他でもない天女の子供であったからでしょう。言うならば、ここでは羽衣説話が一種の王権説話として機能しているわけです。この点から見ると、沖縄の羽衣説話に登場する天女は、まるで日本神話に登場する天照大御神に譬えられるような存在であるとも言えます。

次に『遺老説伝』の事例をあげてみます。

［事例6］『遺老説伝』第34話

（前略）一夜更深、人亦静まるの後、一婦女有りて井上に立ち、彩衣を脱ぎ、枝頭に懸け、井に臨みて沐浴す。農民、旁より之を瞧るに、容貌絶倫にして衣服も常と異なる。農民之を見て暗かに想へらく、世上未だ此の如きの婦女を見ず。若し瑤台の仙女に非れば、疑ふらくは是れ洛陽の神娥ならんと。歩を進めて其の衣を偸取し、深く以て搿蔵し、敢て発出せず。婦女も亦衣を失ふに因り、天に上ること能はず。遂に跡を人間に留め、此の農民と結びて夫婦と爲る。已にして一男一女を生む。男児は宮城地頭職と爲り、女子は祝女職を授けらる。其後、天女已に逝き、遂に之れを久場塘嶽大石（名を一瀬と叫ぶ）の中に葬る。其の霊骨、今に至るも猶存す。村人、尊信して神と爲す（嘉手納宗徳編訳『遺老説伝』）。

［事例6］は、ある男が井戸で沐浴している天女を見つけ、その羽衣を盗み取り、天女を自分の妻にしたという話です。その天女は御嶽の神として祭られるようになりました。ここで私が注目したいのは、「男児は宮城地頭職と爲り、女子は祝女職を授けらる」と述べられているところです。つまり［事例6］には、地上の男性と天上の女性の間、言いかえれば天女の子供として生れた「一男一女」がその後どうなったのかについて、具体的に述べられています。このような特徴は、『遺老説伝』に限らず、沖縄の各地に伝わる羽衣説話に広く見られる特徴の

一つです。

［事例7］

「それで、探すと本当にあるわけ。それを着て、この銘苅川に行った。そして、長男に、「貴方や、良働ち、一国の浦添の城の主になりなさい。〔貴方は良く働いて浦添の城の王になりなさい。〕」次男には、「草々ん漢方薬を集めて沖縄の人助きしようや。医者になりなさい。〔草々の漢方薬を集めて、沖縄の人の命を助けなさい。医者になるんだよ。〕」と言いよった。そして、女の子には、「朝鮮からは山んかい、戦寄しかきてぃーし、千里眼になりなさい。〔朝鮮からは山に戦が寄ってくるから千里眼になりなさい。〕」と言ってから飛んでいったわけさ。」（遠藤庄治編『たまぐすくの民話』）。

［事例7］は、沖縄の玉城地域に伝わる羽衣説話です。この事例でも、天女の子供たちがその後どうなったのかについて、具体的に語られています。話の末尾に、天女が子供たちに向かって、長男は浦添の城の主になるよう、また次男は医者になるように、そして女の子は千里眼になるように、予め祝福しているのです。あるいは天女が子供たちの運命をさだめていると言ったほうがいいかも知れませ

ん。

沖縄に伝わる羽衣説話の大きな特徴の一つは、地上の男性と天上の天女の間に生まれた子供について具体的に述べられている点であると指摘しました。このことについては、例えば日本本土や韓国に伝わる羽衣説話と比べてみるとよくわかります。

［事例8］

漁夫が松にかかっている羽衣を発見し家の宝に持ち帰る。天女が衣を探しに来て男の家に泊まり、掟を忘れ漁夫の妻になる。一人の男児が生まれる。七歳のとき父の口止めを忘れ、羽衣が天井にかくしてあることを知らせる。天女は漁夫の留守に子供には後で迎えに来るといって去る。迎えにこないので松原で泣いていると、海水を汲む釣瓶が降りる。それに乗って天に昇ると母である。地上に降りるのは危険だから水を汲んでいる。母が天の神様に話すと、漁師も呼びよせ、親子三人睦じく暮らしたという。

［事例8］は、『日本昔話大成』（関敬吾編）に収録された羽衣説話（「天人女房」）の中の一つです。『日本昔話大成』には、［事例8］のほかにも、沖縄から北海道

にいたるまで、日本各地に伝わる様々な類型の羽衣説話が紹介されています。ところでそれらの羽衣説話を読んでみると、沖縄に伝わる話を除いては、多くの地域の羽衣説話に、地上の男性と天上の天女の間に生まれた子供の成長について、ほとんど何も述べられていないことがわかります。

このことは、韓国に伝えられている羽衣説話からも読み取れます。

［事例9］

（前略）男は大に喜び、翌日金剛山の池の辺りへ行くと、果して大きな釣瓶が天から下がつて来たので、素早く其の中へ入ると、いつしか天国に昇ることが出来て、なつかしき妻子にも久々で遇ひ、終に天人の群れに入つて、天女と終に添ひ遂げたといふ（山崎日城『朝鮮の奇談と伝説』「羽衣物語＝所は金剛山＝」）。

［事例9］は、かつて山崎日城が『朝鮮の奇談と伝説』の中でまとめた韓国の羽衣説話の末尾です。この資料集は一九二〇年に出版されました。したがって［事例9］はかなり早い時期に採録された話であると言えましょう。日本の［事例8］に、天から釣瓶が降りてそれに乗って天に昇るというモチーフがみられますが、［事例9］からはこれに類似したモチーフが確認できます。また［事例9］

にも、地上の男性と天上の天女の間に生まれた子供のことについては、あまり語られていません。これは［事例９］に限らず、韓国に伝わる多くの羽衣説話からも確認できます。

ところが興味深いことに、中国の羽衣説話を調べてみると、沖縄の羽衣説話に類似したものが見つかります。具体的な事例をあげてみましょう。

［事例10］

白頭山中に布庫里山があり、そのふもとに「天女浴躬池」と呼ばれる湖がある。そのいわれは、天宮の三人の天女が降りてきて、その湖で衣を脱ぐと湖に入って水浴をはじめた。天狼星がこれをみつけて末娘の衣を盗み去った。二人の天女は衣を着て飛び去ったが彼女は衣が無い。姉たちに持ってきてくれるようたのんだがいつになってもとどかない。途方にくれていると鵲が飛んできて紅い果をくれた。口に含むとひとりでに腹に入ってしまった。まもなく懐妊し、一年後に男の子が生れた。かの女は子供を筏にのせ、弓矢をそばにおいていった。「金のように明るく清い心でと願って姓を『愛新（満語で金の意）覚羅』とし、布庫里山に生れたから、名を『布庫里雍順』としよう。大きくなったら人の世の為に尽せ」と筏をおした。五色の雲が彼を守って行った。やがて三部族の争っている地方に来てそれを治め、推されて長となり国を「満州」とし彼は満州の始祖となった（君島久子「天女の末裔―創世神話にみる始祖伝説の一形態―」『関敬吾博士米寿記念論文集　民間説話の研究』）。

［事例10］は、『満族民間故事選』に採録された話で、君島久子氏の論文に取り上げられています。かつて君島久子氏は、「中国の羽衣説話―その分布と系譜」（『日本中国学会報』21、一九六九年）において中国の羽衣説話について紹介しています。

［事例10］は、満州の始祖にまつわる興味深い話です。始めて満州を建国した「布庫里雍順」という名を持った男は、鵲が飛んできてくれた紅い果実を食べた天女の子供として生れました。［事例10］に地上の男性と天上の天女に結ばれた婚姻のモチーフは見られませんが、天狼星が末娘の衣を盗み去ったということを考慮するならば、この話も一種の異類婚姻と看做してもいいでしょう。この事例において核心の部分は、主人公が始めて満州を建国したということです。即ち王権説話としての性格です。

これは『中山世鑑』に述べられた察度王の事例と非常に類似していることがわかります。察度王にしろ、満州を建国した布庫里雍順にしろ、天女の子供として生まれたという「異常誕生」が王権の正統性に結びついたのです。またそのはじまりは地上の男性が天女の羽衣を盗み取るという行為でした。

五　東アジア説話の比較研究に向けて

沖縄に伝わる説話は、東アジア説話の比較研究という観点から非常に重要な意味を持っています。かつて沖縄は東アジアにおける「文化の交差路」としての役割を果たしてきたからです。この点については、今まで多くの研究者が強調してきました。われわれは沖縄説話から、近代以前の東アジアにおける文化交流の諸相が読み取れます。

私は沖縄で『遺老説伝』に出会い、それを韓国語で翻訳するようになった理由について述べました。また『遺老説伝』を愛読していた柳田國男を事例に取りあげ、この説話集が東アジア説話の比較研究において、どれだけ重要な意味を持っているのかについて述べました。

東アジア説話研究における沖縄説話の重要性を確認するために、『遺老説伝』に収録された夜来者説話と羽衣説話を取りあげ、それらの説話に見られる特徴について分析を試みました。

韓国や日本本土に伝わる夜来者説話には、異類の男性と人間の女性の間に生まれた子供が英雄的人物として成長していくという、異常誕生のモチーフが明確に語られています。つまり韓国や日本本土の場合は、これらの話が王権の正統性を支える王権説話としての性格を持っています。これに対して、沖縄に伝わる夜来者説話からは、王権説話としての性格が読み取れませんでした。

私は、その主な理由を沖縄の羽衣説話から求めました。沖縄の夜来者説話を羽衣説話に結び付けて、東アジア地域の説話と比較しながら考察することによって、沖縄では羽衣説話が王権説話として機能していることがわかりました。その事例は、満州の始祖にまつわる羽衣説話からも確認できました。

一つの結論として、韓国や日本本土に比べて、沖縄の夜来者説話は王権説話としての機能が弱まり、そのかわりに羽衣説話のほうが王権説話としての機能を担うようになったと言えます。この点については、これから東アジアの王権説話における父系血統と母系血統などの観点から追究していきたいと思います。

参考文献

遠藤庄治編（２００２）『たまぐすくの民話』玉城村教育委員会

嘉手納宗徳編訳（１９７８）『球陽外巻　遺老説伝』角川書店

君島久子（１９６９）「中国の羽衣説話―その分布と系譜―」『日本中国学会報』21、日本中国

学会
君島久子（1987）「天女の末裔―創世神話にみる始祖伝説の一形態―」『関敬吾博士米寿記念論文集　民間説話の研究』同朋舎出版
球陽研究会編（1974）『球陽』角川書店
佐喜真興英（1922）『南島説話』郷土研究社
島袋盛敏訳（1935）『球陽外巻　遺老説伝』学芸社
関敬吾編（1978）『日本昔話大成2』角川書店
谷川健一（1975）『神・人間・動物―伝承を生きる世界―』講談社学術文庫
永藤靖（2000）「『遺老説伝』の世界」『琉球神話と古代ヤマト文学』三弥井書店
畠山篤（2006）『沖縄の祭祀伝承の研究』瑞木書房
林英樹訳（1976）『三国遺事』三一書房
原田禹雄訳注（1998）『蔡鐸本　中山世譜』榕樹書林
諸見友重訳注（2011）『中山世鑑』榕樹書林
山口佳紀・神野志隆光校注（1997）『古事記』小学館
山崎日城（1920）『朝鮮の奇談と伝説』ウツボヤ書籍店
湧上元雄（1978）「沖縄の御嶽伝承」『沖縄民俗研究』創刊号、沖縄民俗研究会
渡邊欣雄他編（2008）『沖縄民俗辞典』吉川弘文館
『柳田國男の本棚21』（1998）大空社
表仁柱（2001）「沖縄の御嶽と韓国南道地域の村落共同体信仰の比較考察」『韓国と沖縄の社会と文化』第一書房

金容儀（2010）「『유로설전（遺老說傳）』우타키（御嶽）유래설화의 양상과 유형」『日本語文学』45、韓国日本語文学会
金容儀（2015）「오키나와 우의（羽衣）설화의 유형과 특징」『日語日文学研究』第92輯 韓国日語日文学会

韓国における日本古典文学の翻訳

李市埈

一　はじめに

六、七年前、韓国文学専攻の先生から、『蜻蛉日記』を読んでいて、「女房」の意味が分からないと聞かれたことがあります。ついでに、日本は多くの女性の日記作品が残っていて羨ましいともいわれました。当時、私は次の三つの点に気付きました。一つ目は、韓国語訳された『蜻蛉日記』の存在であって、その頃は翻訳にあまり関心をもっていなかったので、どのような翻訳本が出ているのか知りませんでした。二つ目は、韓国でも『癸丑日記』(1)、『閑中録』(2)、『仁顕王后伝』(3)などのいわゆる三大宮中文学が知られていますが、ほとんど一六〇〇年以後の朝鮮時代のもので、その数も少なく、文学史における平安時代の女房文学の興隆は特記すべきことだなと考えました。三つ目は、中宮から貴人邸に仕える上級の侍女をさす「女房」を韓国語で訳するのは大変なことであるという点です。この論考は、学芸大学の石井正己先生から韓国語版『今昔物語集』の翻訳に関するテーマでと

(1) 作者及び成立年代未詳。随筆形式の朝鮮宮中日記。宣祖（朝鮮第十四代王）の妃だった仁穆大妃の廃位事件とその後の十一年間の苦難が描かれている。

(2) 正祖（朝鮮第二十二代王）の母で思悼世子の妃であった恵慶宮洪氏（一七三五～一八一五）が書いた自叙伝的回顧録。

(3) 作者及び成立年代未詳の宮中随筆。粛宗（朝鮮第十九代王）の継妃であった仁顕王后（一六六七～一七〇一）の廃位と復位の事件が描かれている。

声を掛けられて執筆したものです。今昔の翻訳に関しては、以前述べたこともあるので（「韓国における日本古典文學の問題をめぐって―『今昔物語集』を中心に―」『説話から世界をどう解き明かすのか』笠間書院、二〇一三年）、ここでは、既刊の資料を補足し、他のジャンルのものも広く扱い、韓国での日本古典の翻訳の現況を述べたいと思います。

二　韓国語訳された作品

一九四五年、解放以前の最初の日本文学の翻訳は、『漢城新報』（一九〇四年十月四日～）に連載され、玄公廉によって単行本となった『経国美談』だといわれています。また、崔南善[4]は『時文読本』（一九一八年）で、徳富蘇峰や『古今和歌集』の紀友則の和歌を翻訳しています。金億[5]は『万葉集』の六〇首と、万葉から江戸時代に及ぶ歌人達の歌・百首を載せた『愛国百人一首』を『毎日申報』（一九四三年七月二八日～八月三一日）で、翻訳しました。他に、徐斗銖[6]は『万葉集』の防人

（4）歴史家・文学者（一八九〇～一九五七）。東京留学時代から李光洙らとともに西欧文学を研究し、新体詩、紀行文などを通じて朝鮮近代文学草創期に先駆的功績を残した。

（5）詩人、言論人（一八九六～?）。フランスの象徴詩を翻訳紹介し、自らも新体詩理論を提唱して詩作を行った。朝鮮で最初の翻訳詩集『懊悩の舞踏』は朝鮮の詩人達に強い影響を及ぼした。

（6）文学研究者（一九〇七～一九九四）。京城帝国大学国文学専攻（日本文学）を卒業し、日本文学に関する多数の論文がある。一九四五年以後は、延世大学校で韓国文学を教えた。

歌・九八首を『毎日申報』（一九四二年十一月二日〜十二日）で、翻訳し連載しました。

解放以後、初めて古典が翻訳されたのは、管見によりますと、一九七三年の『源氏物語』ですが、翻訳本をジャンル別に示すと以下のようになります（改訂版は勿論、同じ内容であっても新しく編集したものや出版社の変更があったものも数に入れました）。

【目録１】物語・劇文学

	原題(作家)	書　名	訳　者	出版社	出版年度	備　考
1	竹取物語	다케토리 이야기	閔丙勳	語文学社	2015	
2	伊勢物語	①이세모노가타리	具廷鎬	제이앤씨	2003	
		②아무도 모를 내 다니는 사랑길:이세모노가타리	具廷鎬	제이앤씨	2005	
		③이세 이야기	具廷鎬	人文社	2012	
		④이세 모노가타리	閔丙勳	지만지	2014	
3	大和物語	야마토 모노가타리	閔丙勳	지만지	2016	
4	落窪物語	오치쿠보 이야기	朴姸貞外	門	2010	(일본명작총서10)
5	源氏物語	①겐지 이야기上・下	柳呈	文友社	1973	(世界古典文学大全集;7–8)
		②겐지 이야기	柳呈	乙酉文化社	1975	(世界文学全集;99)
		③겐지 이야기上・下	柳呈	乙酉文化社	1979	(世界文学全集;4–5)
		④겐지이야기1–3	田溶新	나남	1999	
		⑤겐지 이야기1–10	金蘭周	한길사	2007	
		⑥겐지 이야기	文明載(作)、김윤주・김윤지(絵)	웅진씽크빅	2007	(푸른담쟁이 세계문학;22)
		⑦겐지이야기(천줄읽기)	金鐘德	지만지	2008	大型本(2014)発刊
		⑧겐지이야기1–2	柳呈	東西文化社	2015	
		⑨겐지모노가타리1–2	李美淑	서울大学校出版文化院	1(2014)・2(2017)	(STUDIA HUMANTATISU 문명텍스트22)
		⑩源氏物語:韓國語譯注1–2	朴光華	香紙	1桐壺巻(2015)・2夕顔巻(2016)	
6	堤中納言物語	쓰쓰미추나곤모노가타리	兪仁淑外	門	2008	(일본명작총서07)
7	御伽婢子	①신비로운 이야기 오토기보코	黄昭淵	江原大出版部	2008	
		오토기보고	李容美	2013	세창출판사	(韓国研究財団学術名著翻訳叢書 東洋編525)
8	諸国百物語	쇼코쿠 하쿠모노가타리	金永昊	人文社	2013	
9	好色一代男	①호색일대남	孫正燮・李朱利愛	現實과 未來社	1998	
		②호색일대남	鄭瀅	지만지	2017	
10	日本永代蔵	일본영대장	鄭瀅	昭明出版	2009	(韓国研究財団学術名著翻訳叢書 東洋編125)
11	曾根崎心中	소네자키 숲의 정사	崔官	高麗大出版部	2007	(일본명작총서2)

12	仮名手本忠臣蔵	주신구라	崔官	民音社	2001	
		47인의 사무라이	崔官	高麗大出版部	2007	
13	英草紙	일본 에도시대에 펼쳐진 중국 백화소설의 세계『하나부사소시』	金永昊	제이앤씨	2016	
14	雨月物語	우게쓰 이야기	李漢昌	文学과 知性社	2008	
15	春雨物語	하루사메모노가타리	青榮烈	門	2009	(일본명작총서08)
16	東海道中膝栗毛	근세 일본의 대중소설가、짓펜샤잇쿠 작품선집	康志賢	昭明出版	2010	
17	春色梅児誉美	춘색 매화 달력	崔官	昭明出版	2005	
18	江戸戯作	에도 희작문학사	이승웅	해맞이미디어	2013	
19	夜窓鬼談	야창귀담:일본한문괴담집	金貞淑・高永爛	門	2008	
20	怪談牡丹灯籠	괴담 모란등롱	黄昭淵 外	門	2014	
21	怪談(小泉八雲)	일본괴담집	金時德	門	2010	(일본명작총서14)

【目録2】日記・随筆・理論書など

1	土佐日記・古今集仮名序	기노쓰라유키 산문집紀貫之散文集	姜容慈	지만지	2010	
2	蜻蛉日記	①청령일기(클레식)	鄭順粉	지만지	2009	大型本(2015)発行
		②아지랑이 같은 내 인생 가게로일기	李美淑	한길사	2011	(STUDIA HUMANTATISU 문명텍스트3)
3	枕草子	①마쿠라노소시	鄭順粉	갑인공방	2004	
		②마쿠라노소시(천줄읽기)	鄭順粉	지만지	2012	12% 抜粋
		③베갯머리 서책	鄭順粉	지만지	2015	大型本(2015)発行
4	和泉式部日記	이즈미시키부 일기	盧仙淑	지만지	2014	大型本(2014)発行
5	紫式部日記	무라사키시키부 일기	鄭順粉	지만지	2011	大型本(2014)発行
6	更級日記	사라시나 일기	鄭順粉	지만지	2012	大型本(2014)発行
7	讃岐典侍日記	사누키노스케 일기	鄭順粉	지만지	2013	大型本(2014)発行
8	喫茶養生記	끽다양생기 주해: 일본 차 문화의 뿌리를 찾아서	柳建楫	이른 아침	2011	
9	徒然草・方丈記	도연초・호조키	鄭章植	乙酉文化社	2004	
10	うたたね・十六夜日記	우타타네・이자요이 일기	金善花	제이앤씨	2010	
11	歎異抄	歎異抄	前田龍・田大錫	경서원	1997	
		탄이초	吳英恩	지만지	2008	

12	徒然草	①徒然草	宋肅庚	乙酉文化社	1975	(을유문고;182)
		②도연초	宋肅庚	乙酉文化社	1996	
		③도연초	蔡惠淑	바다出版社	2001	
		④쓰레즈레구사	金忠永・嚴仁卿	門	2010	(일본명작총서9)
13	風姿花伝	①能:노오의 古典 風姿花傳	金學鉉	悅話堂	1991	
		②風姿花傳:후시카덴	吳鉉烈	翰林大出版部	2002	
		③풍자화전(천줄읽기)	金忠永	지만지	2008	抜粋
		④풍자화전	金忠永	지만지	2012	大型本(2014)発行
14	風姿花伝, 花鏡, 至花道, 九位, 申楽談儀	風姿花傳, 花鏡, 至花道, 九位, 申樂談儀	金孝子	時事日本語社	1993	(日本思想叢書;2. 芸道思想;1)
15	南方録・古今集仮名序等	南方錄 古今集仮名序外	朴銓烈・李漢昌	時事日本語社	1993	
16	五輪書	①五輪書	가미꼬 다다시	韓國觀光文化研究所	1983	(人生経営시리이즈;1)
		②무사시의 전략경영	안수경	사과나무	2000	
		③오륜서	양원곤	미래의창	2002	
		④미야모토무사시의 그림으로 읽는 오륜서	양원곤	봄풀출판	2009	(Picture life classic;01)
		⑤(미야모토 무사시)오륜서	노만수	일빛	2011	
		⑥(미야모토무사시의 그림으로 읽는) 오륜서	양원곤	봄풀출판	2012	④の改訂版
		⑦오륜서	박화	원앤원북스	2013	
17	養生訓	양생훈(천줄읽기)	姜容慈	지만지	2009	50% 抜粋
18	紫文要領	겐지이야기를 읽는 요령	정순희	지만지	2009	50% 抜粋、大型本(2014)発行
19	韓客人相筆話	한객인상필화	허경진	지만지	2009	
20	歌舞音楽略史	가무음악략사	徐禎完	昭明出版	2011	(韓国研究財団学術名著翻訳叢書 東洋編191)

【目録3】神話・説話・軍記など

1	古事記	①일본 고사기(상)(중)(하)	魯成煥	예전사	1987-1999	상(1987)、중(1990)、하(1999)
		②일본 고사기(상)	魯成煥	예전사	1999	①の상(1987)改訂版
		③古事記(상)(중)(하)	權五曄	忠南大出版部	2000-2001	상・중(2000)、하(2001)
		④일본신화	이경덕	현문미디어	2005	
		⑤고사기상)(중)(하)	權五曄・權靜	God'swin	2007	
		⑥일본신화 코지키	朴昌基	제이앤씨	2006	
		⑦고사기(천줄읽기)	姜容慈	지만지	2008	50% 抜粋
		⑧고사기	魯成煥	民俗苑	2009	
		⑨고사기(클래식)	姜容慈	지만지	2009	
		⑩고사기	朴銓烈(作)、이우창(絵)	웅진씽크빅	2009	(즐거운 고전 새봄나무 . 동양편;4)
2	日本書紀	①日本書紀	成殷九	고려원	1987	
		②完譯 日本書紀	田溶新	一志社	1989	
3	続日本紀	속일본기1-4	李根雨	지만지	2012-2016	1-3(2012)、4(2016)、
4	風土記	①일본풍토기	金粉淑・姜容慈	東亜大學校出版部	1999	
		②풍토기(천줄읽기)	姜容慈	지만지	2008	35% 抜粋、大型本(2014)発行
5	日本霊異記	①일본영이기	丁天求	씨아이알	2011	
		②일본국현보선악영이기	文明載 外	세창출판사	2013	(韓国研究財団学術名著翻訳叢書 東洋編529)
6	三宝絵	삼보에(상권)	金泰光	제이앤씨	2008	
7	今昔物語集	①『今昔物語集』의 세계	文明載		2006	(韓国外国語大学校日本研究所日本研究叢書3)、計22話抜粋
		② 금석이야기집 일본부1-9	李市俊・金泰光	세창출판사	2016	(韓国研究財団学術名著翻訳叢書 東洋編555-563)
8	今昔・宇治など	日本説話選	田大錫	경서원	2000	
9	発心集	일본중세불교설화 - 발심집	柳嬉承	佛光出版部	2002	計57話を抜粋
10	愚管抄	구칸쇼	朴恩姫外	세창출판사	2012	(韓国研究財団学術名著翻訳叢書 東洋編513)
11	沙石集	모래와 돌(상)(하)	丁天求	昭明出版	2008	(韓国研究財団学術名著翻訳叢書091-092)
12	平家物語	헤이케이야기(1)(2)	吳讃旭	文学과 知性社	2006	대산세계문학총서
13	元亨釈書	원형석서(1)(2)	丁天求	씨아이알	2010	

14	神皇正統記	신황정통기	南基鶴	昭明出版	2008	(韓国研究財団 学術名著翻訳叢書 東洋編109)
15	義経記	요시츠네	이우희	文學世界社	2001	
16	御伽草子集	오토기소시슈	李容美	제이앤씨	2010	
17	遺老説伝	류큐설화집《유로설전》	金憲宣	보고사	2008	
		유로설전	金容儀	全南大學校出版部	2010	

【目録4】和歌・俳句など

1	韻文一般	①和歌選集(일본의 옛노래)	오영진	教學研究社	1986	
		②순간 속에 영원을 담는다 - 하이꾸 이야기	전이정	창작과 비평	2004	
		③일본 하이쿠 선집	吳錫崙	책세상	2006	約150首収録
		④하이쿠와 우키요에 그리고 에도시절	김향	다빈치	2006	俳句 100余首
2	万葉集	①韓訳 万葉集 古代日本歌集 1-4	金思燁	成甲書房(日本)	1984-1991	1(1984)、2(1985)、3(1987)、4(1991)
		②만요슈 - 고대일본을 읽는 백과사전	具廷鎬	살림出版社	2005	抜粋
		③일본인의 사랑의 문화사 만엽집	朴相鉉	제이앤씨	2008	抜粋
		④만엽집(천줄읽기)	高龍煥・姜容慈	지만지	2009	4500首の中で100首(抜粋)、大型本(2014)発行
		⑤萬葉集選	梶川信行・崔光準	新羅大學校出版部	2012	
		⑥한국어역 만엽집 1-10	李妍淑	박이정	2012-2017	1-3(2012)、4-5(2013)、6-7(2014)、8(2015)、9(2016)、10(2017)
3	懐風藻	회풍조	高龍煥	지만지	2010	
4	凌雲集	능운집	金任淑・金承龍	지만지	2016	
5	古今和歌集	고킨와카슈(상)(하)	具廷鎬	昭明出版	2010	(韓国研究財団学術名著翻訳叢書142-143)
		고금와카집(천줄읽기)	崔忠熙	지만지	2011	142首(13% 抜粋)
6	新古今和歌集	신고킨와카슈(상)(하)(별권)	具廷鎬	삼화	2016	

7	百人一首	①백일일수:100명의 시인과 100편의 노래	林瓚洙	文藝院	2008	
		②『하쿠닌잇슈百人一首』의 작품세계	崔忠熙 外	제이앤씨	2011	(韓国外国語大学校日本研究所日本研究叢書6)
8	松尾芭蕉	①마츠오바쇼오의 하이쿠	兪玉姫	民音社	1998	(세계시인선 053)
		②바쇼의 하이쿠 기행1	金貞禮	바다出版社	1998	
		③바쇼의 하이쿠 기행1-3	金貞禮	바다出版社	2008	
9	与謝無村	①하이쿠 열 일곱자로 된 시	崔忠熙	박이정	2000	
		②하이쿠, 요사 부손与謝無村의 봄여름가을겨울	崔忠熙	제이앤씨	2007	
10	小林一茶	밤에 핀 벚꽃 - 고바야시잇사(小林一茶)하이쿠 선집	崔忠熙	태학사	2008	(문화의 창:10)

三　時期別の特徴

一九四五年、解放後、初めて翻訳されたのは柳呈訳の『源氏物語』（一九七三年・七五年・七九年）で、金思燁の『万葉集』（一九八四年〜九一年）は、日本の成甲書房で出版されたものであることを考慮に入れると、一九四五年から八〇年代半ばまで、韓国語訳の日本の古典は四、五種類しかなかったのです。一九九九年まで視野を広げると、シリーズものを一種に数え、純粋に作品の数だけを数えると、『源氏物語』、『徒然草』、『万葉集』、『日本書紀』、『古事記』、『風姿花伝』、『風土記』、『好色一代男』、『五輪書』、『歎異抄』、松尾芭蕉の俳句など十二種となります。作品は古代に集中し、『好色一代男』など中・近世のものは僅かです。

一方、解放以後、近現代の文学を含めた翻訳は、一九五〇年〜五九年に七種、一九六〇年〜六九年に三五三種、一九七〇年〜七九年に二三一種、一九八〇年〜八九年に五四〇種、一九九〇年〜九九年に一〇二七種が出版されました。一九六〇年代から軌道に乗り、一九九〇年代からは千を越える活況ぶりです。川端康成・大江健三郎のノーベル賞受賞、山岡荘八の『大望』のような歴史小説の人気、三浦綾子（六〇年代）や村上春樹（九〇年代以後）に対する異様ともいえる人気などによって、韓国出版界では、近現代文学は、不動の地位を築いてきたわけです。

それに対して古典の場合は、戦後五〇年間、低い商業性や少数の専門家の為に不振を余儀なくされ、辛うじて『源氏物語』が大分遅れて韓国で紹介されたのも「世界文学全集」という形に頼るところが多かったのでしょう。

日本の古典が本格的に翻訳されたのは二〇〇〇年代に入ってからのことです。毎年、翻訳書が出版され、二〇〇〇年代の後半には急激にその数が増え、二〇〇九年までには五五種にも上ります。現在は七〇種にも上ります。二〇〇〇年以前からお馴染の『古事記』、『源氏物語』が翻訳されつつ、古代文学が主だった前代と比べて、上代から近世の多様なジャンルの文学が相次いで翻訳されました。ジャンルとして新しく登場したのは説話と軍記であって、神話や『今昔物語集』、『宇治拾遺物語』などから朝鮮関連説話を抜粋した『日本説話選』(目録3―8)や『義経記』(目録3―5)、『発心集』(目録3―9)、『今昔物語集』(目録3―7―①)、『遺老説伝』(目録3―17)などは注目されます。

また、『伊勢物語』、『堤中納言物語』、『枕草子』などの中古文学が翻訳されたが、もっとも注目されるのが、二〇〇七年の『源氏物語』1―10(目録1―5―⑤)です。韓国で専門翻訳者として右に出るものがないくらい訳書の多い金蘭周氏[7]が翻訳し、源氏専門の金裕千氏が監修しました。原典の翻訳ではなく、瀬戸内寂聴の現代語訳を使ったので、翻訳者による注釈がなく、平安文化の予備知識の少な

(7)日本文学翻訳家(一九五八〜)。慶熙大学校国語国文学卒業。昭和女子大学大学院で日本近代文学を修学(修士)。村上春樹、吉本ばなな、江國香織などの小説を翻訳。

い読者にはやや読みにくい点もあります。しかし、寂聴本に載っている巻末の系図、語句解説、解説（源氏のしおり）などを忠実に翻訳しており、読解に必要な知識を提供しているといえます。なにより本書の長所は、流麗な文章に求められるのではないかと思います。韓国文学を専攻した翻訳者だけあって、日本文学の専攻者の翻訳によく見受けられるぎこちない文章とは違って、とても流麗で読みやすいものとなっています。いままでの翻訳では試みられなかった「입니다・습니다（です体）」の文章はいっそう作品の趣きを優雅に伝えます。もう一つの長所といえば、名詞のハングル表記が全体的に的確であったことです。韓国の読者がもっとも苦手なのは意味の分からない長い名詞であり、翻訳本には漢字が使われていないので、もっと大変であったはずですが、翻訳者は建物や官職・道路の名称などは、韓国の漢字音を使って、効果的に意味を伝えています。たとえば「蔵人」の場合、「구로도（KURODO）」とせず、韓国の漢字音で「장인（JANGIN）」と表記するわけです。翻訳者による多様な表記方式がここにきて、ある程度定着したといえるのではないかと思います。

一方、韻文の方で注目される本は、二〇〇八年の『芭蕉の俳句紀行』1―3（目録4―8―③）です。古典詩歌、特に芭蕉を専攻する金貞禮氏(8)が翻訳したもので、普通、選集の形の翻訳が多い中で、旅行に関する芭蕉の作品を完訳しています。

（8）日本文学研究者（一九六一～）。全南大学校日語日文学科卒業。東北大学大学院で日本古典韻文を修学（修士）。現全南大学校教授。

1巻では『おくのほそ道』、2巻・3巻は『野ざらし紀行』、『笈の小文』をそれぞれ翻訳しています。和歌の翻訳はまず、できるだけハングルでも五・七・五・七・七と音数律を合わせようと試み、次は、文字の数にこだわらず句の意味を注釈つきで平易に説いていきます。行の方も、和歌は五行、俳句は三行に分けて翻訳していきます。オールカラーで、叙述文と句を色分けし、高級な雰囲気を醸し出しています。また、豊富且つ平易な解説、紀行の地図、挿話などは翻訳者がどれくらい一般の読者を念頭に置いたかを雄弁に物語っていますし、俳句の原文を注釈で記したのは専門の人への配慮でありましょう。

二〇一〇年代に入っても前代の趨勢と変らず毎年、翻訳書が出版され、その数はすでに五五種に上ります。時代を問わず多様なジャンルの本が出ましたが、中古文学が強く、日記文学の翻訳が活発であったのが、この年代の特徴といえます。『土佐日記』、『蜻蛉日記』、『紫式部日記』、『更級日記』、『讃岐典侍日記』、『うたたね・十六夜日記』など主要な日記作品が揃って出版されたのです。大作が多いということもこの年代の特徴です。たとえば、李姸淑氏[9]の『韓国語訳万葉集』1—10（目録4—2—⑥）です。氏は韓国文学を専攻し、さらに日本へ留学し、日韓古代詩歌、主に郷歌と万葉の比較研究を旺盛に行っています。成甲書房で刊行された金思燁氏[10]の『韓訳万葉集古代日本歌集』1—4は、惜しくも完訳ではありま

（9）日本文学研究者（一九六四〜）。釜山大学校の国語国文学科卒業。同大学大学院博士過程終了（博士）。東京大学大学院博士過程修了（修士）。現東義大学校教授。

（10）韓国文学研究者（一九一二〜一九九二）。京城帝国大学朝鮮語文学科卒業。ソウル大学校教授、慶北大学校教授、大阪外国語大学朝鮮語科客員教授。著書に『朝鮮文学史』（金沢文庫、一九七七年）、『三国史記 完訳』（六興出版、一九八〇年〜八一年）などがある。

せんでした。李氏は中西進『万葉集』（一九八五年）をテキストにして、左のページに万葉仮名、訓読、仮名文を載せ、右のページに韓国語訳と解説を配置しています。二〇一二年から翻訳が始まって今現在、『万葉集』巻十二までの翻訳を終えており、今後の作業が注目されます。

これもまた進行中の作業ですが、李美淑[11]氏の『源氏物語』（目録1―5―⑨）があります。李氏は源氏物語の研究者で、1巻（二〇一四年、桐壺～花宴）・2巻（二〇一七年、葵～朝顔）の翻訳を終え、今後、六巻をもって完訳する予定であるそうです。以前の研究者以外による翻訳で、もっとも問題視されたのは、表記の問題もありますが、注釈と解説が足りなかったことだと思います。前述した金蘭周氏は寂聴本の解説を忠実に訳したので作品の理解には立ちますが、やはり注釈の問題は解決することができませんでした。これに対して、李美淑氏は、過去の『蜻蛉日記』の翻訳（目録2―②）の経験を生かして、詳しい注釈を施しています。テキストに『新編日本古典文学全集』を使用し、注釈は多様な注釈書を参照しています。ただ、気になるところは、巻名を日本語原音のまま表記することはさておいても、官職名をすべて韓国語の漢字音で表記しているのは、特に、人名の中に官職名があった場合は違和感を覚えます。とはいっても、適当に妥協すると基準が崩れてしまいます。ここは、多少無理であっても他人の意見には目を瞑って

（11）韓国・日本文学研究者（一九六四～）。梨花女子大学校国語国文学科卒業。韓国外国語大学大学院修士課程修了。東北大学大学院で『源氏物語』を修学（博士）。現ソウル大学校人文学研究員。

訳者自身を信じるしかないかもしれません。

それからもう一つ、私と金泰光氏の共訳『今昔物語集　本朝部』1―9（目録3―7―②）も大作です。約五、六年間の翻訳期間を経て、韓国研究財団学術名著翻訳叢書として刊行されました。テキストは現代語訳がついているのがよいと思って『新編日本古典文学全集』に決め、他の注釈書を参考にして作業を始めましたが、韓国研究財団が小学館とライセンスを結び、財団から注釈も『新編全集』をそのまま使うようにといわれました。他の注釈書を使えなかったのは残念でしたが、『新編全集』の頭注と図版、そして巻ごとに収録されている解説をすべて翻訳することができたのは幸いでした。全集の原文の部分を影印し、話ごとに原文と翻訳を交互に配置したので、翻訳だけの他の翻訳書より原文との比較が便利で研究者には役に立ちます。原文を載せたために、分量が多くなり、全集の四冊をさらに分けて九冊の体制となりました。全集の巻ごとの解説は最後の九巻に集め、一巻の最初には全体の解説を小峯和明先生にお願いし、貴重な玉稿を頂きました。全集の細かい解説と一巻の全体を俯瞰する巻頭解説が相まって読者にいい刺激になったと思います。翻訳の過程で苦労したのは、やはり前述した名詞の日本語表記でありました。例えば、「鴨川」の場合、「가모 가와 gamo gawa」（すべてを日本語の原音ままハングルで表記）、「가모 강 gamo gang（gang はハングルで

川という意味)」「가모 가와 강 gamo gawa gang」など、幾つかの表記の方法があるわけです。どれを選ぶかは、訳者の個人の趣向により違い、これはやはり方針を決めてゆれずに一貫性を持つのが大切でありましょう。

次は文化的翻訳の問題というか、たとえば、寝殿造に関わる「塗籠」、「廂」、「広廂」、「孫廂」、「放ち出で」、「渡殿」、「御帳台」などはどう訳すか、「帷」と「几帳」と「壁代」に対応する韓国語はあるか、「袴」、「狩衣」、「打衣」、「水干袴」などはどう簡単に翻訳できるか、他に、「おに」「モノノケ」「聖(ヒジリ)」「女房」などを韓国語でどう翻訳すべきか、などであります。『新編全集』の頭注と現代語訳がずれる内容となっている時もありました。原文の「心直し」に対して頭注は「趣や心情」となっているのに対して、現代語訳は「風流」となっており、また、頭注は「芸、諸道」となっているところが、現代語訳では「すべての方面」に訳されたり、「片山」に対して頭注は「人里離れた山」というが、現代語訳では「小高い丘のあたり」となっていたりします。頭注と現代語訳のずれの理由は、頭注と現代語訳を別の人が各々作成したからだと後で分かりました。

『今昔物語集』が翻訳される前には、わずかに『日本霊異記』(目録3―5)、『三宝絵詞』(上)(目録3―6)だけでしたが、本書によって、韓国の一般の読者は古代日本人の思想と生活をより生き生きと理解することができるようになりました。

韓国の説話文学の研究者たちも日本の説話文学の諸形態に接することができ、説話文学の比較研究の意欲が高まるでしょう。韓国では、すでに中国の『捜神記』、『幽明録』などが訳されており、特に『太平広記』の全訳は韓国の朝鮮時代の野談との比較に大きな刺激を与えています。

また、日本でも二〇〇〇年に入って韓国の説話・野談に関する関心が高まり、『青邱野談』（野崎充彦）、梅山秀幸氏による『於于野譚』[12]、『太平閑話滑稽伝』[13]、『櫟翁稗説・筆苑雑記』[14]、『慵齋叢話』[15]、『渓西野談』[16]、そして『新羅殊異伝』[17]（小峯和明・増尾伸一郎）、『海東高僧伝』[18]（小峯和明・金英順）などが、次々訳されています。各国それぞれの翻訳によって、東アジアを視野に入れた比較説話の可能性は広がっていくことでしょう。

四　おわりに

植民地時代（一九一〇～一九四五年）、日本文学は韓国にとって「外国」文学ではありませんでした。翻訳本も少なく、日本語ができるごく僅かな教養人（一九一九年、日本語の解読ができた人口は二・五％）が日本文学に接しました。そして、日本文学は解放から一九六〇年までには、李承晩政権[19]の排日政策のため、完全に公的な場から姿を消しました。

（12）朝鮮中期、柳夢寅（一五五九～一六二三）が編纂した野談（説話）集。
（13）朝鮮前期、徐居正（一四二〇～一四八八）が編纂した説話集。『滑稽伝』とも。
（14）『櫟翁稗説』は高麗末期（一三四二年）、李齊賢（一二八七～一三六七）が編纂した詩画・雑録集。『筆苑雑記』は一四八七年、徐居正が知られざる歴史の事や巷間の閑譚を素材にして記述した随筆集。
（15）朝鮮中期、成俔（一四三九～一五〇四）が編纂した随筆雑録。
（16）朝鮮後期、李羲準（一七七五～一八四二）が編纂した文献説話集。
（17）統一新羅後期に成立した作者未詳の漢文説

ところが、六〇年代の四・一九革命以後、日本文化の解放に伴い、その息を吹き返しました。この段階から日本大衆文学は翻訳による「外国」文学として、韓国人に広く愛読され、いまや、日本大衆文学は小説の「日流」といわれるほど不況の韓国出版界をリードしています。このような状況下で、古典の翻訳は、二〇〇〇年に入ってからますます活発になっています。翻訳の担い手は、過去の植民地時代や排日感情などとは縁の遠い、古典を専攻する研究者がほとんどです。日本留学一世代に学んだ二世代の研究者で、一九八〇年代末から一九九〇年代に日本へ留学した経験をもっています。注釈つきの専門の翻訳書を指向しているのが、この世代の研究者の特徴ともいえましょう。

一方、日本古典の大衆化とでもいうべき現象も見られます。たとえば、ソウル大学必読書一〇〇選の目録には『坊っちゃん』とともに『源氏物語』が入っており、韓国のジャーナリストが日本文化を説明しようとする際、『忠臣蔵』はひっぱりだこです。『古事記』や『源氏物語』は絵本にまでなって子供たちに読まれています。一九九〇年代から日本の絵本がたくさん翻訳されまして、その中にお伽草子や昔話を題材にした絵本が沢山あることを考慮に入れると、日本古典の大衆化の先導は他ではなく、絵本の出版界に求めなければならないかも知れません。ソウルの中心街の鐘路に位置する東洋最大の書店、教保文庫を訪れると、韓国の

話集。『新羅殊異伝』の逸文は十話くらいしかないが、韓国の最初の説話集のこともあって、貴重な資料とされる。

(18) 高麗中期（一二一五年）、僧侶の覚訓が編纂した国内の高僧の伝記集。

(19) 李承晩（一八七五～一九六五）は、大韓民国第二代・第三代大統領（一九五二～一九六〇）を歴任した。

小説が売れないと眉間《みけん》にしわをよせる出版界をよそに、大規模の「日本書コーナー」の棚が目を引きます。日本の大衆小説やジャンル小説がびっしり詰まっている中、遠くない未来、その棚の上に日本の古典がずらっと置かれる日が来ればと思います。

『平家物語』に見られる馬の文学的象徴性

セリンジャー・ワイジャンティ

要旨：『平家物語』における馬の挿話はどのような文学的役割を担っているのでしょうか。本論文は「世の乱れ」を予示する場面や、戦争の重大な場面に登場する馬に着目して、馬の挿話が戦争の打撃を和らげる役割を持っていることを示します。この分析は比較文学の分野で論じられる戦争の表象や動物のシンボリズムに新たな知見をもたらします。

一　はじめに

私が日本の『平家物語』研究に惹かれたのは二十年前のことです。インドで育った私は、幼少期より古代インドの大叙事詩『マハーバーラタ』(1)が好きでした。聖地クルクシェートラで起こった大戦争を主題としたこの物語は、祖母の読み聞かせではもちろんのこと、マンガやテレビの大河ドラマでも楽しんでいました。そのため『平家物語』の壮大な構想、個々の登場人物の挿話、そして叙情的な文

(1) 古代印度の長大な全18巻の叙事詩。作者は聖仙ビヤーサと伝える。四世紀頃の成立。主題は紀元前十世紀ごろ起こったと思われる王族の間の戦争。ヒンドゥー教の根本聖典ともされる。

章は馴染みやすいものでした。幼少からの文学体験を思い起こしてみると、後に『平家物語』研究に引き込まれた要因は、戦争を表象する物語であったことが一番です。日本人は、『平家物語』の主題を仏教的な教訓の「諸行無常」と考えたり、負けた人物を応援する「判官贔屓」という日本的感性で読んでいるのではないかと思います。しかし私はむしろ、戦いの軋轢を語りながらも動乱の荒々しさを抑え、物語の世界に一定の方向性や枠組みを与える手法に興味がありました。その時私は、アメリカのハーバード大学の大学院一年生でしたが、「戦語りが果たす表現世界の整序化」は今でも自分が持っている大きなテーマの一つです。

今回の執筆の機会をいただいて、私は『平家物語』の戦語りの工夫を再度考えてみました。その時着目したのは文学の表現装置としての「馬」です。『マハーバーラタ』では、馬は王族の権力の象徴だけでなく、戦争のきっかけとして描かれます。例えば、馬の尾の色を巡って、姉妹のヴィナターとカドゥルが賭けをしますが、その賭けのせいで二人の子孫が現実に争うようになります。また、馬やチャリオット（二輪戦車）は重要な場面で描かれ、馬の調教のイメージに精神の鍛錬を重ね合わせたりします。そこで私は、馬に関する言及が多い中世日本文学において、馬に象徴される武士の姿を追い、馬が登場する場面について考えてみてはどうだろうかと思い至りました。そのような作業によって、更に面白く馬の挿話の意味が浮き彫りになってくるでしょう。

日本の中世の馬についての研究には、交通手段としての馬、兵器としての馬、交易品としての馬、儀式に使われる馬など、多岐の分野に亘る見解があります。しかし、文学作品で馬がどのように描かれ、どのような場面で使われ、どのような文学的作用に役立っているか、これらの観点についての論文はほんの一握りしかありません。馬に絞って論じている研究論文は、一九六一年の西尾実氏の「中世的なものとその地盤」、一九九一年の尾崎勇氏の「老馬のいる風景」、二〇一一年の牧野淳司氏の「『平家物語』「いけずき」と「するすみ」」の三本だけでした。

馬の歴史的重要性を認めながら、『平家物語』における馬の特殊な位置を最初に論じたのは西尾氏です[2]。『平家物語』には馬を熟知している武将や、軍馬戦術で勝負が決まる合戦の挿話がよくあります。このような場面は東国の新興武士の知恵を表しています。しかし、西尾氏によると、名馬の活き活きとした描出場面は新しい文化をもたらした武士階級の原動力をも表現しています。例えば、名馬が圧倒的に源氏武士の所有物であることは偶然ではありません。氏に言わせると、名馬譚は過ぎ去った貴族の時代の「消極的な世界観」からはじけ出た「積極的、生起的な面」、つまり新しい時代の基盤を作り得る「東国的可能性」を表しているそうです。西尾氏の中世文学の捉え方は概括的かもしれませんが、馬の特別な

(2) 西尾実「中世的なものとその地盤」『日本文芸史における中世的なものとその展開』(岩波書店、一九六一年)。

描写に着目した点は十分賛同できます。

二　論文の狙いと見取り図

本稿では、西尾氏や牧野氏の論考にヒントを得て、馬の実用的な価値ではなく、象徴的な役割を論じます。馬は戦いの道具である一方、高貴な動物であるために、所有者の特権的な地位を表す指標でした。同時に馬は力と神性をも想起させ、実戦の描写に限らず、武士の勢力を表す多くの場面で登場しています。本稿は『平家物語』に数多い馬の中でも、物語の三つのターニングポイントに登場している馬に着目します。その三つの分岐点というのは「世の乱れ」の予兆とされている「殿下乗合」事件、(3) 源平争乱の引き金となる以仁王《もちひとおう》の挙兵、(4) 王都が戦場になる寸前の宇治川合戦です。この三つの場面に共通しているのは戦いの〈暴力性〉が予見されていることです。いま、テーマとしている〈暴力性〉は狭義で使われる実際の武力行使や腕力ではありません。むしろ、秩序へ挑戦することの〈暴力〉や既存秩序を破壊できる可能性を持つことの〈暴力性〉です。また、社会の内部にある暴力（の可能性）を管理する技法には、隔離すること、分散すること、象徴化することなどがありますが、それは馬によって果たされているというのが本稿の主張です。

（3）嘉応二年（一一七〇）に起こった摂政基房の一行と平家の公達の間の騒動。当事者の弟、藤原兼実の日記『玉葉』に伝えられる事実とは異なるが、『平家物語』が「平家悪行の始め」とし、改変したらしい。

（4）以仁王（一一五一～八〇）、治承四年（一一八〇）四月源頼政の勧めにより平氏討伐の挙兵。

つまり、文学の言説は戦いが制度に与える打撃を和らげる効果を持っています。例えば、中世ヨーロッパの〈騎士道〉（chivalry）言説を取りあげましょう。騎士道は現実に即しておらず、実際の戦争はもっと激しかったことが、中世の研究においてすでに解明されています。しかし、〈騎士道〉が文学において重要な役割を果たしたことは確かです。ジェフェリー・ジェローム・コーエン氏[5]によると、当時の貴族社会は騎士の武力に依存している一方、騎士の武力が拡大してしまうことも恐れていました。そこで、彼らは〈騎士道〉という観念に頼り、騎士の行動は予測できるもので、しかも法や習慣によって決定されたものだという幻想を作り上げたと言うのです。無論、中世の日本には〈騎士道〉のような概念は存在しませんが、新興勢力の武士の武力に対する恐れは存在していました。そのため、文学表現を通して武力の暴力性を社会の規律に従わせる仕掛けが必要だったと思われます。同様の見解が栃木孝惟氏の論文に紹介されています。栃木氏は『古事談』『今昔物語集』『平家物語』において、武士は貴族の〈他者〉として捉えられており、貴族側から見た武士の危険性が感じ取れると論じます。従って、説話の中に出てくる武士は常に、郎党の不要な戦いを停止したり、または自分の行動が暴挙に至る前に自己抑制したりするように描かれていると説明しています[6]。ここでは栃木氏の論の延長線をたどり、武士の危険性をすり替えたり、和らげたりす

（5）Jeffrey Jerome Cohen, *Medieval Identity Machines* (University of Minnesota Press, 2003).

（6）栃木孝惟『軍記と武士の世界』（吉川弘文館、二〇〇一年）四〜二六頁。

る「装置」としての馬について考えてみたいと思います。

本論の馬の挿話は『平家物語』に登場する順ではなく、理論的展開が分かりやすい順で紹介します。第三節で紹介する馬「木の下」は、源平争乱の引き金となった以仁王挙兵の説明装置です。『平家物語』は源平争乱の暴動の始まりを馬への執着のためだと説明して、複雑な要因から生じた反乱を、秩序を揺るがすことのない要因、つまりごく普通の馬をめぐる争いから発生したと主張します。続く第四節では『今昔物語集』の「馬盗人」説話(7)を取り上げ、社会内部の暴力が〈無法の世界〉に追いやられ、隔離されることを取り上げます。同説話は、〈戦争〉を〈競争〉にすり替えることによって、暴力を分散する文学技法も見せてくれます。これは第五節で取り上げる名馬「いけずき」の場面でも活用される技法です。京都が戦場となる寸前の宇治川の合戦で登場する「いけずき」は、〈戦争〉の大混乱から、武士の先陣争いの〈競争〉に、焦点を見事にずらします。最終節の第六節で取り上げる「殿下乗合」事件は、武士の象徴的な娯楽としての狩りをモチーフにしています。狩り帰りの武士と牛車に乗った関白の衝突は、武士の時代への変化を示唆していると言えるでしょう。

(7)『今昔物語集』巻二十五第十二話「源頼信朝臣男頼義、馬盗人を射殺す話」。東国にから手に入れた馬を馬盗人に盗まれ、頼信・頼義親子が見事に取り戻す。

三　争乱の引き金となった名馬「木の下」

武士の武力の危険性を別のものにすり替える装置としての馬を考えた場合、すぐに思い浮かぶのは「木の下」という名馬です。『平家物語』諸本には、頼政と以仁王の挙兵を説明する際、この馬が挙兵の引き金となったとされています。例えば、延慶本には「抑《そもそも》、今度ノ謀反ヲ尋レバ、馬故《ゆゑ》トゾ聞エシ。」（巻四―29「源三位入道謀叛之由来事」）と記されています。『源平盛衰記』にも似たような記述があり、更に、まさしく「懸《かか》ル一疋ノ馬故ニ、世ノ乱《みだれ》ト成ケル」（巻十四「小松大臣情」）という誇張表現も見られます。「世の乱れ」という重要な歴史の展開を説明する際に、なぜ馬を登場させるのでしょうか。

以仁王は皇位を望んでいた宮ですが、平家の妨害によってその望みが絶たれてしまいます。その無念と不満を知った源頼政(8)は以仁王に挙兵を持ちかけます。そして、二人は共謀して平家政権の打倒を計画するのですが、結局は失敗に終わることとなります。以仁王の不満は皇位争いによるものですが、頼政の不満も「公卿として昇進を絶たれた」からであると考えられるはずです。しかし、ここではそのような政治的な理由付けは与えられていません。むしろ、馬によって誘発された武士の意地が心の中に宿り、それが引き金となって平家に反発したと説明付

(8) 源頼政（一一〇四～八〇）は平安後期の武将・歌人。保元の乱（一一五六年）には後白河天皇方につき、平治の乱（一一五九年）では源義朝に味方し、のち平清盛側についたが、翌年出家。

けられているのです。

その意地の原因は頼政の嫡男仲綱が受けた侮辱によります。「東国より究竟の逸物の馬」が都の仲綱のところに送られて来たことを知った平清盛の三男の宗盛(9)は一目見せろと申し入れます。仲綱は秘蔵の馬との離別を惜しみ、最初は見せようとはしませんでした。しかし、このやり取りを見ていた父親の頼政は、権威をふりかざす平家の振る舞いを見通し、息子仲綱に「たとえ黄金の馬であろうと、権力者の宗盛の申し入れには応えざるを得ない」と忠告します。父の命令に従い、仲綱はいやいやながら愛馬を手放しますが、傍若無人の宗盛は馬の体に「仲綱」という焼き印をつけ、頼政一族を嘲笑《あざわら》うのです。このことを聞いた仲綱は激怒して、父に自分たちは世の笑い者にされていると訴え、頼政も重大な挙兵の覚悟を固めます。

源平の争乱という国家の一大事が、馬を巡る争いによって誘発されるという物語構造がここに見てとれるのですが、私は次のように解釈しています。国家を揺るがす二人の政治的野心は、馬への愛情という私的感情に置き換えられ、危険性を失います。これは柳田洋一郎氏の平家物語論を思い出させます。柳田氏によると、『平家物語』における以仁王の乱や頼政の共謀は「私怨に基づく報復行動」です。頼朝は対比的に「私怨なき討伐者」として作り上げられ、頼朝の平和が

(9) 平宗盛(一一四七～八五)は清盛の三男。治承三年(一一七九)異腹の兄、重盛の没後、家督を相続。文治元年(一一八五)三月、壇の浦の戦いで源氏軍に捕えられ、処刑。

「公の論理」によって正当化されます。(10) 馬への愛着によって導かれる国家の危機という筋立ては、野心によって導かれる騒乱という筋立てに比べて無難で、もっと危機的な要因をぼかす役割を果たします。この点は、『源平盛衰記』では中国の周の穆王《ぼくおう》の挿話によって裏付けられます(巻十四「周朝八疋馬」)。穆王は駿馬に乗り遊びほうけたため、周の国が荒れて滅びたという説話ですが、この例も政務をおろそかにした王の行動を馬への偏愛で説明しています。公務を怠り、私的なことに没頭する王は、批判の対象にはなりますが、陰謀で王権を動揺させる人物ではありません。頼政も穆王に似て、個人的な感情を優先してしまう人物ですが、野心で国を傾ける反逆者にはなりません。

頼政の陰謀から始まる一連の章段が馬で始まり、馬で終るという非常にまとまりのある話だということは、よく知られています。愛馬の「木の下」が奪われてしまい、平家への恨みを募らせている仲綱を見て、滝口武士である競《きおう》という郎党が仕返しを企みます。競は宗盛に仕える振りをして、宗盛の名馬「煖廷《なんりょう》」をもらいます。そして、競は馬に乗って主人仲綱のところへ逃げ、木の下に押された焼印の報復に煖廷の鬣《たてがみ》や尾を切り、「平宗盛入道」という焼き印を押して、宗盛の館に返すのです。人が受けた侮辱を馬にずらして表現することがこの章段の目的だと言えますが、ここで、競という人物の象徴的役割にも着目したいと思いま

(10) 柳田洋一郎「平家物語における報復―紛争の底流からみた頼朝の平和」『軍記物語の窓　第二集』(和泉書院、二〇〇三年)。

す。皇居で昼夜禁中を警備する滝口の挿話で頼政挙兵の話が終っているのは、示唆的です。滝口の武官は、鳴弦（弓に矢を番《つが》えないで、弦を鳴らすこと）の威力で天皇を護っていました。滝口は天皇の護衛兵である一方、鳴弦に辟邪《へきじゃ》の呪力が認められたため、彼らの役割には実際の武力行為とは違った象徴的な武力、つまり「表現としての武」が見られます。[11] 仲綱、頼政、以仁王、競を結ぶ連続場面の核心は、どれも戦争の危うさを和らげることにあります。物語の焦点を馬への愛着に置き換えたり、象徴的な武力に注目させたりすることによって、勢力争いの攻撃性がぼかされ、危機が制御されるのです。

(11) 高橋昌明『武士の成立 武士像の創出』（東京大学出版会、一九九九年）、一三三頁による。

四　夜の「無法の世界」で愛馬を奪い返す頼信・頼義父子

武士にとって馬は宝物であると、『平家物語』でしばしば語られていますが、ここで武士の馬への愛着を印象深く表現している、『今昔物語集』の「源頼信朝臣の男頼義、馬盗人を射殺す」説話を読み解きたいと思います。話の核となっているのは、良馬の産地の東国から京都付近の武家屋敷に送られてくる馬です。馬を取り寄せるのは清和源氏の祖先の源頼信ですが、途中で盗人に目をつけられてしまいます。一方、良馬の入手を聞いた息子の頼義は雨をもいとわず、急いで父のところに行きます。頼信は、息子が駆けつけて来た理由が逸物の馬だと察知し、翌朝になったら馬を与えると約束します。ところがその晩、盗人は厩から馬を盗み、雨に紛れて姿を消します。説話研究者の池上洵一氏によると[12]、ここから「無言劇」が始まります。「馬が盗まれた」と叫ぶ舎人の声を聞いて、二人は馬に飛び乗って追いかけます。そして、追いついた時、頼信が「射よ」と言い、子の頼義が無言で盗人を射殺します。この説話は「武士の心映え」を表していると今まで解釈されて来ました。二人の一心同体ぶりは注目すべきところであり、それこそが武士の生活の規範の現れだと言われています。つまり、油断しない武士の日頃の心構えや、矢を射ったり馬を乗りこなしたりする武術の鍛錬に、理想の武士像が垣間見られると言われてきました。しかし、スリル満点に描かれている深夜の劇は、馬を大事にする武士の精神を表しているだけではありません。親子の無言劇よりも夜の静けさに響く雨の音、馬の蹄の音、馬の鐙の音などを見事な叙法であたかも聞こえるように述べるこの説話の核は、何も見えない闇黒の世界の「夜」なのだと、私はずっと思ってきました。

池上氏が指摘しているように、この説話は武士の勢力の「体制外的とはいえないまでも、半ばは体制外的な危うさ」を見せてくれます。当時、源氏武者の進出を見ていた都の人は、武士の「律しきれない影の部分」が気になっていました。また、『『今昔』選者の脳裏にはそうした境界的な存在としての武士」があったわ

(12) 池上洵一「『今昔物語集』を読む(六)：武士の心ばえ—巻廿五第12話「源頼信朝臣男頼義射殺馬盗人語」」『別冊国文学』三三、一九八八年。

けです。ですから、物語が暗闇を舞台としていることも、盗人の射殺が逢坂山という境界でおこることも示唆的です。言葉を交わさないで敵を不意討ちすることは、武士の習いとされていました。その一方、夜討ちは「昼の法」を守らない反社会性に注目され、室町法で「大犯の随一」ともされました。一見矛盾しているように見えますが、このことは実は「夜」の特殊な原理、つまり「昼」が保持する秩序に拘束されていない夜の「無法な世界」を見せてくれています。[13]

頼義と頼信の説話に戻って言えば、日常から遠い非日常的な夜の世界で二人は行動し、逢坂山という境界性の高い場所で馬盗人を倒します。逢坂の関は九世紀から「三関」の一つとして考えられた所で、ここを超えれば東国なのです。京市内という「ハレ＝聖域」から「武の殺生＝ケガレ」を遠ざける必要があったのかもしれません。また、説話の編者が新興勢力の武士を描く際に、その脅威を見せつける一方、昼の（日常的な）掟から逸脱する「夜」や、非日常的な「境界」を場面設定に選んだのも、武士の荒々しさを抑えた形で描くためだと言えます。池上氏が指摘しているように、『今昔物語集』の巻二十五の「兵」説話には、「兵の心ばえと武力への共感、また都市人的な畏怖と忌避」が見えます。それは、武勇は「一歩踏みはずせば、乱暴となり、さらに叛乱となる」からです。[14]

(13) 網野善彦・石井進・笠松宏至・勝俣鎮夫編『中世の罪と罰』（東京大学出版会、一九八三年）、九二～一〇二頁。

(14) 池上洵一「今昔物語集の方法と構造：巻二十五〈兵〉説話の位置」『日本文学講座　神話・説話』（大修館書店、一九八七年）、二〇二～二〇四頁。

五　名馬「いけずき」の神話的暴力性

『平家物語』の宇治川の合戦の先陣争いの場面でも、武士の威力が馬によって昇華、つまり美しいものにされます。この章段に見える人間や馬の肉体的・精神的活力に正岡子規や小林秀雄は心打たれ、私も同様に感銘を受けました。子規は「先駆けの勲功《いさを》たてずば生きてあらじと誓へる心生食《いけじき》知るも」と詠み、馬も武者と同様に先陣争いを競うのだとし、激戦の緊張感に感動しました。(15) 小林秀雄も宇治川の合戦には、「隆々たる筋肉の動き」や「太陽の光と人間と馬の汗」が感じられると主張しました。(16) では、この章段の文章の迫力とは何かを考察していきます。

先陣争い譚は名馬所望譚から始まります。梶原景季と佐々木四郎高綱は、頼朝のもとに見参し、頼朝の秘蔵の馬生唼《いけずき》を賜りたいと願い出ます。しかし、頼朝は梶原に自分の名馬を手放す気はないと断りながら、後に佐々木四郎高綱に生唼を与えてしまうのです。この頼朝の心変わりを、砂川博氏は、梶原の「傲慢な物言いと態度」のためであると指摘しています。(17) たとえば、梶原は「高名を後代に伝え」るため宇治川先陣を果たしたいと言うのですが、その態度を見て頼朝は「ニクヒ《（ママ）》ゲシタル者」（延慶本巻九—6「梶原与佐々木馬所望事」）の態度だと不快に感じて、

(15) 正岡子規「讀平家物語　宇治川六首」『明治大正文学全集　第二十巻』（春陽堂、一九三一年）、五一頁。
(16) 小林秀雄「平家物語」『文学界』九、一九四二年。
(17) 砂川博「延慶本における伝承とその変容」『相愛大学研究論集』一六、二〇〇〇年、二四六頁。

摺墨《するすみ》という違う馬を与えます。梶原とは対照的に、佐々木は馬揃えに遅れながらも、合戦で頼朝のために命を捧げる決意を示し、また合戦に出る前に父のための追善供養もしてきたという、忠誠的かつ親孝行な人物として描かれます。砂川氏が言うように、「無欲の善玉」として描かれているのです。このような登場人物の対比に砂川氏は、「強欲にして悪玉の人間が失敗し、無欲にして善玉の人間は成功する」という教訓的な説話の性格を見いだします。また、山下宏明氏は二人の馬争いを通して、頼朝がパトロンとしてクローズアップされていると指摘しています。[18] 砂川、山下両氏の指摘によれば、馬の贈与によって頼朝が見せつけているのは、武士の棟梁としての地位です。しかし、この名馬所望譚はもう一つの役割を持っていると考えられます。それは合戦が、いよいよ京都を敵の進攻から守って来た自然の防衛線である宇治川まで来てしまった時に、〈合戦〉は単なる〈喧嘩〉とは異質のものだと暗示することです。梶原は後に、佐々木が生唼に乗っているのを見て憤慨し、そこで対決しようと挑戦します。ところが、佐々木高綱は生唼を盗んだのだとうそをつき、梶原を笑わせます。その場の喧嘩の発生を制止し、先陣争いという駆け引きに競争心をふり向けます。つまり、不当で無益な内部紛争がこの場面で変化を遂げ、男同士の笑いで解消されます。梶原景季は先陣を果たし、主従の絆を強くしようという有益な行動に取り組みます。物語は

(18) 山下宏明「いくさ語り—実盛最後と宇治川先陣」『語りとしての平家物語』(岩波書店、一九九四年)。

このように、武士の乱暴な振る舞いを「奉仕」と作り替えて、社会機構の中に取り込んでいくのです。

この場面での危急事態の収束は、馬という気性の荒い動物がいるからこそ果たされます。牧野淳司氏が指摘しているように、延慶本の「いけずき」は特に、「神話的暴力性」の象徴であります。(19) 覚一本より延慶本の方の「いけずき」は、より生々しい表現で形象されるのです。例えば、小さい頃は、憎い相手を「生《いけ》ナガラ、足手ナドヲクヰ(ママ)カキケル」馬だったという、「生唼」の名前の由来が語られます（巻九―6）。この描写からもわかるように、凶暴といってもいいほど性格が強い馬なのです。また、延慶本の本文では「いけずき」の名の由来について、「此《この》馬ニ乗テ池上ノ水ニヲ(ママ)ヨガセテ魚ヲスキケルニヨテ、「池ズキ」ト名《なづけ》タリトモイヘリ」（巻九―6）ともあります。つまり、奥州の池でこの馬に乗って魚を掬ったから、「池掬《いけずき》」と名付けたという説もあるとされています。「池ズキ」の神秘的な力について、牧野氏は馬と水神を結びつけて考え、また「馬に乗る王」頼朝の威力を強調するものと捉えています。すなわち、「生唼」に乗る頼朝は「王権を保持できるだけの軍事力を持っている」ことが暗示されているとも考えられるのです。

ここで補足したい点があります。「生唼」の「神話的暴力性」は陸奥の「大地

(19) 牧野淳司「『平家物語』「いけずき」と「するすみ」」鈴木健一編『鳥獣虫魚の文学史 獣の巻』（三弥井書店、二〇一一年）、一七五頁。

獄」と呼ばれる「大池」の非日常の空間で、幻想的な時空で表現されます。それは日常的な場では現れないように隔離されているのです。例えば、宇治川先陣の場面では、「いけずき」は男同士の勝負を決定させる馬としてのみ機能しています。日常の空間では、馬の「神話的暴力性」は、「武士が頼朝に捧げる忠義」という、秩序を保つ主題に役立てられています。さらに、梶原の衝動的な怒りから生じうる乱戦は、いかにも武士らしい功名心に替わってしまうのです。

先陣争いに見られるような感情を抑制して、ライバル意識を徹底的に様式化する行動といえば、スポーツが思い浮かぶのではないでしょうか。競技は、行動範囲が決定され、形式化された、危険性を失った戦争だとも言えます。「秩序を守った闘争は遊びである」と言われているのももっともです。[20] その例を示すものに、『今昔物語集』巻二十三・二十六話の「兼時敦行競馬勝負の事」の競べ馬の説話があります。私は、『平家物語』の作者が先陣争いを競べ馬にたとえたのだと言っている訳ではありません。むしろ、その類似性は、負けた時の負の感情を次回の勝負で晴らす機会を与えてくれることにあります。この話の中では兼時と敦行という二人の人物が競べ馬で勝負をするのですが、話の核心は勝ち負けではなく、負けたらどうやって退場するかのルール設定です。馬乗りの上手な兼時はなぜかその日、「悪しき馬」、つまり荒々しい馬を選んでしまい、負けてしまいます。反

(20) ヨハン・ホイジンガ『ホモ・ルデンス』(中公文庫、一九七三年)、第五章「遊びと戦争」。

対に、荒々しい馬が好きな敦行はその日、扱いやすい馬に乗って勝つのです。しかし、そこで話は終らず、観覧席にすわっている人の注意は、負けても騒がず、負けた時の作法をみせてくれる兼時にとどまります。説話の語り手によると、競べ馬のあらゆる作法が決まっている中、負けた時のスムーズな退場という場合だけが決まっておらず、そしてその作法を教えてくれたのは負けた兼時でした。作法がきまっていないという説話の設定は、様式化されていないライバル行動を示唆し、説話の終結は退場の様式化の重要性を強調します。つまり、この説話の教訓は、兼時が闘技の場を非暴力的な空間だと認め、感情を抑制して、負けても騒がないということです。ルールや礼儀作法を守ることによって、彼は秩序を乱す行動を避けるのです。すなわち、『今昔物語集』の競馬説話も『平家物語』の先陣争い説話も、敵意を規制し、発散する技法として〈闘技〉を重点的に描きます。

六　「殿下乗合」事件―下馬せぬ無礼事件が象徴する「世の乱れ」

さてここまで、秩序を乱す競争心や野心を、馬に置き換えて和らげる手法を考えてきましたが、『平家物語』の馬はもう一つ、重要な役割を果たしています。「殿下乗合」事件の描写を分析していきます。藤原基房は、朝廷での仕事の帰り道、鷹狩りから帰ってくる平資盛にばったり出会います。基房の随身は、摂政の牛車の前で下馬しなかった平資盛の無礼にいらだち、平資盛を馬から引き落としてしまいます。このことに平家への侮辱を感じた資盛の祖父清盛は、腹心の武士に報復を命じます。彼らは高倉帝の元服の日に基房の一行を待ち受け、その牛車に狼藉を働きます。この章段は「世の乱れける根本」という前置きがあり、摂政関白に恥をかかせる清盛が批判されます。犬井善壽氏によると[21]、平家物語諸本では乗合事件、またはその報復事件が、「大炊御門堀川」という宮廷に近い象徴的な場で起こります。両事件のため、高倉帝の元服の儀式が延期になってしまいます。平家物語諸本はこの事件が「内裏への道」で起こったことから、「世の乱れ」の暗示に結びつけます。このような場面設定は覚一本、屋代本、中院本や、源平闘諍録に見られて、史実とかなり食い違っています[22]。栃木孝惟氏も、この事件は王権への打撃を象徴したエピソードだと強調し、平資盛の一行が狩りに行った場所が、四部合戦状本では宮城の焼け跡である内野となっていることも示唆的だと指摘しています[23]。

　犬井氏は事件が起こった場所の象徴性に着目していますが、乗り物の象徴性については論じていません。基房が使っていた牛車は、貴族の代表的な乗り物です。また、牛車に乗る資格は上流貴族に限定されていたため、牛車は貴族自身だけではなく、儀礼や作法によって保証される政治体系をも象徴します。反対に、資盛

(21) 犬井善壽「内裏への途:「平家物語」巻一「殿下乗合」の作中場所の本文流伝」『文藝言語研究 文藝篇』一九（一九九一年）、一〇〇頁。

(22) 曽我良成『物語がつくった驕れる平家　貴族日記に見る平家の実像』（臨川書店、二〇一七年）、一〇二頁

(23) 栃木孝惟『軍記と武士の世界』（吉川弘文館、二〇〇一年）、一六七頁。

は馬に乗っていて、「狩場の興奮を揺曳した」武士らしい姿で登場します。[24] すなわち、二人が起こす騒動は、下馬の礼法という、秩序を守るために作られたルールへの違反として読めると思います。馬と牛車、武士の武力と貴族のステータスの対決が、この場面で演じられているのではないでしょうか。

(24) 注23栃木前掲論文、一七二頁。

七　終わりに

武士を武士たらしめるのは馬であり、また馬が戦いの道具として機能している限り、武士を描く際に馬は語り手にとって重要ではないかと思います。ここで分析した通り、頼政挙兵、宇治川先陣、殿下乗合事件という、『平家物語』の歴史語りで重要な展開点に、それぞれ馬が大きな役割で登場しています。『平家物語』の合戦には数万騎という馬の数の誇張的な記述がありますが、それは武士の戦力を表すためです。しかし本論文では、威力を表す装置としての馬を考えてみました。紙幅に限りがあるため、『平家物語』で名馬として扱われる馬に絞って論じてきました。他にも有名な馬、例えば、平知盛の井上黒や、平清盛の望月が出て来ますが、それらの馬についての検討は今後の課題とします。

以上の論点をまとめます。まず、頼政挙兵の場面に登場する「木の下」は、秩序の乱れを拡大させないひとつの手段だと指摘しました。源平争乱という国家の一大事の始まりとなった共謀は、政治的野心というよりも、馬への偏愛という私的な感情に誘発されたものだとされます。そして、珍奇なものへの没頭は批判されますが、国を傾けるほどの野心としては語られず、源平争乱の発端はそれほど危険ではないように表現されます。つまり、馬へ焦点をずらすことによって、権力争いにおける攻撃性と暴力がぼかされます。また、「宇治川先陣争い」のような駆け引きは〈戦争〉を〈競争〉にして読み手の目を巧みにそらし、大きな政治変化を和らげる工夫として機能します。

武士の暴力性を表しつつ、それを抑制する馬の表象という着目点で『平家物語』を読むことで、何が新しく見えてくるでしょうか。『平家物語』は武士の台頭の物語だとよく言われていますが、合戦後の平和を語るためには、源平争乱という歴史的出来事の大きな打撃、また武士が持っている潜在的暴力を物語叙述において、どうにか解消しなければならなかったはずです。『平家物語』の馬説話は西尾氏の指摘の通り、武士の活き活きとした「可能性」を示すと同時に、動乱を「馬への執着」という一定の枠内に包み込む役割も果たしています。「武士の台頭」の物語は、馬に暴力性を転換させたからこそ成立するのではないかと思います。

インド神話の研究者ウェンディ・ドニガー教授によると、古代の践祚神話の馬は完全に調教されておらず、荒々しさを保っていました。それは服従させられていない馬の野生的な力を王に転移させる必要があったからです。(25) 馬というシンボルはこのように、人間の権力や勢力を間接的に表現する重要な表象だったのです。本稿では、そのような読みの可能性を提示してみました。

(25) Wendy Doniger, "A Symbol in Search of an Object," *A Communion of Subjects: Animals in Religion, Science, and Ethics* (Columbia University Press, 2006), 347.

参考文献

網野善彦・石井進・笠松宏至・勝俣鎮夫編『中世の罪と罰』（東京大学出版会、一九八三年）

池上洵一「今昔物語集の方法と構造：巻二十五〈兵〉説話の位置」（『日本文学講座 神話・説話』大修館書店、一九八七年）

池上洵一「「今昔物語集」を読む（六）：武士の心ばえ—巻廿五第十二話「源頼信朝臣男頼義射殺馬盗人語」」（『別冊国文学』三三、一九八八年）

犬井善壽「内裏への途：「平家物語」巻一「殿下乗合」の作中場所の本文流伝」（『文藝言語研究 文藝篇』一九、一九九一年）

尾崎勇「老馬のいる風景—『延慶本平家物語』について」（『熊本短大論集』四二・一、一九九一年）

小林秀雄「平家物語」（『文学界』九、一九四二年）

砂川博「延慶本平家物語における伝承とその受容—第五本六梶原与佐々木馬所望事、七兵衛佐ノ軍兵等付宇治瀬田事の場合」（『相愛大学研究論集』一六、二〇〇〇年）

曽我良成『物語がつくった驕れる平家　貴族日記に見る平家の実像』（臨川書店、二〇一七年）
高橋昌明『武士の成立　武士像の創出』（東京大学出版会、一九九九年）
武久堅「野心の系譜―軍記物語を貫くもの」（『日本文芸研究』二二、一九九二年）
栃木孝惟『軍記と武士の世界』（吉川弘文館、二〇〇一年）
西尾実「中世的なものとその地盤」（『日本文芸史における中世的なものとその展開』岩波書店、一九六一年）
牧野淳司「『平家物語』「いけずき」と「するすみ」」（鈴木健一編『鳥獣虫魚の文学史　獣の巻』三弥井書店、二〇一一年）
正岡子規「讀平家物語　宇治川六首」（『明治大正文学全集　第二十巻』春陽堂、一九三一年）
山下宏明「いくさ語り―実盛最後と宇治川先陣」（『語りとしての平家物語』岩波書店、一九九四年）
柳田洋一郎「平家物語における報復―紛争の底流からみた頼朝の平和」（『軍記物語の窓　第二集』和泉書院、二〇〇三年）
ヨハン・ホイジンガ『ホモ・ルーデンス』（中央公論新社、一九七三年）

英文の参考文献

Jeffrey Jerome Cohen, *Medieval Identity Machines*, University of Minnesota Press, 2003
Wendy Doniger, "A Symbol in Search of an Object," *A Communion of Subjects: Animals in Religion, Science, and Ethics*, Columbia University Press, 2006.

引用本文

櫻井陽子編『校訂延慶本平家物語（四）』・谷口耕一編『校訂延慶本平家物語（九）』（汲古書院、二〇〇二、二〇〇三年）
黒田彰・松尾葦江編『源平盛衰記（三）』（三弥井書店、一九九四年）

第三部　緊急共同討議

〔緊急共同討議〕

文学研究に未来はあるか

二〇一七年一月二十八日
会場　東京学芸大学
パネリスト　小峯和明・松尾葦江・錦　仁
司会　石井正己

一　東日本大震災後の状況と日本文学研究のあり方

石井　緊急共同討議として、「文学研究に未来はあるか」というテーマでディスカッションを進めてまいります。どうぞよろしくお願いいたします。

実は、十二月四日に「文学研究の再構築」というテーマで、今日前に並んでくださっている小峯和明さん、松尾葦江さん、錦仁さん、そして、韓国からお見えになった金容儀さん、李市埈さんの五人で催しを行いました。ご講演の時間が押してしまって、残念ながら、予定していた共同討議ができませんでした。

その際にも、私の中では、文学研究について、時代とジャンルを超えて、さらには国境まで越えてフリーな場を作りたいという望みがあったので、共同討議ができなかったという無念さが残りました。出版をお願いしている笠間書院から、「もう一度やり直してほしい」というご希望もありましたので、今日の緊急共同討議という運びになったわけです。もちろん、四人で座談会を開くことも考えましたが、公開の場で行った方がいいだろうという判断もあって、こういう機会になりました。

この「文学研究に未来はあるか」という問いかけは、非常に自虐的かもしれません。でも、本質的な問いを立てて、それと向き合ってみることは、大事なことではないかと思っています。そう言いながらも、本質と向き合うというのは、しんどいですね。そのしんどさと向き合わなければいけないけれども、やはり避けて通れないだろうと感じます。そういう問いかけに対して、パネリストの三人の方々が、それぞれの立場でご賛同くださり、今日も多くの参加者を得て、こういう会になったことは大変ありがたいと思います。

今、文学研究では、日本文学研究でも、多くの成果が生まれています。ある意味で言えば、ビッグデータが揃いつつあると思われますけれども、そのデータが本当に未来を志向しているかという疑念がなくはありません。内輪もめになるといけませんけれども、それらは、文学研究の中から見えにくいし、ましてや外からはさらに見えにくい。特に若い大学院生や学部生は、その巨大化したデータに圧倒されるような感じを持っているのではないかと感じています。そうした状況をにらみつつ、自由な討議の中から、文学研究の未来像を探ってみたいというのが今日のねらいです。

前半は三人のパネリストの方々にお話しをいただいて、質問も私を含めた四人の中で展開し、後半は今日お見えの皆様から自由なご発言をいただきたいと思います。お一人一つに限って、ご質問やご意見を承り、できるだけ動きの良い議論ができれば助かります。出版を前提にしていますので、質問も含めて、ご発言は全て収録する方針で考えておりますので、ご協力いただきたいと思います。

私はパネリストではないので、司会進行をすればいいんですけれども、なぜこういう会を持つに至ったのかという入り口を少しお話ししてみます。私どもの古典文学研究室で『学芸古典文学』という雑誌を出していて、その巻頭言に「震災と百人一首」（第五号、二〇一二年三月）、「話題にならなくなった震災と『方丈記』」（第九号、二〇一六年三月）を書きました。今日もそれにつながるので、そこから始めていきます（配布資料①「震災と古典文学」参照）。

東日本大震災という大災害から、間もなく六年になろうとしています。被災地はそれぞれの問題を抱えながら、復興に励んでいます。でも、福島県は相変わらず震災の渦中にあって、復興という言葉さえ使えない状況で、事態はより深刻になっていると言えるかもしれません。そうした状況を迎えて、振り返ってみれば、この間、「震災後の文学研究」というのは、どのようにあるのだろうと考えつづけてきたわけです。

前の「震災と百人一首」は十ヶ月が経とうとしている時期に、後の「話題にならなくなった震災と『方丈記』」は五年が経とうとしている時期に書きました。震災からの時間の経過を忘れたくないということがあって、その折々の状況を古典文学と向き合わせておきたいと考えたのです。そうしないと、私たちの学問は世間と切れてしまうという危惧を抱くからに他なりません。

実は、震災の前から動きはじめ、私はこの大学を拠点に、もう三十回ぐらいフォーラムを開いてきました。どうも学会や研究会に組織化されていくと、当初はいいのですが、だんだん窮屈になって、動きが鈍くなります。それでは、時代の動きにうまく対応できず、スピード感がなくなります。批判はあっても、時代のテーマと寄り添って、それを公開の場で議論して、出版していこうという動きを、この十年ほど続けてきたわけです。

最初の『百人一首』は錦さんのご専門で、編集された『百人一首のなぞ』（學燈社、二〇〇七年十二月）という本を引きました。震災後、「未曾有の」「想定外の」という言葉が頻発され、さまざまな批判を浴びました。最近では「未曾有の」「想定外の」と言わないようにしようという共通認識が生まれました。しかし、その出来事について、政治家や研究者が責任を取る努力をしたかというと、なしくずしのままに現在に至って、一方では原発の再開に動いています。

『百人一首』に「末の松山波越さじとは」という句があって、それについて、『百人一首のなぞ』の中に、河野幸夫「歌枕「末の松山」と海底考古学」の一文があります。この「末の松山は波が越えない」というのは、貞観の地震を踏まえて生まれたのではないかと述べています。しかし、津波のときに避難して助かった人々の伝承が都では恋歌になって、変わらぬ愛情を示す比喩になります。そこには、都では東北の津波との距離感があり、歌の需要の変化もあったと思います。

震災から一年経たない時期、多くの文学研究者は虚脱感に襲われて、どうしていいかわからなかったようです。文学研究者に言うと嫌がられるのですが、文学研究があまりにも社会と切り離されている結果ではないかと思いました。その後、震災にまつわる研究もいくつか出てきましたけれども、今、五年経つとだいたい終わった感じがします。しかし、私はそうではなくて、むしろ、これからだという思いがあります。

なぜなら、私の中では、震災よりも復興の方が当初から大きな見通しの中にあったからです。例えば、すぐに出した本に、『津浪と村』[1]（三弥井書店、二〇一一年六月）があります。明治の大津波と昭和の大津波のあとに高台移住をしますが、ことごとく失敗するんですね。失敗したのはなぜかを考えることが、復興の出発点になると考えました。すぐ被災地の首長に、出版社を通じて贈りました。これを読んで復興を考えてほしいと願いました。

次の「話題にならなくなった震災と『方丈記』」では、二〇一五年五月、文部科学省が、国立大学に対して、人文社会科学や教員養成の学部、大学院の規模縮小や統廃合を要請する文書を出したことに端を発します。東京学芸大学はもろにそれを被っているわけですが、他にも大きな動きが始まっています。すでにそれに先立って、文学部の再編は大きな動きになっていて、福祉や情報・観光といった時代の要

（1）山口弥一郎・石井正己・川島秀一編『津浪と村』（三弥井書店、二〇一一年六月）。

請する学部や学科に様変わりし、私立大学の生き残りが図られてきました。

よく知られるように、『方丈記』の中には、月日が経って年が過ぎたら、もう地震のことは言葉に出して誰も言わなくなったと、はっきり書いてあります。忘れられていくというのは今始まったことではなく、八百年前もそうだったのです。そういう現実を古典文学から再認識する必要があります。三月十一日が近づくと、復興が報道されますが、三月十二日になれば収束してしまい、まるで年中行事に化しています[2]。しかし、私自身は今申し上げましたように、「文学研究は復興にいかに関われるか」という目論見がありました。

なぜそんなことを考えるかというと、実は柳田国男という民俗学者と深く関わってしまったことがあります。彼は国際聯盟委任統治委員としてジュネーブに行き、イギリスで関東大震災を知って横浜に戻り、その惨状を見て、何とかしなければいけないと考えました。一九四五年の敗戦のときに、いよいよ働かねばならぬときになったと書きました。彼の経世済民[3]の思想には、明治人の気概があったと思いますが、それが強くあって、世の中の役に立たない学問は意味がないとはっきり言っているぐらいです。

では、柳田の学問は実際にどのように役に立ったのかと言えば、そう単純にはいきません。彼が発見した人々の日常生活や平凡な人生が、実学としての意義をどこまで発揮できたかと考えれば、必ずしもうまく説明できるわけではありません。でも、そう言い続けたことの意味は、やはり考えてみたいと思います。柳田国男と付

（2）「年中行事」は、一年のうちで、一定の時期に慣例として繰り返し行われる公的な行事。震災が起きて数年が経ったいま、テレビ等では「三月十一日」の一日だけ「復興」が騒がれ、「慣例」として触れられているのが現実である。

（3）「経世済民」は、世を治めて人民を救うこと。「経済」という言葉の語源である。不安定な世の中を観察し、自らの思想的な立場から具体的な改革案を打ち出そうとする思想をいう。

き合い過ぎたということはあろうかと思いますが（苦笑）、皮肉なことに、さりげない日常の価値は、今度の震災によって再発見されたところがなくもありません。

入り口がずいぶん重くなりました。それでは、これからパネリストの三人の方々にお話をいただきたいと思います。まず、私の右側に座っていらっしゃるのが小峯和明さん。日本の説話研究の第一人者として知られていて、『今昔物語集』の研究から院政期文学論まで、一般的な本から大著までありますし、前回は「東アジア文学」の提案もありました。今着々と進んでいるのは東アジア文学研究の基礎がためで、例えば、平凡社の東洋文庫で『新羅殊異伝』（二〇一一年）、『海東高僧伝』（二〇一六年）のような成果が続々と出ています。私たちは、小峯さんの考えている「東アジア文学」や「漢字・漢文文化圏」の構想の実態をまざまざと知らされる段階に来ているわけです。今日は「説話という文芸」というプリントに添ってお話しくださると思います。では、お願いします。

二　漢字・漢文文化圏におけるメディアとしての説話

小峯　昨年の十二月に、ここで講演に参加させていただいて、それですっかり終わったと思っていましたが、実はまだ続きがあるということで、非常に疲れてます（笑い）。一旦切れたねじをまた巻き戻して、もう一度振り出しに戻ってやり直すような感覚があります。それで、今日お配りしたプリントも途中で時間が来てしまって、ほとんど未完成のような状態になっていまして、でも、この調子で書いていくとこの倍ぐらいの量になりそうです。逆に言うと、短くまとめることができなかったということもあります（配布資料②「説話という文芸」参照）。

前回の講演のときには絵画を取り上げましたが、日本の文学を考える場合に、やはり絵画の世界とのつながりというのは無視できない。つまり文字だけで考えている文学では収まらないものがあるということで、絵画資料をかなり使ってお話ししました。さらに強調したいのが、今ご紹介いただいたような「東アジア世界」ということと、それからあと、「説話」という言葉にこだわっていくことから新たに見えてくる世界があるのではないかということで、その二つに即してお話しできればと思います。その「東アジア」という概念自体もどこからどこまでかという問題がありますけれども、いちおう漢字・漢文を使っている、あるいは使っていた世界の共通性ですね。重なるところとずれるところを取り上げて追究していくということで、出発が『今昔物語集』だったということもあって、必然的に「説話」という領域が中心になりました。

ただこの説話というのは、一般に考えられているように、文学の領域の一つのジャンルではないということです。これはしばしば誤解されていると思うんですが、説話文学会という学会もあって、それから説話集というジャンルがあって、国文学の中の一つの領域という捉え方をされるのが一般的ですけれども、私が考えている説話はそうではありません。それも一つですけれども、ありていに言えば、全てのものにかかわるのが説話である。これは、逆に和歌もそうだと思いますけれども、そういう観点でいつも考えているので、逆に言うと何でも説話になってしまう。説話は全てのものの地盤的なものであるし、逆に説話は全てのものを呑み込んでいくものとして見ていますので、むしろメディアとかモードとか、そういう感じで考えた方がいいのではないかと思っています。それがまず強調したいことの一つです。

それから二番目に、「説話」という言葉にずっとこだわっているわけですが、「説話」という言葉がどのように生きていたのかというのを見ていくと、今日お配りした資料の最初の方に書きましたが、中国で使われている漢語としての語彙があって、かつての唐代や宋代では特別の意味を持っている言葉であった。現代語でも「説話」という言葉は、普通に話をするという意味で使われていますけれども、唐代や宋代においては話芸、語りの芸の意味で、非常に芸能に即した意味合いを持つ言葉として使われていたわけです。だから話芸の芸人は「説話人」というんですね。その説話人の名人は、ちゃんと名前も記録されていて、語られていた説話が文字テキストになっている。それが宋代に確立した「話本」というジャンルになって、そのあとの元から明、清あたりの『三国志演義』[4]『西遊記』[5]とか、ああいうものに発展成長していく。話芸としての説話の面からもう一度見直していく必要があると考えています。

今までの説話の研究を振り返ると、柳田国男が始めたいわゆる口承文芸、口頭伝承の説話という分野が一つあって、それから国文学の領域になっている説話集を中心にした説話という文学観がある。これが、民俗学と国文学が重なるような重なら

(4) 中国の長編歴史小説。中国が魏・呉・蜀の三国に分かれて戦を繰り広げていた時代について の講釈が、虚実を入り混ぜながらまとめられた。陳寿による歴史書『三国志』とは異なり、通俗的な興味に満ちた様々な逸話を含み、後代にも大きな影響を与えた。

(5) 中国の長編小説。三蔵法師と孫悟空ら従者たちが西方を目指して旅をする話で、江戸時代初期に日本に受容されて以降、現代でも広く人気を博している。

ないような、相容れるような相容れないような微妙な関係にあって、説話の研究を二極化させる結果を招いてきた経緯があると思うんですね。私は、そのあとの方の説話集の方を中心にやってきたわけですけれども、これからは、第三極として、話芸としての説話の面から考えていく必要があるだろうと思い始めて、いろいろ見始めているところです。

それで、ごく最近見つけた本で、明治十七年（一八八四）に出た小さい本なんですが、『説話筆記』というタイトルの本ですね。角書きを含めると、『印度紀行釈尊墓況説話筆記』。インドの釈尊、お釈迦さんの墓の現況をかいま見た意味です。ジャンル的に言えば、紀行文。インドに実際に行ってきた体験を語った講演の筆録に当たります。明治十七年ですから、「説話」という言葉が近代になって学術用語として確立していく過程の一つの例にもなるかと思います。冒頭のところを見ますと、例えば、「釈尊墳墓ノ実践ヲ説話イタサレタリ」とあって、お釈迦さんのお墓を実見して、その話をした。それから、「実ニ希世ノ説話タリ」というように、珍しい話だとか述べ、「説話ノ大略ヲ筆記シテ云々」という言い方があります。

ちょうど明治の落語家の、怪談で有名な円朝の落語を筆記した本が当時流行るんですね。速記という分野で、広い意味での聞書きです。そこでも「説話」という言い方が非常によく出てくるので、近世の終わりから明治にかけて、そういう語りを記録したものが「説話」と呼ばれるようになる。ちょうど中国の唐宋代の語り芸を「説話」と呼んだことに重なってくるわけです。日本では、古代、中世から江戸時

(6) 江戸末期から明治にかけて怪談噺などで人気を博した落語家・三遊亭円朝（一八三九～一九〇〇）。自身の落語の速記本を出版し、明治の言文一致運動に影響を与えた。

代前期くらいまでは、「説話」という言葉がほとんど出てこないです。強いて言えば、禅宗の坊さんの世界、いわゆる五山僧[7]の世界に限られます。「説話」は、中国に学びに行って帰って来た坊さんたちが使う言葉で、非常に限られた世界でしか使われなかったようです。それが、江戸時代の、白話小説[8]が中国から入ってきた頃から明治になるといろいろ出てくる。ですから、このあたりからもう一度見直していくと、中国の唐宋代あたりの「説話」が「話本」につながるラインと対応させてみることができるのではないかと考えています。

そういう問題を考え出した段階に過ぎないんですけれども、いろいろやっていくとまたいろんなことが見えてくるわけで、この「文学研究に未来はあるか」というように、未来はあるかと聞かれても、私は預言者ではありませんので（笑い）、予言書の研究はやりましたが、それで未来のことが分かるわけではないですし、その先がどうなるか誰にもわからないわけで、むしろ未来はあるかという問いかけは、未来を信じたいという意思表明ですよね。だから、未来を信じてやっていくしかないだろう。それから、言えることは、人間が生きてこういう社会や共同体を営んでいくかぎり、文学はなくならないと思います。つまり、我々は食べて、飲んで、眠ってという、身体の生存のための生活だけで生きているわけではなく、いつも心のあり処を捜して生きている。言いかえれば、精神の充足ですね。人は常に思い通りにいかないものや欠けているもの、いわば不如意を抱えながら生きているので、それを埋める方策が必ず必要で、その方策の一つが文学だと思います。文学というと、

（7）「五山」は、禅宗の寺院で格式の高い、五つの大きな寺。中国の制度をまねて日本でも鎌倉から南北朝期に「京都五山」「鎌倉五山」が定められ、中国の影響のもと僧たちが漢詩文・出版などの文化を牽引した。
（8）206頁参照。

堅苦しいですが、簡単にいえば歌とか物語です。それらはいつの時代でも、媒体はいろいろ変わっても、人間が生きている限りなくならない。だから問題は、その文学をどういうふうに研究として対象化していくのか、あるいはその意義を訴え続けていくか、そこが問われるわけですので、できるだけ広い角度でいろいろ見ていく必要があると考えているところです。

お配りした資料の「説話のはたらき」に書きましたけれども、我々の想像力のあり方として、知らない世界とか、誰もまだ行ったことのない世界、でも、そういう世界について何か知っている。一番手っ取り早い例でいえば死後の世界ですね。死んだあとの世界というのは、今ここにいる我々は知らないわけですよね。行った人じゃないとわからないし、行っちゃったらもう、それを伝えようがないわけです。でも、何かその死後の世界をイメージして、地獄だの極楽だのを考えることができるのは、結局そこに行った人の話があるからですね。冥土でいえば、そこへ行って甦ってきた人が自らの体験を語る。それによって、そこがどういう世界であるか、皆知ることができます。あるいは『浦島太郎』の龍宮がそうですけれども、そういうところに行って帰ってきた人が語ることで、その世界のイメージができるわけで。その行った人が体験や見聞を語るのが、まさしく「説話」なんですね。そういう「説話」に触れることで、自分の日常生活を見直したり、癒やされたり、よりよき生を求めようとする。全て「説話」を媒介にして、我々は想像力を働かせ、活性化させたり、いろいろな形で日常生活を営んでいるといっていいと思います。だから、

「説話」というものは人間が生きている根源にかかわるもので、日常の世間話から雑談から何から何まで、何げないところで人生の機微に触れてくる。物事の起源を説明したり、いろいろな物事のいわれを説明したりする、言説の根本と言っていいでしょう。そのことの意義をどうやって納得できるように説明し、対象化していくかが課題になると思います。

そのことを日本だけで考えるのではなくて、同じ漢字・漢文文化圏としての共有の世界へ視野を広げて、それとの関係で見ていく必要がある。従来の内向きの国文学ではなく、外の世界にいかに拓いていくかが次の課題になります。「説話」は中国から始まったように、東アジアの共通語としてあります。朝鮮半島でも「説話」という言葉がいろいろ文献にも出てきますし、韓国の研究状況では、日本と同じように「説話」という用語がテクニカルタームになっています(9)。韓国は戦前から日本の民俗学系の口承文芸の方から影響を受けていますけれども、最近ではかなり広範に及んでいて、仏教説話をはじめ説話集系の研究もたくさん出ています。そういう意味で、学界状況としては日本とかなり共通性があると思います。でもあまりにお互いのことを知らなさすぎる。中国も少しずつ説話研究が浸透してきていますが、用語面では、まだこれからどうなるか分かりません。これからは、海外の日本研究者ばかりでなく、中国古典や朝鮮古典の研究者とつらなりあって、共同の土俵を作っていく必要があります。いわば、東アジアのそれぞれの国文学を重ね合せ、ぶつけ合う協働が求められるでしょう。

(9)「テクニカルターム」は「専門用語」の意。「説話」とは辞書では「話すこと」という一般に通じる意味を持つ言葉であるが、研究の専門用語としては厳密な定義が必要となる。その結果、「説話とは何か」といった議論がしばしば行われては更新され、一般人は「門外漢」化してしまうことになる。説話に限らず、文学研究にはこうした「テクニカルターム」が多い(一例を示せば「物語」「読者」など)。

もう一つは同じ漢字・漢文文化圏としてのベトナムですね。ベトナムも前近代は漢字・漢文の世界であり、独自の喃字（チュノム）と併せて使われていました。ベトナムの文献にも、「説話」の用語が出てくるのです。ハノイの漢喃研究院という資料センターに資料もたくさん残っています。問題は、フランスの植民地化によってアルファベットになってしまったので、ベトナムの一般の人はもう漢字を忘れてしまっている。漢字のできる研究者がきわめて限られているのが現状で、それこそ中国や日本や韓国ともどもあわせた共同研究がますます必要になるはずです。ハノイ大学にも毎年講義に行ってますが、ベトナムの若い人が今後、漢文分野の研究を継承できるかどうか非常に難しいように思います。ですから、もう一国内に止まる限り研究自体成り立たない。東アジアの中国、台湾、日本、韓国等々と共同でやっていかなくてはならないことを痛切に感じています。今、ベトナム漢文を読む会という小さな研究会で、十五世紀の漢文の『嶺南摭怪《れいなんせっかい》』[10]という神話・伝説集を読んでいますが、これが実に面白く、ひろがりがあり、いずれまた共同研究の注解をまとめたいと考えています。漢字・漢文にまだ近しい側が、もっと資料を対象にして掘り下げて、その共通性を探っていく必要があると思います。私は外国語が全くできませんが、それでもこうした東アジアの漢文説話が読めるのは、まさに漢文訓読のお蔭です。いわば訓読という力技で異文化の言語でも読めてしまうわけで、外国語ができなくても異国の文学が読める、魔法のようなものだ、とさえ最近は思うようになりました。

（10）31頁参照。

かなり道は遠いので、一人ではとてもできません。ですから、ぜひこれから若い人たちにこういう世界を受け継いでいってもらえればと思います。あわせて今、北京を中心に明代の挿絵付きの仏伝『釈氏《しゃくし》源流《げんりゅう》』[11]を、東京で朝鮮古典の『於于野《おうや》談《だん》』[12]という野談ジャンルの嚆矢ともいうべき説話集を読んでいます。未来はあるかという問いかけは、要するに研究のバトンタッチができるかどうかということですね。結局、学問もリレーですから、そのリレーのバトンを渡す相手ができるだけ大勢いればありがたいなと思っています。だいたい以上です。

石井　この漢字離れの問題は、韓国も大きくて、ハングルは勉強するけれども、今、若い人たちは漢字の勉強をしなくなっています。そして、日語・日文学科が大学から急速に減りつつあるので、漢字・漢文文化圏の研究の基盤が英語に取って代わられようとしている印象を強く持ちます。松尾さん、どうでしょう。

松尾　小峯さんのレジュメの「東アジア共有の説話」の見出しのすぐ前に、「むしろ『説話』はジャンルではなく、メディアとしてある」とあります。そういう観点の導入には賛成で、今後の説話研究にはこういったスタンスも必要と思います。

昭和四十年代前半、軍記物語の研究では説話文学研究の根っこを掘り起こす議論、つまり、説話という用語の定義をさんざん議論しました。その結果、一つには話柄として、単位としての説話という用法があり、もう一つには今成元昭[13]さんたちが主張されたように、もともと説話というのは仏教の布教のツールとしてあった、いわゆるお経の譬喩・因縁、それが本来の用法だったという考え方に落ち着きました。

（11）30頁参照。

（12）十七世紀頃柳夢寅によって編まれた。「野談」は史談などを多面的な目線で描いた朝鮮の物語本のこと。日本の説話集に相当する。初めは漢文で書かれ、のちにハングル語で書かれた。

（13）研究者、立正大学名誉教授。仏教思想の研究を中心に、『平家物語』をはじめとする軍記物語に多くの成果がある。

なぜ軍記物語研究で、説話という概念を吟味したかというと、軍記物語の表現・記述の方法、その多くを説話文学に負っていると考えたからです。説話の方法が、軍記物語という新しいジャンルを確立させる一つの要素としてはたらいたのだ、という立場からの議論だったと思います。

このごろの軍記物語研究者は、そういう研究史はもう顧みないのですが、私たちの卒論の頃は阪口玄章さんの本（『平家物語の説話的考察』昭森社、一九四三年）などは一種の聖典だったんです。説話研究と軍記物語研究は全然別の道を歩いているかのようにお思いの方もあるかもしれませんが、じつはごく近い。説話文学は、やはり中世文学のある意味での基盤（基盤文学という言葉に反発なさる方もありますが）だったと思います。しかし小峯さんたちの研究が、さっき言いましたように、メディアとしての説話というスタンスをとっていくとすれば、それはまた新しい方向へ動いていくものなので、これからそういう研究が他の散文文学とどう関わっていくのか楽しみです。

錦　小峯さんのお話を聞いていて、説話というのは縦にも広く、横にも広い。これまでの文学研究というのは、著名な作品、著名な作家に焦点を当てて調べていく、考えていくのが一般的だったんですね。それを相対化して、もうまるきり違った世界を、説話というものを通して見ようとしているんだなというのがよくわかりました。

小峯さんには、あちこちに連れて行っていただきまして、私の和歌の研究にとっても役に立っています。小峯さんにお尋ねしたいし、私も申し上げたいのは、「説話」という言葉は、江戸時代の文化・文政年間にはよく使われた言葉で、例えば、民俗学の祖と言われていますけれども、菅江真澄[14]には説話という言葉がよく出てきます。カタカナで「モノガタリ」って振るんですよ。「説話」をひっくり返して「話説」にして「モノガタリ」と振っている場合もあるし、「話」に「モノガタリ」と振っている場合もある。「説」に「モノガタリ」と言ったりする。いろんな用例があるんですよ。

物語というのは一体なんなのか。このへんは石井さんが詳しいんですけれど、菅江真澄の地誌を見ていくと、資料を三つに分けています。一つは『日本書紀』とか、そういった類ですね。これを「ミフミ（御書）」というんです。その次は、地方で書かれた権威ある歴史書で、『奥羽永慶軍記』[15]のようなもの。これも「フミ（書）」といいます。「ミフミ」と「フミ」はA級、B級資料ですね。そして、それと関わりがあるのが老人たちの語るC級資料というべき「物語」です。

おそらく真澄以前は、「ミフミ」及び「フミ」が正式の歴史と考えられていたのでしょうね。とりわけ真澄以降は、普通の人々の伝える「物語」も採り入れて歴史を見ていくようになったと思われます。けれども、「ミフミ」と「フミ」に対して「物語」は確然たるC級資料なのですから、真澄は明らかに低く見ています。真澄は庶民たちの語る物語だけを研究しようとして、それを発掘しようとしていたのでは決してないんですね。

(14) 94頁参照。

(15) 一六九八年（元禄一一）ごろ編まれた、奥羽の戦国期の戦乱を描いた戦記物。奥羽の戦を記録したものは他になく、貴重。

そこで、小峯さんのお話につなげますと、A級資料、B級資料で歴史は書けるんだけど、もう一つ物語を入れて、地域の歴史、人々の歴史、物の考え方を記述していくという動きになっていったのではないかと思います。そういうところが、私が考えていることと出会うなと思いました。

私たちの先生が教えてくれたような文学研究のあり方は、A級資料、B級資料だったと思います。もう一つ、C級資料も入れて、A級、B級を相対化しながら全体を広く想定して考えていくのがいいのではないかと思います。A級、B級だったらば、そういう資料は活字としてありますから、東京に居ても、地方に居ても、どこに住んでいても研究できますね。でも、C級だったら、沖縄に行ったり、東南アジアに行ったり、どこかに出かけて行かなければなりませんね。どこに住んでいても、その場所から研究できるというのが、こういう物語の研究になるんじゃないか、そういうふうに研究のあり方を構想していくといいんじゃないかと、私は思っているんですが、どうでしょうか。

小峯　松尾さんの指摘された、説話が仏教のツールだというのはまさしくその通りで、今日はそういう面からあまりふれませんでしたが、『法華経』等がくり返し主張する、譬喩、因縁こそ「説話」の根本と言っていいと思います。譬喩は寓話で譬《たと》え話、因縁は由来や起源を説く話です。お名前の出た今成元昭氏は私の師匠で、昨年著作集全五巻（法蔵館、二〇一五年）が完結し、説話論も一巻にまとまり、私が解説を書いていますので、詳しくはそちらを御覧頂ければと思います。

それから錦さんが言われた説話と物語の重なり方ですけれども、私がお配りした資料の「日本から遣唐使の一員として中国に渡った人たちも」という、このあたりで触れています。現在分かっている範囲で、「説話」という言葉の日本での一番早い用例は、九世紀中ごろの比叡山の円珍(16)が書いた『授決集』(17)の中に、「唐人説話」という言い方が出てきます。これが今のところ古い。これを指摘したのは本田義憲という先生です。ところが、円珍の『授決集』の、鎌倉時代の写本が名古屋の真福寺にありまして、たまたま調査のときにそれを見たら、何とその「唐人説話」のところに朱書きで「モノガタリス」という読み仮名が付いているんですね。だから、「物語」という言葉は『万葉集』から出てくる非常に古い和語ですけれども、それによって「説話」という漢語を訓読する、翻訳しているということですね。堅いイメージの漢語の「説話」を、日本語に置き換え直すとしたら、やはり和語の「物語」になってしまう。錦さんの言われる通り、近世後期には説話に「ものがたり」と訓をつけたものがよく見られます。その辺りから、次第に「物語」と重なりつつも、「説話」という領域への視野が広がってきたといえるかと思います。特に近世に中国の口語体の白話小説で「説話」とか「話説」とかがよく出てくるのも、唐宋代の語り芸の「説話」の再生のようでもあり、明治期の落語や講談の口述筆記、速記本などにつながってゆき、そこに「説話」が浮上し、定着していく、というつながりになるかと思います。

それから、A級、B級、C級のランク差はおっしゃるとおりですし、私自身、錦

(16)平安初期の天台宗僧(八一四〜八九一)。唐にわたって密教を学び、帰国後に延暦寺の座主に就く。天台宗寺門派の祖となった。

(17)円珍が唐にいる間に教わった、天台の奥義を記した書。弟子・良勇に与えられたもので、寺門派では秘伝の書とされる。

さんとのつながりで言えば、そういう地域に根差した研究のあり方を秋田や会津や新潟など主に東北部を錦さんに直接いろいろ案内して頂き、本当に教わった気がします。C級を対象にすれば地域というものと密接につながってくる。その地域を国内だけじゃなくて、琉球や朝鮮半島とかベトナムまで広げたいというのが、私の願いでもあるということであります。

石井　地域の物語、まさにそこに光を当てたのが柳田国男の口承文芸でしょう。小峯さんが口承文芸と説話集に次ぐ第三極というのを我々がどう構築するかというときに、真澄の世界などを改めて考えてみる契機はあると思います。またある意味で説話という言葉が便利に流通しはじめて、限られた領域で研究者が使う言葉というだけではなくて、非常に大衆化していて、逆にそこに生じてくる問題が浮かび上がってくるかもしれません。

三　平家物語研究をめぐる四つの最新課題

石井　それでは、二番目に松尾葦江さんにお話をいただきます。プリントは「文学研究の「再構築」」という題です。松尾さんは『平家物語』の長門本・延慶本など読み本系諸本に関わる研究を重ねられ、特に最近では『源平盛衰記』に関する研究が注目されています。私たちが学校で勉強する覚一本とは全然違う『平家物語』の世界を追究されています。では、松尾さんにお願いします。

松尾　小峯さんもびっくりされたと言われましたが、私も昨年十二月で終わったと思っておりましたら、いや、まだ終わっていないというお話が来ました。しかも、「文学に未来はあるか」もしくは「文学の再構築」という大きなタイトルの共同討議だとのことで、何をどう話していいのか悩みました。そこへ、主にフロアの学生さんたち、特に教育にかかわる学生さんたちからの質問が出やすいように、という趣旨のシンポジウムだと、石井先生からメールをいただいたものですから、そのつもりでレジュメを作りましたら、他の方とは全然違ってしまいました。レジュメの方は読み流していただいたらそれでいいので、今日はその先をお話しします（配布資料③「文学研究の「再構築」―回顧談から（平家物語研究の最新課題に至る）―」参照）。

副題の「平家物語研究の最新課題に至る」というところに私がカッコを付けておりますのは、本当はそういう話までこのレジュメに載っていなければいけないんだけれども、紙幅の都合もあって載せられなかったので、カッコに入れました。今日はその部分をお話ししたいと思います。時間が途中でなくなるといけませんから、平家物語研究の最新課題は何かということからまずお話しします。

改めてお断りしておきますが、私は、研究というのはそれぞれの人がやりたいことをやっていい、やりたいことをやる中で、その人の手腕も出てくるし、志も表に出てくると思っていますので、何をやらなきゃいけないという言い方は絶対したくない。私たちの世代は、高校時代に「六〇年安保」があって、大学院に戻ってすぐに「東大紛争」があって、そのあと「七〇年安保」がありました。激動の中で、自分の研究をどうしたら確保できるかということを必死でやってきましたので、他人

文学研究の仮説

に対して、こういう研究をしなければいけないなどとは、口が裂けても言いたくないと思うのです。

そこで私が今、平家物語研究の最新課題として意識していること、心配していることは何か、現在の研究状況を踏まえて申し上げますと、四つあります。

十二月の講演でも申し上げたんですけれども、有能な研究者が作ったストーリーがいつの間にか伝説になっていって、それがもう通説であるかのようにみんなが思って、次々縮小再生産していく、そういうスパイラルから脱却しなくちゃいけない。その例として、この前の講演のときには、延慶本古態説と、語りの黄金伝説と、それから、軍記物語は国家が仕掛けた民衆のガス抜きのためのツールであるとする説とを挙げましたけれども、それ以外にも未だあると思います。

正月にたまたま、中学の同級生で土木工学をやっている人から、「近くまで来たから一緒に呑まないか」という電話があって、食事をしながら話をしました。全く分野は違いますけれども、「ああ同じだねえ」と言って盛り上がったのは、「今、通説と言われているものは、たくさんある可能性の中で、最も確率が高そうだというだけに過ぎない。だから、その通説で全てを説明されても困る。特に土木工学の場合は、行政の政策まで話が進んでいっちゃうので、非常に問題である」ということを彼が言いまして、「それは文系の方でも同様だ」という話になりました。一見美しい物語になっている通説には、常に疑いのまなざし、あるいはそれとは違う角度から、作品なり時代や思潮なりを見る目を保ち続けることが必要だということが一つ目です。

周辺科学との距離感覚

つぎに、周辺科学と適切な距離を保っておく必要です。近年、いわゆる学際的な研究が必要だと強く言われるようになり、違う分野との相互乗り入れは私もやってきましたたし、たしかに必要なことなんです。けれども、歴史文学である軍記物語の場合、いつの間にか歴史学が上で、文学研究はその下位みたいな感じになっていはしないかという疑問ですね。文学はあくまで言語表現によって確立される世界です。いつぞや日本史をやっている友人と話をしましたら、「日本史の方は、これだ！という証拠をできるだけたくさん積み上げて、その上でものを言う。しかし文学はそういうやり方じゃなくて、水に浮いている金箔を、どうやって壊さずに手で掬うかというような方法でやっている」と言うので、「いやあ、あなたの方が、よっぽど文学的な表現ができる」と感心しました。方法も違うし、目的も違うわけで、日本史が新しいことを言ったからといって、すぐさま軍記物語研究が跳びついて行かなければならないわけではない。もちろん、それを採り入れることによって飛躍的にわかることもあるわけですけれども。これが二つ目の心配です。

成熟させる時間

三つ目は、レジュメの回顧談の中にも書いたんですけれども、データとかアイディアというものは、時期が来て初めてものになるということがある。いきなり生《なま》で出せばいいというものではない。ただ、それをしまっておいただけでは、やがて黴《かび》が生えてしまいますので、いつでも検証できる、あるいは批判を浴びるためにも開示できる、そういう形にしておくことが必要です。そのために、データベースとか、

現場との乖離

索引とか、本文作成とか、そういう基本的な作業があるんだろうと思います。最近はもう、早くたくさんの業績を出してジャーナリズムに乗らないと就職できないみたいな風潮が強くなりました。学会発表を聞きに行くと、これは一年くらい寝かしてから外に言うもんだと思う内容の発表がプログラムの半分以上あることがあって、だんだん足が遠のいてしまいます。殊に本文研究をしていると、締切があと何日と迫ってきて、必死で試行錯誤してもいい結果が出なくて、ああどうしようと立ちつくす、そういった若い頃の経験は、今でも夢に見ます。しょうがないからしばらく寝かして、それが発表できることもあるし、発表できないまま、後日何かのヒントになるという場合もあり、結局は無駄にならないことが多い。つまり、調査したデータとか、ひょいと浮かんだアイディアというのは、そのままで勝負できるものではないということですね。この頃のように業績考課をうるさく言われると、その余裕がなくなる、寝かしておく条件が整わないということもあるかとは思うんですけれども。これが三つ目の心配です。

それから四つ目は、前回の講演でも言いましたが、教育現場や一般の読者と、専門家の研究がどんどん離れていっていることです。離れていくだけなら、仕方がないと言えば仕方がないかもしれませんが、その乖離を、研究者側が平気でいるということですね。

この四つが今、非常に心配なことだし、何とかしなきゃいけないことだと思います。

文学と現実のかかわり方

さらに、石井先生から今日の論題をご案内いただいたときに、ふと思い出しましたのは、さっき申しあげた「六〇年安保」、「学園紛争」、それから「七〇年安保」、あの激動の時代に、しきりに文学と現代社会との関わり、「文学は何の役に立つのか」ということが言われた。文学者が高踏的に遊んでいていいとは決して申しませんけれども、ああいうことは声高に外に向かって言うもんじゃない、というのが私の立場です。研究者は、自分のやっていることがいつか役に立つと信じてやっていく。「信じてやっていく」というのは、かつて私自身が、世の中に立つには手ぶらであっても立てないんだ、何か武器になる物がなければ世の中でものを言うことはできないんだという、痛切な体験をしたことがある（本書二六六頁参照）ので、そこから来た一つの信念なんです。

さしさわりがあるかもしれませんが、例えば、大震災があったり、地球上にいろんな飢饉や紛争があったり、そういうときに、文学が今、何の役に立つのかと言われて、軽々しく答えるような文学者は信用できない、と私は思っております。人間の生と死、それから永遠、そういうものが文学のテーマなので、必ずどこかでは今の問題とつながるし、私たちが渦中にありながら素知らぬ顔でやっていることの中から、何かをつかんでくださる方もあるはずです。文学者が何かいちいち大事件があるたびに右往左往して、あれを、これをというふうに言わなければならないものではない。言わなければならないかもしれないけれども、それは外に向かって言うものではないというか、いきなり世間に向かって表現できるものではないというの

言葉の抽象性を大切に

が、私の考え方です。

辻井伸行というピアニストがいます。年末にテレビ・ドキュメントの放映で視たのですが、彼は東北大震災の後に作った自分のピアノ曲を、カーネギーホールで弾いた。そのときに、彼は聴衆に向かって顔を見せてはいないんですけれども、弾きながら泣いているのが分かって、聴衆は静まりかえった。演奏者が、自分が弾く曲に同化して泣くということは、カーネギーホールの聴衆といえども見たことのない体験だったわけです。辻井伸行自身が後で言ったのは、「泣くつもりはなかっただけど、涙が出てきちゃった」と。その曲は、「それでも生きていく」というタイトルです。もともとはTVドラマの主題歌ですが、被災者を想って作ったという。「それでも」というところがすごい。当時の人々の胸には、ずしんと来たんじゃないでしょうか。しかも、「生きていきましょう」ではなく、「生きていく」ですよね。私はしばしば、音楽は人を救うことがたしかにあると思うんですけれども、それは音楽が、言葉よりもっと抽象化されたものだからじゃないでしょうか。

文学の言葉も現実よりは抽象化されたものです。文学をやる以上は、言葉にこだわるべきだと私は思っています。いろんな研究があるし、何をやってもいい。しかしおのずから質の高低が分かれ、質の低いものはいくらそのとき騒がれても、やがて消えていく。その質の高低の根底には、やはり言葉をどれだけ深く読みこめているかという、読みの能力の問題があると私は思っています。

そういうわけで、さっき申し上げた四つの緊急課題の解決に当たって、どうしてそういう考えに至ったか、なぜそういう信念を持たざるを得なかったかということを、レジュメに思い出話として書きました。以上です。

小峯　松尾さんとは年齢が多少違いますが、ほぼ同時代の学生体験がありますので、私も聞いていて、大学闘争、「紛争」ではなくて「闘争」と言うべきだとかつて闘争をやっていた知り合いからよく言われますが、あの時代というのは、自分が何をやるのか、非常に根源から突きつけられた思いがします。政治の季節であったけれども、自分が何者であって、何をやるのか、とことん突き詰められた思いがあり、それで、結局、教育からさらに研究の道を選んだと、私自身も感じています。

今おっしゃった四つの問題は一々ごもっともで、私も非常に共感します。特に二番目に取り上げられていた文学と史学の違いですね。これは、私も本当に体験することで、はっきり言って、史学をやっている人は自分のやっていることは絶対だと思っている気配がかなり強いですね。よくいえば、俺は歴史を解明するんだという使命感が強い。そういう人が非常に多いような気がします。だから、文学なんかは目じゃないという感覚でいる人は少なくないなという感じがします。一方、文学の方は基本的に文学が好きだからやっている、面白いからやっている。社会的な使命をもって文学研究に取り組んでいるわけではない。その辺のスタンスの違いが大きいように思います。社会史研究[18]が出てきてからはずいぶん流れが変わってきて、歴史学からも文学を対象にするようになってきて、文学を取り込んでいこうという方向はいちおうある。しかし、かつての文化史研究は正当な歴史学からは排除されつ

（18）歴史学の一分野。信憑性の高い文献史料を研究対象とするだけでなく、「生きた人間たち」を扱うために、自然科学や文学、民俗学などの新たな知見を取り入れながら研究する方法を指す。

つあるような感じもします。文学研究の方がむしろ文化史研究に移行してきている面もありますね。何より以前は全く縁もなかった歴史の人たちと文学の人たちが共同でやるような場が昔に比べればずいぶん増えてきたと思います。そういう人たちと会っていて、史学と文学で、同じ人文学でありながらその方向性が違うなと感じるのは、やっぱり歴史研究は歴史的実体が問題なんですよね。実体論者なので、過去に何があったかを明らかにするというところにすべては行くわけですね。でも文学というのは、言葉を通した創造力とか、幻想とか、空想とか、そういうのも全部含みますので、歴史的実体には必ずしも還元されない。嘘もでたらめも、すべて仮構のフィクションにまつわるわけで、そこが大きい違いだなと思います。

　具体例で言えば、例えば遣唐使ですね。古代史として遣唐使問題を歴史学がやると、遣唐使が何年にどこへ行ってどうしたかという、歴史的実体としての遣唐使研究になる。でも、文学の研究では、今回講演でテーマにしたように吉備真備[19]という人物の伝説とか、ボストン美術館にある有名な真備の絵巻がどうして作られたのかとか、あるいは、遣唐使の時代が終わった後に作られた遣唐使の幻想ですね。私は「外交神話」と名付けていますけれども、そういう幻想の説話も合わせてやるのが文学の研究ではないかと考えています。

　それから、文学が役に立つか立たないかという問題ですね。これもよく議論になるんですが、現代の理系主導の考えでは、とにかくすぐ役に立たないと駄目だということで、即効性が非常に求められる。ですから人文学はもともとそのような即効

（19）33頁参照。

性には対応出来ない。無理ですね。今の現実だけに限らず、過去の時代とか未来の時代とのつながりを常に考えて、人間のあり方を探究するのが人文学ですから、もっと長いスパンが必要です。実利性や即効性ばかり追求する愚に文部官僚もいずれは気がつくと思いますが、今は実学偏重の時代です。私は、兼好の『徒然草』が言う「見ぬ世の友」という、この言い方が非常に好きなんですけれども、「友」はこの現実にいる友だけじゃなくて、過去の友がいるし、これからの友もいるだろう。だから研究もそうだと思うんですね。そういうふうに考えれば、文学研究は役に立つ、欠かせないものだと私は思います。ただ、その役に立つ立ち方が違う、ということですね。

例えば、『徒然草』を高校で教えてはたして何がわかるのか。十代の若者には正直言って無理だと思いますね。あれはやっぱり、人生経験を重ねて年を取ってくるとよくわかってくる世界です。だから若者に教えていいのかという疑問がありますけれども、でもそこで動機づけというか、刷り込みをしておくことが大事なので、それは十年、二十年経ってはじめて、その時教わったときのことが生きてくる、よみがえってくると思いますね。そういう意味で、やはり古典教育は若いうちにやっておいていいと改めて思います。

錦　私も三十のころに病気になりまして二年ほどブランクがありますが、あのときから『徒然草』が痛切に感じられるようになりました。高校時代はわかったような気がしましたが、実はピンと来ていませんでした。

私の専門ですので、和歌の方に話を戻しますと、『古今集』の「仮名序」に、和歌とは何かについての歴史と定義が書いてあります。歌はイザナギとイザナミが互いに求愛の〈声〉をかけあったことに始まり、やがてスサノヲが地上の女に求愛した五七五七七の歌から「人の世」に短歌形式の歌が広まったというのですね。それ以来、『万葉集』にあるような長歌ではなくて短歌形式が主流になって、やがて歌うべき美的対象が定まり、それに向かう心の動かし方が定まってきたとあります。宮廷和歌の成立なんでしょうね。「花をめで、鳥をうらやみ、霞をあはれび、露をかなしぶ」がそれで、その「心・詞多く、さまざまになりにけり」とあります。そういう歌が今や積もり積もって、「天雲《あまくも》たなびくまで生《お》ひのぼれるごとくに」なった。それは後に出てくる「筑波山」でしょうね。「筑波山」は天皇の慈愛・恩恵をたとえる暗喩・象徴にもなっています。

花、鳥、霞、露、つまり花鳥風月を愛でたり、うらやんだり、「あはれ」に思ったり、悲しんだりする心が和歌を生み出す。美的対象に美的に心を動かして表現するのが和歌だと『古今集』で決められて、以後ずっと続いてくるわけです。藤原定家と顕昭[20]の古今集注である『顕註密勘』[21]に、「歌ははかなげに詠むのが良い」と書いてある。とってもいい言葉ですね。でも、和歌とはそういうもんだとなってくると、そういうことだけを研究するのが和歌研究になってしまうわけです。実は和歌はそういうものばかりじゃなくて、人間の生きているあらゆる場面に出てくる。そういうことを理解しないなら、和歌をトータルに見ないで、その努力をしないで研

(20) 平安末期から鎌倉初期に活躍した歌人。歌学に優れ、『袖中抄』などの多くの注釈書や、歌合の判定に抗議した『顕昭陳状』などの著作が知られる。

(21) 鎌倉前期の『古今和歌集』の注釈書。顕昭の注釈（＝顕註）に、藤原定家が自分の考え（＝密勘）を書き加えたもので、後世広く読まれた。

究することにならないかと思うのです。

例えば明治維新の戦争のとき、榎本武揚[22]が函館に敗走すると、それを助けるために佐幕派の有志が北上して来て戦い敗れ、庄内藩に身を投じて保護されたんですね。その中の三人は、官軍側に引き渡されてからも降伏を拒んで、地下の戦友に顔を合わせられないと喜んで首を伸ばして処刑された。そのとき関口有之助[23]という岡崎藩を脱藩した若者が辞世を詠んだ。悲憤慷慨の歌ですね。一首あげてみましょう。「我が国の大和心はうせはてゝたゞ利の道に迷ふ悲しさ」（『荘内名所古蹟』鶴岡市中央図書館蔵）。なんで、こんなときに歌を詠むんでしょうね。昔、有名な女性歌手が映画スターと結婚したときも、テレビ・カメラの前で結婚にかける思いを歌にして述べましたね。教科書裁判で判決が出たときも、当事者が心中を歌で吐露しました。

歌はあらゆる場面に出てくるものであって、あらゆることを想定して研究していくのが歌の研究ではないでしょうか。美しいものだけに限って、それだけを研究すると決めてしまうと、ちょっとまずいんじゃないか。藤原公任[24]が『和歌九品《わかくほん》』の最後に、「下品下生《げほんげしょう》」の歌だと退けた「詞とゞこほりてをかしき所なき」歌も、視野に入れて研究する方法をもちたいですね。蓮如[25]や円空[26]の歌なんかも大切な和歌研究の資源だと思います。なのに「上品上生《じょうぼんじょうしょう》」の「ことばたへにしてあまりの心さへある」歌だけに目が行く。貫之や公任の美的規準に沿わなければ和歌の研究ではないというのでしょうか。それじゃ、研究者が現実感を失ってしまうような気がします。

(22) 幕臣、政治家（一八三六〜一九〇八）。

(23) 江戸末期の岡崎藩藩士。戊辰戦争の際、自らの命を省みずに戦い抜いた「三烈士」の一人として知られる。

(24) 平安中期の歌人（九六六〜一〇四一）。道長の栄華と時を同じくしたが、公任は文学的な活動に注力した。詠歌のみならず、歌論や有職故実（朝廷儀式の先例となる歴史的事実の研究）などにも大きな功績がある。

(25) 室町中期の浄土真宗の僧（一四一五〜一四九九）。教派の対立する延暦寺の僧たちによる襲撃を避け、各地を転々としながら布教を行い、本願寺の再興につとめた。布教の際には、庶民に教えを説く『御文』を記しというわけで、小峯さん、松尾さんがおっしゃったように、今までの研究にまつわる硬い常識を批判して覆す心をもつことが大事だろうと思います。

四　和歌によって結ばれた国・日本

石井　では、引き続き、錦さんのお話をうかがいたいと思います。会場の後ろに『日本人はなぜ、五七五七七の歌を愛してきたのか』という、笠間書院の最も新しい本もありますし、菅江真澄の和歌の再評価、遡れば小町伝説の分析なども、私たちに大きなインパクトを与えた研究です。では、錦さん、お願いします（配布資料④「〈和歌〉の研究から〈日本〉の研究へ―点から線へ、そして面へ―」参照）。

錦　大学で和歌を学んだり研究したりするとき、普通の場合、先生たちは専門領域ごとに分かれているわけですね。上代の和歌、中世の和歌、近世の和歌、そして近現代の短歌。専門の先生を選んで、指導を受けて、テーマを決めて、とりかかる。そうしますと、他の時代、他の分野を考えなくなってしまう傾向が生じてしまうかもしれない。どうもおかしいと私は思います。というのは、五七五七七の歌の形は、『万葉集』から今日まで続いていますよね。遠い昔から今日まで続いてきて、さらに未来へ続いていくであろうという視野のもとに和歌を見るのが第一の条件であるはずなんですが、『古今集』の「仮名序」にもそう書いてありますね。でも、なかなかそういう方向には行かない。

話が長くなるので恐縮ですが――。実は、菅江真澄、古川古松軒[27]、林子平[28]、松浦

た。

(26) 江戸初期の臨済宗の僧（一六三二～一六九五）。各地を転々としながら庶民向けに教えを説くとともに、仏像の製作に努め、現在発見されたものだけでも五千体以上の仏像が現存している。

(27) 103頁参照。

(28) 101頁参照。

(29) 探検家(一八一八〜一八八八)。

武四郎[29]、かれらは歌をたくさん詠んだし、真澄なんかは決して下手じゃない。繊細で優美な歌を詠んだと言ったほうがあたっている。だけど、かれらは和歌研究の対象にはされませんね。和歌文学の事典に、林子平が出てくるわけないし、菅江真澄の名前も出てこない。古川古松軒も歌を詠んだのですよ。漢詩も俳諧もしましたけれど、全然出てこない。こういうものをオミットすると、和歌研究の対象と資料がきちっと浮かんできて、それを使って研究することができます。そういう研究はもちろん大事ですけど、通常の和歌研究に入らないようなものをも見ながら研究をしていきたいと思っているのです。

なぜかと言うと、江戸時代に、将軍の代替わりに、巡見使が全国八つの地域に分けて派遣されましたね。巡見使やそれに随行した人の書いた旅日記がたくさん残っている。まだまだ発掘されていなくて、発掘しながら読んでいるところです。おもしろいのは、各地の名所旧跡を調べさせて、詳しい記事を書かせた場合があるのですね。例えば、山形県の庄内に派遣するとき、幕府方の役人が庄内藩の江戸家老を呼んで、いろいろと命令するんですよ。酒田の港にどれだけの数の船が入って来るのか、船一艘の儲けはどれぐらいか、隣の藩との境目はどうなっているか、古戦場の跡はどこか、政情・民情はどうか、そういうことを前もって報告して寄こせという。同時に、名所旧跡を調べて資料を作って寄こせ、そこを巡見使が見て回るから、ということなんですね。

「名所旧跡」の「旧跡」の中には、砦であったお城のようなものがあります。「古戦場」とともに昔の戦いの記憶であり、その地域を治める藩にとって重要な意味を負っている。「名所」は歌に詠まれた場所です。名所は〈文〉、古戦場・旧跡は〈武〉と言えます。巡見使の一行は百二十人ぐらいで構成され、藩内の政治・経済・庶民の生活状況はもちろんですが、こういう〈文〉と〈武〉の事跡にも関心をもって歩いた。地元の人が付いてくるので、一行が歩くと二千人ぐらいに膨れ上がったというのです。福島県で言えば、会津の山の奥まで回った。北海道の松前まで行くのだけど、どうして「名所旧跡」を調べる必要があったのか。とりわけ、歌に詠まれた場所を調べて歩く理由がよくわからないんですね。

江戸幕府は、文・武の両方を兼ね備えた国家、武もある文治国家を理想と考えていたのだろうけれど、どうして和歌に詠まれた場所、歌枕を調べなきゃならないのか。政情・民情視察が目的なら、調べなくてもいいじゃないか。巡見使個人の風流趣味かもしれないけれど、記録として残すわけだから、例えば末の松山、象潟、そういうものが国家にとっても大切にすべきものだった、と考えられますね。私たちは、和歌は風流・優美の世界であって、現実の社会では何の役にも立たない趣味人のものだと思っているかもしれないけれど、幕府からすれば、そうでもなかったらしい。和歌は政治力を内包するものと半ば無意識的に認識されていた。そう思うのだけど、なぜなのか、なかなか結論が出ない。そろそろ出そうと思っていますが、そういう発想で和歌を考えていくことも大事なのではないか。

最近、鈴木健一さんが『天皇と和歌―国見と儀礼の一五〇〇年―』（二〇一七年）

という本を講談社選書メチエで出されて、私も贈っていただきました。ぱらりとめくったら、私の名前が出てきました。たった二字なので、もう少し長い名前だといいのになと思うんですけれども（笑い）。引用してくれたのは、こういうことなんです。『古今集』「仮名序」が言っていることが三つある。まず、和歌は神代からの歴史があるものだということですね。日本人だったら誰もが歌を歌うんだ。それから、歌というのは日本中どこにでもあるものだ。だから『古今集』は歌の選択もそうだけど、「仮名序」の中でも東国の歌枕にこだわっている。東国がまだ十分に治めきれていない時代だったので、まさしく東国は日本の内部なのだということを歌枕でやってたんですね。この三つ、歴史性、万民性、国土性、簡単に言えば『古事記』『日本書紀』、『万葉集』、『風土記』を凝縮したような書き方をしている。仮説ではあるけれど、これが和歌に込められた思想だと私は思います。こう言うと、和歌に思想なんかない、大陸の文学論の模倣・吸収なんだよ、と意見をくれる人がいます。それはわかるけれど、「仮名序」には日本独自の和歌の思想があると私は思います。大陸の文学論や漢詩を模倣しただけなら、日本の和歌ではなくなっていたはずです。

講演でお話ししましたが、林子平は、琉球の王子が歌を詠んだのだから、琉球国はすでに日本化された、「化服《かふく》」されている。よって、日本の友好国だと見なしたのでしたね。蝦夷の方はどうか。ロシアが南下しているが、ロシアに包摂される前に友好地にしなければならない、と考えたのでした。

（30）儒教で重要視される「五経」の一つで、古代の文書や伝承を集める。孔子の編ともいわれ、天下統治の模範を示すものとして尊ばれた。
（31）108頁参照。

一方、同じ時代の菅江真澄はアイヌ語で歌を詠んで、それを同じ語順のまま和歌に直している。アイヌ語で和歌が詠めるという証明なんでしょうね。どうも単なる遊びとは思えません。さらに、今の上ノ国町の八幡神社に、友人と二人でそれぞれ一四首ずつ計二八首の歌を捧げました（『蝦夷《えみし》喧《の》辞辯《さえき》』）。歌の頭に「てん（む）かたいへい　こつかあむぜん」の十四文字を置いて、優美な、いかにも和歌らしい連作をものしています。「天下太平、国家安全」は、アイヌを帰順させる幕府側のスローガンでした。真澄はそのスローガンのもとに連作を詠んで八幡神社に捧げている。真澄は少し前に、大規模なアイヌの反乱のことを書いています。それを受けて詠んだのだから意図は明らかです。こういうことを見ても、真澄の心の中に、幕府側に同調する心持ちがあったと思います。

　これまで真澄は、権力側を横目で見て、その裏をかくようにして、庶民の生活を克明に記録し続けた、と見られてきましたが、どうも違いますね。江戸時代は「民は国の本」という『書経』[30]の理念が全国の藩主の治政上の合い言葉ですから、庶民を愛惜し庶民の生活を記録するのは藩主たちの任務でもありました。多くの藩が庶民の生活も書き記す地誌を作ったでしょう。もちろん歌枕も伝説も入れてね。東北地方では、仙台藩は秋田藩とはくらべられないほど熱心に編み続けたし、松平定信[31]の白河藩も熱心だった。それに、沼地を灌漑用の大池に造り替えて、今の南湖公園ですね、そこに和歌と漢詩の詠める十七ヶ所の名所を設けて、南湖を見下ろせる中腹には茶屋を建てて、武士も百姓も自由に入って来て交流できるようにしたのですね。「民は国の本」は、全国藩主の治政理念として生きていました。『白河古事考』[32]という地誌を読むとよくわかります。

というわけで、和歌とは何かといえば、イコール日本なんですね。こういうことを書いたのですが、鈴木健一さんが引用してくれました。ホッとしたんですね。

やっぱり和歌というのは古代から続いてきて、幕末から明治になっても続いて、やはり国家理念を下支えする思想を孕んでいたんだと思います。三井甲之[33]、菱田胸喜[34]たちの「しきしまの道」[35]の和歌論は言うまでもないし、私たちにとっては尊敬の対象である山田孝雄の「中今」の思想も帝国主義の思想を支える隠れた土台になっていたと言って良いかもしれません。あの時代は欧米列強も帝国主義ですからね。帝国主義という言葉自体に単純に批判的な意味だけを考えるのもどうかと思います。三島由紀夫[36]ふうに言えば、文化的国家防衛論という意味合いも含んでいる。それへの反論もありつつ、いろんなものを含みながら、和歌・短歌というのは続いてきた。そこに良い面も悪い面もある。こういうふうに、視野を広げて和歌を批判的に考えるべきではないかというのが私の考えです。

『古今集』の序文というと、中国の文学理論を輸入して模倣・吸収したんだと考える。そのとおりですが、一方で、日本の国造りに必要な思想が込められている。原稿用紙にするとたった十四枚程度ですが、実にうまく書かれていて、「仮名序」を時代を超えるカノン、守るべき宝典として和歌が続いてきたんだと思います。[37]

講演の中でお話ししましたが、このことを最初に明言したのは院政期の源俊頼で

(32) 江戸時代の儒学者・広瀬典（蒙斎）（一七六八～一八二九）の著。

(33) 明治から昭和初期の歌人（一八八三～一九五三）。日本主義者。大正十四年（一九二五）に蓑田らと結社した原理日本社から『原理日本』を創刊し、自身らの思想を説いた。

(34) 明治から昭和初期の歌人（一八九四～一九四六）で、日本主義者。

(35) 三井らは「しきしまの道会」を設立し、明治天皇の御製歌（天皇自ら作った歌）の普及を目指した。

(36) 小説家・劇作家（一九二五～一九七〇）。『潮騒』『金閣寺』『豊饒の海』などの作品で知られる。

(37) 90頁参照。

すね。要約して申しますが、『俊頼髄脳』の冒頭に、「やまと御言の歌は、神代よりはじまりて、今に絶えることがない。おおやまとの国に生れなむ人は、男にても女にても、貴きも卑しきも、みんな習うんだ」と。同じことを平安末期の藤原俊成[38]が『千載集』の序文の、やはり冒頭で言っている。江戸初期になると、下河辺長流[39]が『林葉累塵集』の序文の冒頭に、江戸後期の平田篤胤[40]も『歌道大意』の中で述べている。くりかえしますけれど、歌は神代の昔に始まった、日本のだれもが歌をうたう、日本のどこにも歌がある、という三つをバックボーンとして江戸時代へと続いてきた。だから、紀貫之と藤原定家と誰々の歌が一番すばらしくて、『古今集』と『新古今集』がすばらしくて、「古今伝授」がすばらしくて、というふうに、最初から対象を切り出して、そのほかを切り捨てて研究するのであれば、そんな人はいないと思いますが、まずいんじゃないか。

最初に研究対象を決めて従事するのはストイックな精神ですね。だけど、和歌を研究するとき最初に意識すべきは、古代に始まり今もなお心を表現する器たりえていることではないでしょうか。どうしてなのか、という和歌史への関心を最初にもつべきではないかと私は思うのです。

和歌は風流の文芸だから、研究することは善行であって、研究へ向かう動機づけも理由も要らない。もちろん極論ですけどね。研究する人自身の思想も問われないし、自分の生き方も問われない。だけど、足元を見る必要がなくなってくるから、宙ぶらりんになる。ケーシー高峰[41]ふうに言うと、ぶら下がり健康法なんですね（笑

（38）90頁参照。
（39）92頁参照。
（40）92頁参照。

（41）昭和期から今も活躍している。医事漫談などで知られる芸人。

い)。先の松尾さんの言葉でいうと、縮小再生産です。そんな人はいるわけないけど、そういう具合にはならない研究の仕方を工夫すると、実に楽しい。どこに住んでいてもおもしろく研究できる。日本のどこにいても、そこに埋もれている資料を発掘し、意味と価値をさぐり、日本人にとって和歌とは何であったのかを根本的に考えてみる。和歌には想像以上にいろんな分野があって、中央の著名な歌人の著名な作品に必ずしもとらわれなくても良い。和歌はいたるところにすみついている。それを掘り起こして研究する楽しみをわかってもらえるようにしたいなと思います。

よく大学院の学生さんが、論文を発表しないと就職できない、論文を書いても就職できないと悩みますね。私たちの頃と大きく変わってしまった。つらいでしょうね。でも、こう考えるべきではないか。大学の教員のような職種でなくとも、研究は可能なのではないか。論文は、見て、考えて、書く、でしょ。認識→考察→表現、最終段階が「書く」なんですね。だから、書くというのは最終段階であって、これに最初からあまり囚われなくともいいんじゃないか。解決にならないことを言うのは、つらいのですが、八木重吉[42]がこういう詩を書いています。「川をかんがえると／きっと　きもちがよくなる／みるより／かんがえたほうがいい／いまに／かんがえるように／みることができてこよう／そうなれば　ありがたい」。考えるように見ることを、私は生きる基盤にしたいと思います。ドイツのライナー・マリア・リルケ[43]という詩人の『マルテの手記』にも似たようなことが書いてあります。若くて詩なんて書けないんだ。詩というのは、本当は待つべきものなんだ。いろんなこと

(42) 大正期の詩人（一八九八～一九二七）。敬虔なキリスト教徒として、純朴な詩作を発表した。言及した詩は「毬とぶりきの独楽」から。

(43) ドイツの詩人（一八七五～一九二六）。二〇世紀初頭ごろ、ヨーロッパ諸国を巡り、事物の内的本質と人間存在の本質を追求し続けた。代表作は詩集『ドゥイノの悲歌』、小説『マルテの手記』など。

を経験して、最後に一行の詩が出てくるようなものだ。こういうふうに言うんですね。自分が経験したことを忘れて、それが再びよみがえってくるのを待つ。そうして出てくるのが詩なんだと言うんですね。これはつまり、考えるように見る、その最果てに書く、というふうに決めることだと思います。そうすることが一番深く和歌の本質を経験し捉えることになる。だから、論文を書かなければと焦らないで、じっくり時間をかけて見つめることから始めてみては、いかがでしょうか。長々とお話しして、ごめんなさい。

松尾　私が大学で文学史を教えるときに最初に言うのは、今は文学というと、まず小説とか、戯曲とか、そういうものを思い浮かべるだろうけれど、何千年もの日本文学の歴史で、文学といえば和歌だった。和歌が文学の王道だったということです。王道というのは王様が通る道です。本来、和歌は国家による支配、あるいは平定、そういうものと関係があった、それを近現代の和歌が、いわゆる個人の感懐をこめて述べるものにした。その見方をずっと研究でも教育でも続けてきて、いつの間にか見失われつつあるものを、今、錦さんがおっしゃったんだと思うんです。

　またちょっとお話から逸れているように見えるかもしれませんが、地方に行くと、郷土資料なんかのコーナーに、その地方でのいわゆる文化人、有名では全然ないけれども、その土地では学識があると思われていた人やその妻たちが詠んだ短冊とか懐紙が、山のように保存されていることがあります。現代の私たちから見るとつまらない和歌なんですけれども、彼らはそれを一所懸命やって、練習して巧くなろうとしていたし、いわゆる短歌会のような集まりの中で、学問も継承され育まれていったらしいんです。例えば、長門本の近世後期の写本があんなにたくさんあるというのは、どうも、そういうグループの人たちの中で輪読会があり、写し継がれていったんじゃないかということを、もう亡くなられた駒澤大学の村上光徳(44)さんがおっしゃっていました（その研究は果たされないまま終わってしまいましたが）。

そもそも最初の和歌とされるのは「八雲立つ　出雲八重垣　妻籠みに　八重垣作る　その八重垣を」という、素戔嗚尊《スサノヲ》の歌だと錦さんもさっき言われましたね。あの歌自体が、異なる文化集団を征服していくときの歌じゃないですか。だから和歌には、そういう特別な力（ときには抑圧的な）を持った言葉としての宿命があるんじゃないかと、私は思っているんです。しかし一方で、さっき言ったように、地方の、つましいと言えば語弊があるかもしれませんが、教養を求めた人たちが一所懸命やっていた和歌もあって、それから近現代人が個人の表白として歌い出す和歌というのもあって、その切れ目のないつながり、そこが知りたいと思います。

錦　ありがとうございます。まさにそのあたりを経験的に勉強してみようと思いまして、そういう道を歩いてきたのですが。

関連させて申しますと、石井さんの書かれた中に、『百人一首のなぞ』の中の河野幸夫さんの論文について言及がありますね。「末の松山」の歌を、石井さんは川島秀一さんの論も引きながら、そこが津波がストップした場所だったのではないか、と述べておられます。今の末の松山が本当に昔からの末の松山なのか、決めがたい

（44）研究者、駒澤大学名誉教授。各地で入念な資料調査を行い、長門本『平家物語』や『承久記』などの軍記関連資料の解明に功績がある。

（45）研究者、学習院女子大学教授。「平安文学に描かれた天変地異—「末の松山」と貞観の大津波—」（『東日本大震災復興を期して—知の交響《ハーモニー》』学習院女子大学編、東京書籍、二〇一二年）。

（46）言外の（暗示的）意味、含蓄（『新英和辞典』）。一首の歌には、作者が表現しようとした意

点があるのですが、そういう観点から、この歌を考えてみようというのは、大切なことではないかと思います。津波がそこを越えないでストップした境目と見るわけですね。

　しかし、和歌研究者の多くは、あの歌は貞観の津波を詠んだ歌ではない、と考えます。私もそうだろうとは思いますが、後世の人の中には、貞観の津波を詠んだとか、いつか襲ってくるかもしれぬ津波を予言していると思った人がいるでしょうね。伊藤守幸(45)さんはそう考えています。そういう解釈を間違いと否定するところに和歌研究者の一般的な姿があるのかな。コノテーション(46)(connotation)は間違いの解釈であって、デノテーション(47)(denotation)の正しい解釈でなくてはならないと。それだけになると、和歌の享受史は長く続くわけでしょう、歌を包んで伝えられてくる大きなものが切り捨てられてしまい、それに対して痛みを覚えなくなってしまうような気がします。正しい解釈ではない、と考えがちなんですね。しかし地元には、あの歌を読んで、この低い丘を津波が越えたんだろうな、と思う人だっていたのではないか。そう記憶にとどめた人がいたかもしれない。でも、和歌の研究者は、それは間違った解釈だと切り捨てる。厳密には間違いだろうけれど、後世の享受の実態も含めて、歌というものを幅をもたせて考えてみたい。デノテーションの他にコノテーションという歌の理解の仕方もあるだろうと。ロラン・バルト(48)が『神話作用』の中で言っていますよね。

　平安後期から注釈書をたどっていくと、あれは津波を詠んだ歌だと注釈したもの

味が確定的にあるはずだが、時代が移り変わるにつれてその時代の読者が新しい解釈をするので、新しい意味を内包した歌になること。

(47)一首の歌には、作者が表現した意味が確定的にあるはずなので、その時代の表現方法、伝統意識、本歌、語義などを明らかにして作者の意図した意味どおりに正確な解釈ができる、あるいはそれを目指すべきだとする厳密な研究のこと。

(48)フランスの哲学者(一九一五～一九八〇)。コノテーションは社会・文化に応じて多様に積み重ねられるといい、文学・映像・音楽は特にコノテーションを発生させることに価値があると主張した。

はないでしょうね。だから、貞観地震と結び付けるのは間違いだと言うわけです。それは正しいけど、津波ではなかったか、と思う解釈を生みだすのも和歌なのではないか、と捉えていくべきではないか。こういうことを含めて大きく考えていかないと、和歌と人間のかかわりの深さ、広さが見つめられなくなるのではないか。そういうことを見つめて書きたいと思うのです。宮城県は私の第二のふるさとで、友人も教え子も親類も多いので、ついつい気が張ってしまいます。

小峯　いろいろ触発されることが多いんですが、最後の方に言われたことに関連して言えば、見ることと、考えることと、書くことで、見て考えるだけでは、結局、頭の中を堂々めぐりするだけであって、認識は深まるかもしれませんが、はっきり踏み出せない、表現には至らないと思うんですね。書くことによって、それまでは見えなかったものが突如としてひらめくとか、形になってくるわけなので、私は何でもいいからまずは書くべきだという主義であります。

それから、やはり研究の場合には、自分の選んだ研究対象と自分の方法をどうやって対象化していくのかが非常に重要だというのが、改めて錦さんのお話をうかがって感じています。多層化というのは客観化と言い換えてもいいかもしれませんけれども、最後の方に言われた、和歌の一つの解釈を絶対視してしまうのは、やはり相対化ができていないということであって、どのように相対化していくかが非常に重要だろうと思います。

それから、石井さんが冒頭でふれて、錦さんも話題にした河野さんの研究ですが、

（49）「災害と〈予言文学〉」（『図書』岩波書店、二〇一一年八月号）。

実は私も錦さんに彼の研究を教わって大変啓発され、石井さんが指摘されたのと同じようなことを、岩波の『図書』に書いたことがあります[49]。阪神淡路大震災の時に『方丈記』の災厄描写のことが甦ってきたわけですが、アーカイブの一環として古典の持つ意味の大きさをあらためて認識できます。過去の記憶を持続的に喚起させ続けるのが古典の意義や役割でもあるということですね。東北大震災の時に甦ったのが、『三代実録』の貞観津波の記録で、生硬な漢文表現が迫真の描写となって迫ってきた。現実の津波によって過去の表現が生きてくるし、過去の表現が今のあり方を既定づけるわけで、震災の後、やはりしばらく立ち直れなかったのですが、そのことを体得してから、何とか自分なりの研究の意義を見いだせたように思います。

それで、改めて錦さんにうかがいたいのは、和歌は最終的に日本だということとの、その日本を今度はどうやって相対化するかということですね。それで、私はやっぱり東アジアという視野を導入せざるを得ないと考えているんですけれども、その点はどういうふうにお考えなのか、ちょっとうかがいたいと思います。

錦　はい。京都の文学、中央の文学、著名な歌人を中心とした和歌文学の体系というか既成概念を何とか相対化して、日本論としての和歌文学、日本論としての国文学というのが、まず私のやろうとしていることなんですね。和歌は日本人の「国家像」を形成し継承する働きをしたと思っています。

前に出した本の中で「日本論としての国文学」をしようと提案しましたが、その次に隣りの国との関わりですね。海を隔てた広い世界の中で、日本はどういう国を作ろうとしていたのか、それに和歌はどう関わるのか、というところは、私の能力では限界がありすぎます。説話の研究者とか、新しい研究をする人とつながりを得て、お話を聞いて、論文を読んで、考えていかなければいけませんね。研究は一人ではできない。いろんな人とつながっていないとできませんね。志を同じくした研究会を幾重にも組んでいかなければならないと思います。

失礼な言い方になるかもしれませんが、多くの読者と問題意識を共有できる、わかりやすい書き方ができないものでしょうか。さっき申しましたが、見るように考え、心の底から経験したことを言葉にする。客観的な証明の方法で導き出した結論を冷たく説明するのと違う――。そういう論文は尊重すべきだが、論文形式ではない論文の書きよう、表現の仕方があるんじゃないかと思うんです。

『日本人はなぜ、五七五七七の歌を愛してきたのか』という、この間、編集して笠間書院から出していただいた本は、編集委員と相談して、「論文ではなくて、エッセイとして表現してくれ」と執筆者にお願いしました。すばらしいエッセイがたくさん集まりまして、今ふうに言うと鳥肌が立ちましたよ。でも、和歌研究専門の方には、エッセイ形式のものは書きにくい人もいたようでした。やっぱり論文形式になってしまい、文章が硬く拙劣になってしまう。一人でも多く和歌や短歌に興味をもって読んでもらえる本にするのは大変ですね。最先端の研究を、緊張感をゆるめて、わかりやすい文章で読者に語りかけていきたいですね。最後に注があって、むずかしい資料が原文のまま多量に掲載してあって、文章がすこぶるわかりにくい。

専門家が読むとわかるような気がする。読者は非常に少ない（笑い）。専門の世界は堅持すべきであって、ほんとに大事なことなんだけれど、それと同時に、わかりやすくて、本質をえぐりだして、それを多くの人と共有して、批判や意見を語り合うような書き方も大いに試みたいものですね。

石井　研究者が論文しか書けないというのは、自分の目の前にいる二、三十人の人間しか見えないから、そういう書き方しかできないという状況がずっと続いていると思うんです。自分の書いたものを、一万人とか十万人とかに読んでもらうという意識は、たぶん、ほとんど研究者にはありません。

　後半に移る前に、錦さんに一つだけうかがいたいことがあります。『古今集』の「真名序」が今まで無視されてきたというのは、とても重要な指摘だと思うんですが、そこを補ってくださいますか。

錦　「仮名序」とだいたい同じものとして理解されているので、そうなってしまうのではないでしょうか。大陸の文学論の移入、その日本化というテーブルがあるから、「仮名序」がより強調されるわけですね。でも、よく見ると大きな違いがあるような気がするんです。「仮名序」には、漢詩よりも和歌の方が古いというようなことが書いてありますね。契沖[50]は『万葉代匠記』の序文でその点を捉えています。やはりここが「仮名序」をカノンとして引き継いだ理由のひとつではないかと思います。とくに国学者がね。でも、「真名序」と「仮名序」の両方があることで、『古今集』は当時のアジアという世界の中で日本を主張するものとして成立したことが

（50）92頁参照。

実感できると思います。そういう観点に立って『古今集』を捉えるのであれば、ちなみに古代から明治期まで天皇の名で出された詔勅の中に「真名序」「仮名序」を置いてながめてみたいですね。文芸的な意図でのみ編まれたのではない、政治的な意図が実感できると思います。

石井　勅撰集によって違いますけれども、「仮名序」と「真名序」が並んでいたときに、私たちは、「やまとうたは人の心を種として」と授業でも学んで、そうなんだと理解する。でも、小峯さんが言われるような漢字・漢文文化圏に対する一つの対抗というか、メッセージとすれば、まさに「真名序」こそが対外的な意味を十分に持ち得る文体だったのではないかと思います。私たちは、そのあたりが見えずに、やはり国文学という中で、仮名文学の中に置いてしまっているというようなことではないかと感じます。小峯さんの考えとあわせて読むと、そういう感じがします。

錦　私は、そういう点でご批判をいただいたことがありました。大陸の文学論に対する日本的な文学論、というけれど、それじゃあ半島のことはどうなんだ。私はそのところを考えたことがなかった。痛いけれど、心地のよい批判でした。漢文の序文があることは、大陸に接続する半島の人々をも意識している。つまり漢字文化圏を意識した中で、「真名序」が書かれ『古今集』が成立したんだと。そういう環境の中で見るべきだし、その後の和歌の歴史も考えてみる必要があるとつよく思うようになりました。

五　文字の文化と声の文化を再認識する必要性

石井　前半が重たくなってしまって、十分な時間がありませんけれども、フロアの皆さまは寒い中おいでくださったので、ご質問やご意見を賜りながら、この共同討議をまとめていきたいと思います。自由に発言してくださっていいんですが、一つに絞って、しかも短く、ご質問やご意見を述べてくだされば助かります。学生たちも全く力関係はありませんので、自由にご発言ください。私は専門家ではないということもまったくありません。いかがでしょうか。どうぞお願いします。

時間がもったいないので、今日は私どものフォーラムにずっとお力添えくださっている野村敬子さんが見えているので、野村さんに口火を切っていただきましょう。

野村　私の申し上げることは、先生方には過去形で、もう完結した世界だと思いますが、私のところには、説話文学会ができ上がるときの『説話文学会会報』の第一号から第二十三号のタイプ版の印刷物がずっとございまして、それを近頃読んだりしているんです。臼田甚五郎先生から伺ったこぼれ話もあります。説話学会を作ろうということを若い研究者が言いましたら、「それだったら、この学会を出る」と長野甞一先生がおっしゃったとか。説話文学会になったということを読んで知っておりました。今日のお話はしこりが体からスーッと出ていくような感じがしました。説話文学、説話研究についての学問の真価みたいなものを考えました。私は日本文学を専攻しましたが、いつの頃からか口承文芸学の方に移っていって、国文学を参考資料にしかしないような読み方をしてきたので、今日は大変勉強になりまして、これで楽な気持ちであの世に行けるんじゃないかと思っております（笑い）。
一つ、先生方にうかがいたいのは、説話の中における声ですね、音声言語についてのお考えをうかがいたい。書くということは説話の中で重要な問題ですけれども、私どもは説話研究といってもフィールドに出かけて行きまして、『今昔物語集』やいろんな文献、仏教説話集に出ていた話を聞くという経験をしてきました。言葉には音があって、人間の感情が入ります。説話の確立には、もう一つ、音声言語という言葉の表現があるという世界をずっと体験してきましたので、先生方の方から、この音声の言葉についてうかがいたい。今日は聴き耳の会という語りの団体が先生方のお言葉を聞きに参っておりますので、かなりみんな齢《とし》ですけれども、教えていただきたいと思います。

石井　この問題は、小峯さんが「話芸としての説話」というところを述べられ、それに深くかかわると思いますので、まず小峯さん。

小峯　大事なご指摘をありがとうございます。これは説明しようと思って飛ばしてしまったことでもありますので、補足を兼ねてお話しさせていただきます。私が考える説話というのは、まさしくかつての益田勝実さん[51]が、文字の文学と語りの文学との出会いの文学という有名な規定をされたことの再現になるかと思います。説話を考える場合に、語る口頭言語と、それを筆録する文字言語のつながり、まさしくその出会いに説話という文学があるんだと考えたいと思っています。むしろ、語ることと文字で書くこととの接点、交差、クロスするところを常に考えるべきでしょ

（51）研究者、法政大学元教授（一九二三～二〇一〇）。文学に限らず、説話・神話・民俗学の知見を取り込みながら古代日本の思想を横断的に論じた。『益田勝実の思想』全五巻（ちくま学芸文庫、二〇〇六年）に業績がまとめられている。

う。ただ、益田説は説話集と口頭伝承を無媒介に対比させてしまっているところに研究上の時代の制約を感じます。先ほどちょっとご紹介した、明治の『印度紀行釈尊墓況説話筆記』という本を見ても、語りを書くという前提で捉えていますので、これは文学の発生を問う原点といってもいいと思うんですが、そこの出会いから考えたいなと思います。そういう意味で言うと、聞書きですよね。聞書きというのは、文学を考えるときの一番始原的なプリミティブなあり方だろうと思います。益田説も本来ならそこから立ち上げるべき問題なのでした。一口に聞書きと言っても、語りと筆記の相関のあり方にはいろいろな位相があるので、その辺りを見極めなければならない。前から聞書き論をやりたいと思いつつ、まだうまく展開できていない段階です。明治期の講演筆記や講談の筆記本なども、こういう口頭言語と文字言語との始原の問題を考える上でいい対象になると思います。、そのような形でご指摘の問題に近づいていければと考えています。

野村　ありがとうございました。

石井　この説話の問題で言えば、ある時期から、民俗学と国文学が分かれていって、それぞれの専門領域を作っていく。どちらかといえば、国文学は記録されたものから説話の声を考え、一方、民俗学は説話の声を記録することに力を注ぎましたが、皮肉なことに記録されたもので研究するという逆説を抱えながらも、どこかで声の問題から説話を考えてきて、違うベクトルに働いていったところがあります。益田勝実の名前も上がりましたけれども、これらを今、二十一世紀に入った時点で、どのように統合できるのかと考えます。私たちは、別れてしまった兄弟をもう一度、どのようにして出会わせるかという方策を模索しなければなりません。このことで、お二人の先生はいかがでしょう。

錦　口承、声の問題ですね。鴨長明[52]の『無名抄』[53]などに、源頼政が、鳥が一声鳴く、風がそそと吹く、花が散る、紅葉が散る、月が出る、月が沈む、雨が降る、雪が降る、そういうのを見つめて、心の底まで歌になりきって、歌を詠む練習をするんだと言っているところがあります（「頼政歌数寄事」）。ところが、『群書類従』の管弦部を読んでいくと、これとほとんど同じ文言が、横笛の上達法を説いた『懐竹抄』[54]などに出てきます。美しい月を見つめて、その光がメロディに移るまで笛を吹き澄ませ、というようなことですね。和歌の上達法も同じ。だから、和歌は音声を奏でる芸能の一種で、音楽芸能と言ってよいところがあるのでしょうね。

歌合がいつごろまで行われたかというと、山形県の庄内藩では、品の良い判詞を書き記した歌合が明治の終わりまで残っています。藩士の子孫たちでしょうね。和歌は江戸時代で終わらないで、その後も続いた。そういう歌合の何が一番肝心かというと、声に出して歌う催しであることですね。歌を声に出して歌うのは、歌を神に届けるという意識があります。神にも聞いてもらうということですね。

昨年、昔話を集めた本[55]を編みました。それがきっかけで講演に呼ばれまして、昔話をひとつふたつ選んで、ふるさとの山形弁で声を出して読んでみました。学生さんたちがしーんと聞いているところが、私の声なのに、誰かの声を聞いているよ

(52) 平安末期から鎌倉初期の歌人・文筆家（一一五五?～一二一六）。下鴨神社の家に生まれるが、のちに出家。隠遁して庵を結び、自身の生活や社会の乱れを『方丈記』に著した。

(53) 長明による歌論書。詠歌の心得などを記したほか、自身の歌人との交流などについても紙幅を割いている。

(54) 雅楽の横笛に関する口伝集。鎌倉時代の成立か。内容は平安時代に遡ると見られる。

(55) 『１９７６年夏　東北の昔ばなし：聖和学園短大生のレポートから』（笠間書院、二〇一五年）。当時の学生が課題として採集した昔話をまとめた。

うな気がしてきたんですよ。聞いている人も、私ではない誰かの声を聞いているような、そういう雰囲気になった。心が動揺しましたね。声というのは、話す人、聞く人を超えて、みんなの心を包んでひとつにしてしまう。だから、場を超えた神とか、そういうものを想定しないと、声の力は捉えきれない。歌合で声を出して歌を歌うのは、これと同じなんだろうなと思った次第です。

　ですから、石井さんが言われたように、書かれたものの研究と、声に出されるものの研究というのは、どこかでよりを戻せるんじゃないかなと思います。

松尾　声の問題は、『平家物語』が一番関係があるので。講演のときにもお話ししましたけれども、研究者の語るストーリーが伝説化してきたものの中に『平家物語』の語りの論というのがあります。語られたから『平家物語』はすばらしくなったんだという論なんですけれど、実はそのプロセスは何も証明されていません。国語教科書を見ると、例えば、灌頂巻の建礼門院の住まいのあたりの描写の部分が引いてあって、「この部分を読むと、なんとなくリズミカルだけれど、どうしてなのか考えてみよう」という設問があって、学習の手引きの答えを見ると、「語り物だからである」なんて書いてある。嘘なんですね（笑い）。あの部分は、和歌的な表現と漢詩的な表現が綯《な》い交ぜてある。私はこのごろ考えているんですけれども、近代詩でいう内在律[56]のような文体、つまり、所々に定数律（音数律）の文章と、詩の言葉、和歌の言葉、そういう多くのイメージを背負った言葉とがちりばめてある文体が、内容とマッチして、ある種のリズムが生まれている。ポイントはそこなんで

（56）五七五などの定型を「外在律」というのに対し、形式に縛られない自由律をいう。韻律が存在しないのではなく、言葉が持つ響きや意味内容にリズムを「内在」させる＝内部に潜ませるという手法。

(57) 鎌倉初期の華厳宗僧(一一七三～一二三二)。栂尾に高山寺を開いたほか、自身の夢を記録した『明恵上人夢記』などを著した。
(58)「講式」とは法会を行う際の作法や表白(ひょうはく、法師が読み上げる法義を説く文)を収めたもの。四座講式は仏の入滅にまつわる教義を情緒豊かに説くものである。読み上げる際に声明の音符が付いた写本も知られる。
(59) 仏教儀礼において歌われる、仏の教えを曲調にのせて歌詠する仏教音楽。
(60) 文学には、「声」と「文字」の二層が存在する。文学を研究する際には、言文一致以前の近代における「声」の存在を

すね。声に出して読んでいなくても、私たちは心中にリズムを感じる。

琵琶法師が語るリズムというのは、全然別物です。聞いてごらんになればわかるように、「あぁあぁ…うぅうぅ…」とずうっと伸ばしていくわけで、五七五の音数律とは全く関係がない。けれども私たちは、覚一本の文章を読んだときにリズムを感じる。それはなぜか。近代詩でいう内在律を、いわば補助線として考えてみたらいいんじゃないかと思うのですが、その過程をどうやって証明できるかに悩んでいます。

実は、近代詩の歴史を言えば、内在律の論が出たときに、あれはインチキだという反論があったんですよね。でも、やっぱり、そういう現象はあると思うんです。今、錦さんもおっしゃったように、声に出して、いわゆる詠吟するのとは別に、和歌を目で読んでも何となくそこにリズムを感じるのは、なぜなのか。和歌の場合には一応、五七五七七があるから、頭の中で五七五七七の音数律が響いているんだと言えば簡単なんですが、『平家物語』の場合は、どこの文章でもリズムがあるわけではなくて、ここだ！という場面と結びついてリズムが生まれるんですよね。そのメカニズムを解き明かすのが最大の課題なので、さっき研究者の作った伝説を打ち破れという項目の中に、『平家物語』と語りの論を挙げたのは、そういう問題なんです。私も内在律を補助線にと言いながら未だ何ともできなくて、心理学の助けが必要なのかなと考えたりしていますが、関心のある方、例えば音楽教育の副免を取ったという方は、研究してみてはいかがでしょうか。

見逃すことはできない。ただし、我々が古典文学に遡るときに触れることができるのは専ら「文字」に限られる。ここに古典文学の難しさがある。

(61) 平安末期の源平合戦の時期において権力を奮った第七七代天皇（一一二七〜一一九二）。自身は早々に譲位・出家し、二条から後鳥羽の五代にわたって法皇として院政を行った。芸能にもすぐれ、特に当時の流行歌である「今様」（いまよう）に熱心で、身分の低い者も厭わず宮中に召しだし、のどがつぶれるまで歌っていたという。

(62) 平安末期に後白河によって編まれた、今様を収めた歌謡集。当時の生活や風習、民間信仰などを知る資料として貴重。

小峯　音声のことに関して、ちょっと今、思い出したことがあるので、すみません。口承文芸というと、どうしても語ったものを書くという一方向で考えがちだと思うんですが、実はその逆もあって、文字テキストを声に出して読むとか、歌うとか、そういう行為も同時にあるわけですね。私の体験では、去年（二〇一六年）の二月十五日に高野山で毎年行われる涅槃会、高野山では常楽会と言いますが、それに行きまして、夜通しやるんですね。夜の十一時頃から始まって、終わるのは午前十一時ぐらいです。体力がもつのかと思ったんですが、幸いにも夜通し集中して聴聞することができたんです。これは何をやっているかと言えば、鎌倉時代、高山寺で有名な明恵上人[57]が作った四座講式[58]です。これは漢文で書かれています。ところが、高野山のお坊さんたちは、それを訓読して読み上げるわけです。部分的には声明[59]のように節を付けて歌う。漢文で書いてあるテキストを訓読すると、全然印象が変わります。やはり文字で見ているだけではわからない。逆に言えば、文字テキストを見るのでも、音声を聞きながら読まなければ、本当に読んだことにはならないと改めて感じました。ということで、音声だけではないし、文字だけでもない、両方の重なり具合ですね、そこをテーマにしたいなと思います。

石井　ありがとうございます。声の文化と文字の文化という概念[60]があって、文学研究は文字の文化に関わりながら、一方でそれぞれのパネリストの方々が声の文化を無視できないとされます。それが和歌にしても、『平家物語』[61]にしても、説話にしても見られることになります。特に歌謡なんかは、後白河法皇の『梁塵秘抄』[62]の

「口伝集」が「声わざの悲しきことは」というように、声というのは瞬時にして消えてゆくという認識が出てくるわけです。私たちがどうこれと向き合うのかと言えば、新たな再認識が必要になっていると思いますね。

他にどうでしょうか。若い方々、いかがですか。

荻原悠子　今の時代における和歌について教えていただきたいんです。俳句というのが世間でもテレビ番組でも取り上げられて、世界でも俳句が詠まれる現状があって、和歌の五七五七七というのは、世界ではどのような形で共有されるものかということを教えていただきたいと思います。

錦　アメリカの小学校には、ハイクの時間があるようですね。短い三行の詩を作るということのようです。しばらく前ですが、イタリアには短歌を作っている人が二百人ほどいて、その協会もあるということを聞いたことがあります。ですから、短歌・俳句は日本だけと考えなくてもいいんじゃないか。日本語を話す外国の方が短歌・俳句を作るし、イタリアの人たちはイタリア語で短歌を作るわけですね。

佐藤紘彰(63)さんはアメリカ在住の方で、三島由紀夫などの翻訳家ですが、式子内親王の全ての歌を英語に翻訳していまして、これは一行に翻訳しておられます（*"String of Beads Complete Poems of Princess Shikisi"* ハワイ大学出版局）。この本を読むと、五七五七七になっていて、句切れが意識されている。そういう和歌・短歌の詩型も移して一行に翻訳する仕方もあるわけで、意外と多様性を持った広がりが生まれるのかもしれません。さらに広がっているかどうかは、ちょっとわからないのですが。

（63）詩人、翻訳家。一九四二年生まれ。一九七九～八一年、アメリカ俳句協会会長。一九八二年、バートン・ワトソンとの共訳日本詩歌集 *"From the Country of Eight Island"* でアメリカペンクラブ翻訳賞を受賞。翻訳多数。著書に『英語俳句』（サイマル出版会）、『訳せないもの』（サイマル出版会）などがある。

石井　俳句のことが出てきたので、錦さんに聞きたいのは、俳諧・俳句という、江戸時代から近代へ貫いてきたジャンルがありますね。歌枕との関係で考えると、俳枕があって、和歌では詠まれなかった地名を新たな俳枕として作り上げていきます。芭蕉なんかもそういう働きをしますが、日本が和歌の帝国であるとすると、俳諧・俳句は、錦さんの中でどう位置づけられるのかを教えてくださいますか。

錦　最近、有賀長伯[64]の『歌枕秋の寝覚』[65]（一六九二年）を読んでいますが、それを書き換えた『俳枕秋の寝覚』という本も刊行されています。俳諧でも同じように利用しているんです。

　数年前、井上敏幸[66]さんの講演を聞きましたが、発句は誰もが詠むものだなどと書いてある資料を紹介されていました。どこかで聞いたことがあるなと思ったら、和歌の思想を俳諧に移し替えたものですね。俳諧と和歌は親子関係のようなもので、和歌を考えるときに俳諧も同時に考えておかなければならないと思いました。かなり違うものだけど、一つに括ることのできるところもある。歌枕は、俳諧も視野に入れて考えていくべきですね。歌枕は一般に都の歌人たちが詠んだ歌を意識したときの地名で、歌に詠まれる題材のことだから、名所のある場所に行かなくても詠めます。そういうのがいわゆる歌枕というものであって、ここがその場所ですよと決められたときに、そこが名所になる。歌枕と名所は同じものであることが多いけれど、厳密には区別したほうがよいと私は思います。そういう名所は旅人が訪れて歌に詠まれるのは当然であるけれども、俳句にも詠まれる。そういうふうにして和歌

(64) 江戸中期の歌学者（一六六一～一七三七）。歌学の入門書を多く著し、和歌の大衆化に貢献した。
(65) 有賀長伯による江戸中期の和歌名所辞典。
(66) 研究者、佐賀大学名誉教授。江戸後期から明治初期にかけての和歌・俳諧などの諸芸の研究に成果がある。

と俳諧がつながっているのでしょうね。共通・共有の範囲に収められるものを持っている。

石井　十二月にも申し上げたんですけれども、正岡子規が、(67)和歌を短歌に、俳諧を俳句にというように、大きな革新を行いました。その結果、我々は子規の呪縛からなかなか逃れられていないなと感じます。そういう意味で、錦さんが見ていく世界は、もう一度我々が近代で作ってきたものを脱構築する力になると思いますね。

六　今、古典文学を研究すること、教育すること

船越亮佑　学芸大学院生の船越と申します。ちょっと前置きがあるんですけれども、九十年代以降、国民国家論や帝国主義に関するイデオロギー研究が進んできて、例えば、小熊英二による『単一民族神話の起源―〈日本人〉の自画像の系譜―』（新曜社、一九九五年）であったり、『〈日本人〉の境界―沖縄・アイヌ・台湾・朝鮮植民地支配から復帰運動まで―』（新曜社、一九九八年）が出ています。私は教育学を専攻しているんですが、そうしたものが文学教育にも影響を与えていて、国民や日本人といったものに文学教育をなかなか結び付けないようになっていったんです。その中で当然生じてくるのが、文学教育はそもそも必要なのかという議論です。それは、国民教育という足場が揺らいだことによって、必然的に招来する問題ではないかと思うんです。

それに少し関わるかと思いますが、今回お話しされた錦先生と小峯先生に対照的

(67) 明治の歌人・俳人（一八六七～一九〇二）。王朝の和歌様式を否定して、『万葉集』の素朴な詠みぶりに回帰する短歌と俳句革新運動を行った。高浜虚子などの多くの門人を輩出したが、最期は肺結核で逝去した。

に現れているかと私は思ったんですけれども、この文学研究に日本という足場は必要なのかという問題です。国家を立ち上げて研究を進めていくということに関して、特にお二人はどのように考えていらっしゃるのかをお聞きしたい。それがまた、文学研究にどういった未来をもたらすところにつながっていくのかと思ったので、ご意見を聞かせていただきたいです。

小峯　私は、近代の国民国家論的な国家観の枠を、できるだけ外して考えたいと思っていますので、それで一般的な国境を越えた東アジアという領域で論じていきたいと思います。今、中国や韓国との間に非常に複雑で厄介な政治的な問題がありますけれども、やはり交流というのは、人と人のつながりが基本で、一人一人との交流から始まると思いますので、そういう意味でも、中国や韓国、ベトナムにも資料の調査とあわせて講義や講演に出かけて行って、できるだけ交流を深めようとやっているつもりです。ですから、イデオロギー的な研究の必要性もありますけれども、私はそういう現実的な国家の枠を外したところで捉え返したい。国家の枠を外すというのは実際には幻想でしかないとは思いますが、東アジアは漢字・漢文に限らず、宗教とか食文化とか、いろいろ重なっているものが多い。箸を使って米を食べるとか、だいたい顔も西洋人などに比べればよく似ている。現実の国家という次元をなるべく相対化させて、できるだけ地域の共有される文化圏という形で考えたいと思っています。

でもやはり、漢文文化圏といっても、朝鮮半島のハングルとか、ベトナムのチュノム（喃字）とか、あるいはフランスの植民地以後のアルファベット文字とか、国家のイデオロギーが大きく深く関わっています。それから、さっきちょっと言った遣唐使の問題にしても、吉備真備の物語をみると、やはりいつの時代にも変わらない、大国中国と小国日本や朝鮮との緊張関係という問題が出てきます。枠を外して見ているつもりでも、結局はからめとられる問題にも出会わなければいけない。複雑なアンビバレントな綱渡り状態が現状であることは認識せざるをえないのが実情ですね。

錦　国家をどう捉えるかという問題があるのですね。国家というものを考えないで、アメリカを捉えることはできないし、中国を考えることもできないのではありませんか。台湾もそうですよね。国家を対立し合うものと捉えるか、どの国も国家という宿命を負っていると捉えるか。この場合、私が言っているのは、日本という国と和歌の関わりです。和歌とは何だったのかを考えると、漢字文化圏というアジアの広い世界の中で、和歌を大切にしながら日本という国の理想を考えてきた、ということをお話ししたんですね。これを教室で言うとすると、国家というのを使わずに日本の文化を教えることができますかということになる。教えることはできると思います。そこは問題が深くて、いろいろ追究しなければならないと思います。私の場合は、戦争を体験していませんが、我が家の戦争体験を心の底に置いて和歌の研究をしているんです。悩みどころですね。大学はまだしも、小中高の現場で教える先生たちは大変な問題を抱えていると思います。

松尾　軍記物語は一番、国家とか体制への奉仕に使われやすいので、そういう議論を熱心にやっていらっしゃる方もあります。しかし、日本人的精神論とか国家のために戦う動機づけとか言い出したのはつい最近のことであって、作品が生まれたときにそういう意識では書かれていないと思うんです。

むしろ、そういうふうに捻じ曲げて利用していく、そのプロセスを研究しなければならない。例えば、私が『平家物語』の、合戦で死んでいく人物の場面を読むときに、戦場の兵士たちと同化して読むかと言えば、そうじゃなくて、人が死ぬとき、どうしても死ななければならない局面に追い詰められて死ぬときのことを重ねて読んでいくんですね。これが、さっき申し上げた、現実を抽象的なものに変えていく言葉の力であって、この力が見事に発揮されている作品がつまり古典なんだと、私は思っています。言葉足らずでしたら申し訳ありません。

小峯　国家の問題で、私がすぐに考えるのは沖縄ですね。沖縄は、前近代は独立した貿易立国で琉球王国だった。そこで使っている言語はいちおう日本語。文字資料としてはひらがなですね。公の辞令書という資料が残っていて、これはひらがなで書いている。でも年号は中国の冊封体制に入っているので中国の年号です。そこに琉球の地政の在り方がみえます。むしろ漢字・漢文が出てくるのは、それより後。結局、近代になって明治政府が琉球処分として王国を潰して、沖縄県という日本にしてしまった。それで沖縄の言語は日本語の中の方言、琉球方言として位置づけられたわけです。でも、本当にそうなのか。言語と文学の問題を近代的な国家論の枠組みで考えると非常に厄介です。
琉球文学は日本文学なのかという問題を考えると、これは非常にきついですよね。一対一対応でやっていくと、どうしても行き詰ってしまうので、それで、朝鮮とか中国とか視野を広げることによって、初めて相対化の視点が出てくる。私が東アジアに出ていったのはやはり沖縄がきっかけでした。それこそ我々の学生時代は沖縄返還闘争の渦中でしたので、自分なりに沖縄にどう接近していくかが課題となり、だいぶたってから、柳田・折口路線とも異なる漢文資料への視座が開拓できたと思っています。これも『遺老説伝』(68)などの漢文訓読の世界ですが。柳田・折口路線はいわば琉球処分の代償のように始まった学で、日本で失われたものを沖縄に見出す古代路線、オリエンタリズム的なもので、それは「南島」という用語によく表れています。以前書きましたが(69)、南方熊楠などはそうした路線から距離を置いた相対化の視点を持っていたと思います。国民国家論的な国家観を取り払ったところで異文化交流とか共有し合う面とか多面的なつながりを見ていくことができるようになったと思っています。その上で改めて、国家の問題に遭遇せざるをえず、難しい局面は出てくるとは思いますが、ともかく今はそういう立場でいます。

石井　国を造らなかったということで言えば、アイヌがありますね。国を造らずに、文字も持たずに来て、やがて、例えば、知里幸恵(70)は『アイヌ神謡集』(71)で、ローマ字表記と日本語表記を偶数ページと奇数ページに置いて対照化した。けれども、日本語の文字の力の中でアイヌ文学を吸収することによって位置づけてしまったことは、

(68) 31頁参照。
(69) 小峯「熊楠と沖縄——安恭書簡と『球陽』写本をめぐる」(『國文學』第五〇巻第八号、二〇〇五年八月)。
(70) 北海道登別出身のアイヌ人女性(一九〇三〜一九二二)。大正十一年に十九歳という若さで早世した。
(71) アイヌの神謡(カムイユカラ)を収めたもの。言語学者・金田一京助の勧めによって知里がアイヌの物語を初めて文字化し、アイヌ文化の保存に功績を残した。「おお亡びゆくもの……それは今の私たちの名、なんという悲しい名前を私たちは持っているのでしょう」(知里による「序」より)。

やはりあるでしょう。それでいながら、『アイヌ神謡集』は岩波文庫では日本文学ではなく、世界文学の位置づけです。同化政策の問題などを含みながら、いまだに国家の中に位置づけにくいところがあって、そこに抱えてきた歴史が露呈しているように思います。

もう時間がありませんが、せっかくおいでくださったので、どなたかお一人どうですか。

水野　学芸大学の大学院生、水野雄太と申します。若いので、突拍子もないことを聞きますが、錦先生がご提示なさった中に、歌枕と名所の成立という問題があって、私はそのうち教員になるので、やっぱり古文と現代をつなげるための存在としていなければいけないだろうと思っています。錦先生のご提示で考えたのは、最近ニュースとかでよく聞く言葉で、「聖地巡礼」という、ちょっと変わった言葉があります。皆さんはご存じないかもしれないんですけど、日本のアニメや映画に出てくる場所に中国や日本の若者がものすごい勢いで集合することを、「聖地巡礼」という言葉で比喩的に表現することがあります。それと、歌に出てくる場所に行って、また歌を詠むというのは非常に似ているなと思っています。それは文学と言ってもいいと思うんですけれども、どちらかといえば文化という広い分野だと思うんです。そういう枠組みの中で、古文に出てくる構造とか発想みたいなものが、現代の、しかもつい最近現れた現象の中に見出せるということについて、あるいはそれに関連して、現代の中で古文をどう考えるかということについて、何かご意見があれば教えていただきたいと存じます。よろしくお願いします。

錦　歌枕を訪ねて歩く聖地巡礼の遊びは、平安時代から日本人は好きだったんです。江戸時代に入ると大ブームになります。あちこちの歌枕を見て歩いた。天保年間に、遠く薩摩国からも秋田にやって来て、小町の墓を見て感動し、和歌を作り、漢詩を作り、俳諧をひねった。それを色紙に書き付けて残して行く。すごく好きなんですね。私も大好きで、『おくのほそ道』のコースを見つけては歩きます。そういう文化や楽しみ方が昔からあって、その中に和歌もあるんだと教えてあげると、古典の勉強になるんじゃないでしょうか。

松尾　ついこの間、「ＹＯＵは何しに日本へ？」というテレビ番組を見ていたら、池袋で、アニメの町の描写に合う場所を探し出してうっとりとしている外国人がいる。ああ、同じだなと思ったんです。例えば私たちも、国文科に入って学部二年のときに、何人かで『奥の細道』を一回りしました。その後も、軍記物語に出てくる土地に、一人で行ったり大勢で行ったりしてみました。軍記物語だと、尤もらしく、実際の地形を見て軍記物語の記述が正しいかどうか考えるためという理由はつくんですけれど、やはりその場の雰囲気に浸りに行くんですね。もう何百年も経っているから当時と同じでないことはよくわかっているけれども、そこで作品を反芻して、その思い出に浸ってみる。これも文学の楽しみ方の一つだと思います。メディアが変わってアニメになったというだけで、気持ちは何百年経っても同じだなと思ったわけです。今でも、それぞれの学会が三日目には文学散歩をするじゃないですか

（笑い）。

小峯　先ほど石井さんが指摘されたアイヌの文学は、国からは日本語として認知されていないので、国定教科書には載りませんね。つまりアイヌ文学の研究は国家からは正式な日本文学研究にならないというおかしなことになっているわけです。

今、聖地巡礼という話を聞いて非常に嬉しくなりましたね。やっぱり人は現実だけでは生きていない。そういうフィクションと共に生きてますよね、だからそういうフィクションに描かれた現場、作られた現場に実際に行って、追体験して、新しい場を作っていくわけです。これこそ文学の力だというのを改めて感じました。私も聖地巡礼は大好きで、というか、それも重要な研究の一環としてのフィールドワークだと思っています。やはり現場に立ってその場の空気を吸うことでテキストの読みも変わってくると思います。だいたい旅と文学は同義ですからね。

錦　そうだねぇ。『おくのほそ道』を現実の風景とくらべると、いかに書いていないことが多いか。現実を超えたところに文学があり、そこから現実を捉え直しているんでしょうね。芭蕉はみちのくの歌枕を見て歩いたようにみえて、実は「歌枕」という言葉をこの作品に一度しか使っていませんね。しかも「むかしよりよみ置《おけ》る歌枕、おほく語伝《かたりつた》ふといへども、山崩《くづれ》、川流《ながれ》て、道あらたまり、石は埋《うづもれ》て土にかくれ、木は老て若木にかはれば、時移り、代変じて、其跡たしかならぬ事のみ」と歌枕衰退史観を述べている。事実、仙台藩の『安永風土記』を見ていくと、ここが歌枕の地といわれた場所が新田の開発などで今は跡形もないと記したところが複数出てきます。という現実があったのですから、使い古された「歌枕」の概念を取り払って、新しい目で実方(72)・能因(73)や西行(74)以来の和歌を捉え直し、現実の風景も見ているのではありませんか。

石井　映画やマンガ・アニメのような、近代化の中で作られてきたメディアが、古典を乗り越える形で子どもたちの、あるいは人々の身近なところにあるということなんでしょう。でも、そこにある種の連続性を見てとらなければいけないし、歴史を振り返ってみることで日本人の行動の癖が見えてきます。「冬ソナ」(75)を見て韓国へ行ってしまうことも含めて見れば、聖地巡礼は相互交流だと思います。

今、お約束の時間になりましたので、そろそろおさめたいと思います。最後に、パネリストの先生方で補足してくださることがあれば、一言ずつよろしいですか。

小峯　私も韓国ドラマのマニアで「冬ソナ」の現地は行きました（笑い）。先ほどの質問と関わるんですが、古文を教えることの意義というか、これは大学の授業でよく話すんですが、古典に意義があるかどうかを決めるのは、我々だということですね。つまり、教科書に載っている『源氏物語』は優れた古典だということを、与えられた知識として教育するのではないということですね。要するに、過去から生み出され続けてきたものの意義はどこにあるのか、それは今、我々が判断すればいいので、価値がないと思えば、それは捨ててしまうものですね。村上春樹だって、百年後どうなっているか分かりませんね。しかし、それは決して恣意的な営みではなく、むしろ我々が何を消して何を残すのか、試されているわけで、そういう主体

(72) 平安時代中期の歌人、藤原実方。『拾遺和歌集』などの勅撰集に六十七首もの歌が入っている。赴任した陸奥国で死亡したためその最期には謎が多く、説話や謡曲の題材となった。

(73) 平安中期の歌人（九八八～？）で、「能因」は出家後の法名。歌学書『能因歌枕』は歌語を対象とした学問の先駆けとして注目される。なお、「歌枕」は各地の名所を含むが、もとは歌を詠むときの作法書をさす。

(74) 平安末期の歌人（一一一八～一一九〇）。実方や能因の足跡をたどって陸奥を行脚し、また各地を旅しながら多くの歌を詠んだ。中世の隠者文学の代表格として知られる。西行に関する説話

性の面も含めて古典を考えるべきだと思います。

それからやはり、今の研究が古典と近代ではっきり分かれてしまっていること、これが一番問題なんですね。特に近代専門の人の視野が古典と切れているので狭すぎる。しかし、すべてはつながっているわけですし、今ふれましたように古典を作っているのは今現代なのですから、古典と近代にいかに橋渡しをしていくかをもっと切実に考える必要があります。たとえば『今昔物語集』をやるなら芥川龍之介(76)から入っていき、また『今昔物語集』に回帰するような、そういう往復運動が非常に重要な点だと考えます。芥川は『今昔物語集』によって作家になり、『今昔物語集』は芥川によって古典になったと言っていいわけです。つまり古典と近代文学は連動し合っている。古典には、常に再発見され続けていくドラマがあるんですね。

我々はすぐ古典と一口に言ってしまうけれども、決して一枚岩ではない。およそ大きく四つぐらいの層に分かれていると思います。『源氏物語』や『古今和歌集』のように、早くからカノン化し、研究された古典の中の古典とも言うべき部類と、『平家物語』や『お伽草子』のように、その当時は非常によく読まれたけれども別に権威化はせず、その結果、異本がたくさん生み出される部類がある。それから、『今昔物語集』や『とはずがたり』のように、後世になって再発見される部類、それこそ近代になって発見された古典があります。私はこれを「遅れてきた古典」と呼んでいます。それとは逆に、当時はよく読まれていたのに、後世に散逸して消えてしまった古典がある。三番目と四番目はちょうど逆の形で対照的ですね。そのよ

が多く生まれた結果、『西行物語』などが編まれ、歌人の理想としてあがめられるようになった。

(75) 二〇〇四年に日本で放映され、大人気となった韓国のテレビドラマ、「冬のソナタ」。いわゆる「韓流ブーム」の先駆けとなり、ドラマに熱狂した中年女性たちの間に、ドラマの舞台となった韓国へ旅行することが流行した。

(76) 大正期の小説家（一八九二〜一九二七）。『今昔物語集』などの説話に小説の素材を得た。多くの高校一年生が国語の授業で初めに読むことになる「羅生門」もまた同様で、「古典文学」と「近代文学」そして現代とを繋ぐ貴重な作家であるといえよう。

うな生きたものとしての古典を体得できるような教育の現場に立ってほしいと思います。

松尾　せっかく、東京で一番の教育系の大学でお話ししていますので……。
　皆さん、古典を好きになってください。特に教師になる学生さんに申し上げます。教育学部卒業の教師と文学部卒業の教師と、どこが違うか、教育実習のときに分かることは、国語教師の場合、文学部出は、教材を好きにならないと教えられないんです。教育学部出の方は、どんな教材でも教えられる、即（笑い）。だから文学部出は、ともかく教材を好きになるまでが苦しい。各自が教材と何らかの個人的関係（好きでも嫌いでも）を結ぶ苦労をするわけです、教室ではそのことは話さないけれども。私は文学部の教員志望の学生に向かって、「生徒とたちまち親しくなって彼らの心をつかむのは、教育学部に叶わないよ。その代わりに、教材研究で勝て。教材の魅力を熱く語れ」と言っています。よろしくお願いします（笑い）。

錦　人間が人間であるゆえの心の全てが文学に現れている。この見方に立てば、日本語の文学作品でも、外国から来られた方に理解できると思いますね。人間が最も人間らしく、良い意味でも悪い意味でも生きている人間の心を表現したもの、それが文学だから、どこに住んでいても研究ができる。その土地に立って、よく見つめ、よく考え、そして書く。そういう態度を決めると、どこにいてもおもしろい生き方ができる。そういう人がきっと教える人になるんだろうと思います。根無し草になっちゃいけませんね。

私は秋田大学の教育学部の先生だったんです。そのあと新潟に来ましたけれど、何十年も前の学生が先生になっていて、今も大勢が年賀状をくれるんです。私と同じ仕事をしているという意識があって、思い出してくれるのでしょうね。私もそのつもりで暮らしております。秋田に行くと、そういう連中と会います。教えることは希望ですから、さきほどはむずかしい問題の話になりましたが、ぜひ、いつか解決してください。

石井 ありがとうございます。この東京学芸大学は教育学部の単科大学なので、パネリストのお三方にずいぶんご配慮をいただきました。重要なのは、今、研究が専門の名のもとに細分化して、研究の状況と教育の現場との距離がどんどん開いて、埋めがたいくらいになっています。ですから、そこでも大きな通路を開かなければいけない。「解釈と教材の研究」[77]のような副題のある雑誌が、二十一世紀に入ってから次々となくなって、文学研究は商業的な場所を失ってしまいました。それは、ある意味で一般社会とつながるような契機を喪失していることにもなります。じゃあ、ネットで構築するのかということがありますけれども、どこかで社会との関係を回復していかなければなりません。そうしないと、やっぱり、「あなたの好きなことでしょ」「結構なご趣味でしょ」というふうに批判されてしまいます。

今日は、三人のパネリストから率直なご意見をいただきましたが、今、古典文学研究の中でさえ、時代や領域を超えた対話が成り立ちにくくなっている。すぐそばにいる仲間の中で会話をして、傷をなめ合うみたいなことを感じるわけですね。他

(77) 學燈社より月刊で発行されていた商業雑誌、『國文學 解釈と教材の研究』。一九五六年に第一号が発刊されて以来、文学と国語教育に関する論文を収めてきたが、二〇〇九年七月号、通算七八八号を最後に、休刊となった。同様の性質を持つ『国文学 解釈と鑑賞』(至文堂)は、二〇一一年十月号を最後に休刊に至った。学会・研究会から発行される機関誌を除き、文学を扱った一般向けの商業雑誌は刊行されていないのが今日の状況である。

者を見つけて、自分の研究を発信し、他者の研究を聞くという、そういう対話力を文学研究が身につけていかないといけないと感じます。ですから、冒頭、小峯さんと松尾さんに、前回で終わったはずなのにと言われましたけれども、私はもう一度開いて良かったなと思うんです。

この対話は終わりではなくて、ここから次につなげていくことをしなければ、持続力を失います。その中から、新たな活力のある研究が生まれてくるのではないかと思います。今日はたぶん、ご参加くださった方々にとっても忘れがたい一日になると思います。これが本になって、社会へのインパクト、研究者へのインパクトになれば大変嬉しいなと思います。司会者の不手際で予定の時間を過ぎましたけれども、今日はこれにて閉会と致します。パネリストの方々、ご参加の皆様、ありがとうございました（拍手）。

[資料①]――石井正己

震災と古典文学

震災と『百人一首』

昨年（二〇一一）三月一一日に発生した東日本大震災から、まもなく一〇カ月が経とうとしている。報道もめっきり減り、原発事故ですら話題にされることが少なくなった。被災地ではボランティアが激減し、忘れ去られようとしているのではないかという危惧感を抱いている。だが、震災前に人々がどれほど被災地の東北を意識していたのかということを思い出してみればいい。震災があって、東北は初めて人々の意識の表面にのぼってきたのであって、それ以外の何物でもない。

震災直後、枕詞のようにして繰り返されたのは、「未曾有の」や「想定外の」という言葉だった。しかし、貞観地震による津波が同規模だったことが考古学者から指摘され、その甘さが認識された。情報化社会は同時代に強い関心を寄せても、歴史をあまりにも軽視しすぎるからではないか。この「未曾有の」「想定外の」は、想像を絶する規模だっただけでなく、逃げ口上を語る前置きとして使われた。そんな雰囲気であるから、原発事故を語った言葉に関しても、政治家や研究者には責任を取る気配がどこにもない。

年末に『日本経済新聞』の電子版に記事を書くための記者のインタビューに応じたが、その時に話題になったのは、『百人一首』に見える清原元輔の、「契りきなかたみに袖をしぼりつつ末の松山波越さじとは」の歌だった。お互いに袖の涙を絞りながら、末の松山を波が越さないように、決して浮気をしないつもりだと、あの時に約束しましたよね、というくらいの意味になる。出典となった『後拾遺集』の詞書には、「心変はりて侍りける女に、人に代はりて」とあり、女に振られた男の立場で詠んだ代作歌であった。自分との約束を破って別の男に心変わりした女を恨む未練がましい気持ちをよく表している。

この歌の「末の松山」は、決して波が越えないとされるので、波が山を越す場合を恋人の浮気に喩えることが多い。早い例は、『古今集』の東歌の陸奥歌に見える、「君をおきてあだし心を我が持たば末の松山波も越えなむ」である。あなたさしおいて、浮気心を私が持つならば、きっと末の松山を波が越えることがあるでしょう、という意味である。小町谷照彦校注『古今和歌集』（ちくま学芸文庫）の補注には、「「末の松山」は、波が越えることが決してないと言われ、愛情の誓いの引合いに出された」とある。

この「末の松山」は宮城県多賀城市の歌枕とされている。松尾芭蕉も『奥の細道』の途次にここを訪ね、「末の松山は寺を造りて末松山といふ。松のあひあひ皆墓はらにて、はねをかはし枝をつらぬる契りの末も、終ひにはかくのごときと、悲しさも増さりて」と記した。末松山宝国寺が建立され、松の木立の間は墓場になっていたのである。変わらぬ愛情を誓う喩えに使われる「末の松山」に、中国の「長恨歌」に見える「比翼連理」の故事が引き合わされている。

この「末の松山は波が越えない」という歌枕の誕生について、錦仁編の『百人一首のなぞ』（学燈社）に収録された、河野幸夫「歌枕「末の松山」と海底考古学」は貞観一一年（八六九）の地震に由来するのではないかと述べている。歌枕のイメージの形成については歌の累積によると考えられてきたが、歴史的事実を反映していることになる。大津波でさえ末の松山を波が越えることはなかったという出来事が恋歌の比喩となって歌われたことは、『古今集』の東歌からも想像できる。

話は変わるが、陸前高田市の「高田松原」は白砂青松の景勝地として知られる場所だった。そもそもこの松原は、寛文年間（一六六一～七三）、菅野杢之助によって植林された防潮林であった。私も編者の一人を務めた山口弥一郎の『津浪と村』（三弥井書店）には、この松林が明治二九年（一八九六）、昭和八年（一九三三）の両度大津波から町を守ったことが記されている。しかし、今回の津波ではそれらを根こそぎ流してしまい、一本の松が残ったが、それも塩害で枯れてしまった。「一つ松」というのは歌謡にも詠まれる題材だったが、「末の松山」も大津波に襲われず、松が残った場所だったにちがいない。

一方、今回の津波の跡地を丹念に調査した川島秀一は、『季刊東北学』第二九号に収録された「浸水線に祀られるもの」で、多くの石碑が倒れずに残っていることを明らかにしている。なぜそこに建てられたのかわからないような場所が、実は避難すべき高台との境界を示す指標になっているという。だが、それは今回の津波を経験して初めて認識されたことで、なぜそこに建てたのかという意味は伝承されなかった。それほどに忘却が進むことを考えれば、震災を語り継ぐのがどれほど難しいかがわかる。

改めて言えば、「末の松山は波が越えない」というのは、そこに避難した人々の記憶に支えられていたはずである。「変わらぬ愛情を誓う喩え」として享受される前に、そこへ避難すれば命が助かったという記憶を語った標語だったのではないか。そうしたことも今回の震災を経験して初めて読み解けたことになる。しかし、それは私たちが古典を読めていないだけであり、「想定外の」「未曾有の」と言ってしまうこととは別ではないか。

三月には、多くの文学研究者が虚脱感に襲われたらしい。それは、文学研究があまりにも社会と切り離されていることと無関係ではあるまい。今回、政治主導の幻想のもとで復興が進められるが、その間の「復興バブル」をもたらすことはあっても、真の復興につながることは期待できない。そうした中で、ささいな考察であっても、「末の松山」を考えてみることは、古典と現代を往還する一縷の光になるのではないか。他の人々がどう考えているか聞いたことはないが、今ほど文学研究の真価が問われている時代はないと思われるが、いかがであろうか。

（二〇一二年一月三日）

（『学芸古典文学』第五号、二〇一二年三月）

話題にならなくなった震災と『方丈記』

東日本大震災からまもなく五年が経とうとしている。最近は復興の遅れが報道されるものの、ほとんど話題になることはなくなった。文学研究でも震災を機にいくつかの成果が出されたが、それらは被災地に届いているだろうか。その辺りの検証がなされていないとすれば、多くの成果も自己満足に過ぎないのではないか。

そうした折の二〇一五年五月、文部科学省は全国の国立大学に対して、人文社会科学や教員養成の学部・大学院の規模縮小や統廃合を要請する通知素案を発表した。文学部の無用論は話題になって久しいが、文系の学問全般にまで拡大されたと言えよう。だが、周囲の研究者を見渡しても、自分の研究が現代社会にどのような意義を持つかという自覚があるとは言いがたい。

一方で、復興の渦中にある被災地とその他の地域の温度差は、ますます大きくなるばかりである。そうした状況から、今、何ができるのかを考えて、『日本文学』第六四巻第五号に「私たちは文学を伝えられるか―東日本大震災後の文学研究から―」を寄稿した。ちょうど文部科学省の通知素案が出された二〇一五年五月のことである。

そこで論じた内容は、遺体のないままに死を受け止める難しさであった。東日本大震災を経験したことから、『遠野物語』の明治三陸大津波に溯り、「銀河鉄道の夜」の救助による事故死を経て、『源氏物語』の浮舟の入水にまで読み直してしまったが、今、既成の論文からは外れるような書き方になってしまったが、今、文学研究者に向けて書かなければならないテーマは他に考えられなかった。だが、こうした文章が真摯に受け止められているかと考えれば、いささか心許ないと言わざるをえない。

思えば、震災後にわかに注目された古典に、『方丈記』があった。今では研究されることもなくなっているが、危機的な状況に置かれたとき、この作品は何度も読み直されてきたにちがいない。二〇一三年九月九日の『毎日新聞』夕刊に「「災害文学」の力」という文章を書いたが、この作品はその嚆矢と見ることができる。八〇〇年も前に書かれた作品だが、改めて注目しておきたい記述がある。

周知のように、鴨長明は世の不思議として、大火・辻風・遷都・飢饉に続いて、地震のことを書いている。元暦二年（一一八五）に起こった地震である。山は崩れて川を埋め、海は傾斜して海水が陸地を浸し、土が割けて水が湧き出し、岩石が割れて谷に転げた。京都の周辺では堂塔が被害を受けて、崩落したり転倒したりした。さらに余震が頻繁に続いたが、それも次第に間遠になり、三カ月ほどで終息したという。

その後、「人みなあぢきなき事をのべて、いささか心の濁りもうすらぐと見えしかど、月日かさなり、年経にし後は、ことばにかけて言ひ出づる人だになし」と書いている。人々はみなこの世がつまらないことを述べて、少し煩悩も薄らぐように見えたが、月日が経ち、年が過ぎた後では、もう地震のことを言葉に出して言い出す人さえいない、という意味である。未曾有の地震に遭って、この世の無常を感じ、執着する煩悩から離脱できたかに見えたが、そんなことはすっかり忘れ、歳月が経てば話題にもならなくなったのである。東日本大震災から六年近くが経てば報道がなくなるのも、逃れがたい現実であると認識しなければならないのだろう。

ここで見たように、『方丈記』は海岸の地盤沈下や埋め立て地の液状化現象ばかりか、その後の復興を生きた人々の心理まで書いている。そこには時代を超えるような真理が書かれているのだろうが、残念ながら我々は、その細部を実感できるような読み方ができていない。

あの時に東京にいた人々はたいへんな恐怖を感じ、五〇〇万人が帰宅困難者となったにもかかわらず、もうさりげない日常生活に戻っている。震災はもちろん、復興さえも話題にならなくなりつつある。テレビや新聞は三月一一日が近づけば、思い出したように東日本大震災を取り立てるが、一二日になれば何事もなかったかのような時間が過ぎてゆくにちがいない。復興はまさに渦中であるが、震災はすっかり年中行事になってしまった。

長明は「ことばにかけて言ひ出づる人だになし」として、冷ややかに世間を見た。東日本大震災もまさに同じような状況にある。だが、「ことばにかけて言ひ出づる人だになし」という状況にしてはいけない。日野の閑居に隠棲するならばともかく、大都会東京などで生きてゆくにはどうしてもそれが必要である。復興が正念場を迎える今年、私自身は多くの力を借りながら、関東大震災の時に書き残された小学生の作文を復活させてみたいと考えている。（二〇一六年一月三一日）

（『学芸古典文学』第九号、二〇一六年三月）

［資料②］――小峯和明

説話という文芸

説話と物語

「説話」という言葉には今もどこか堅苦しいイメージがつきまとう。それに対して「物語」というとどこか懐かしい、ゆかしい感じがする。双方は重なりあうはずだが、それぞれの言葉の成り立ちの違いによるのだろう。「物語」が和語で『万葉集』にまで用例がさかのぼるのに対して、「説話」はあまりなじみのない外来語で、もっぱら中国に渡った僧や禅宗の五山僧の間だけで通用し、ほとんど一般にひろまらなかったようだ。

江戸時代になって中国産の口語体の白話小説が流行し、そこにみられる「説話」なる言葉が次第に浸透していく。明治になると、西洋の神話学の翻訳語として浮上し、落語の口述筆記などの語りの筆録を示す言葉になっていく。近代にはじめて文学用語として定着するわけで、「説話文学」や「説話集」などは新しい用語なのである。「説話」の固いイメージはそのような来歴からきているのだろう。

一方、中国語での「説話」は、現在も普通に「話をする」という意味で使われているが、古くは「話芸」を意味する特別の言葉であり、語りの芸人は「説話人」と呼ばれた。唐宋代、「説話人」による「説話」がひろまって文字テクストになり、「話本」というジャンルも生まれた。今で言えば、落語や講談が筆記されて本になるのと同じである。これら「話本」から後に『西遊記』や『三国志演義』などの大作が生まれていく。

日本から遣唐使の一員として中国に渡った人たちも、この「説話」の話芸をまのあたりにしただろう。たとえば、九世紀中頃に中国に渡った比叡山の僧円珍の著述に「唐人説話」とある（『授決集』）。円珍が長安でつぶさに見聞した、僧による俗人相手の講釈「俗講」を指すと思われる。読み方は「唐人、説話す」で、日本で知られる最も早い「説話」の例である。しかも、その中世の写本には、「説話」の箇所に「モノガタリスラク」という読み仮名がついている（真福寺蔵）。漢語の「説話」が和語の「物語」に置き換えられるわけで、「説話」と「物語」を同義とみる認識を示すが、それとともに「物語」とも相違する語りや話芸の具体が「説話」には込められていたのではないだろうか。

「説話」にはそうした芸能性や身体性が常に息づき、口頭の話と文字との接点がいつも意識されているように思う。語ることと書くことの根本問題が「説話」には介在している。

近代になってから「説話」が文学の専門用語として自立し、浸透するのは、それまでの仮名の王朝物語や個人の作家による小説などと違う分野の文学に人々の眼が向いてきたからである。ひとつは文字だけではない、口で語る世界への関心、ひとつには短いたくさんの話を集めた作品への関心である。前者は柳田国男が起こした民俗学にかかわり、昔話、伝説、世間話など「口承文芸」の総称として、後者は『今昔物語集』などの「説話集」という形態の作品群として注目されるようになる。これらの文学への関心が「説話」という言葉をあらたに甦らせたのである。口承文芸にしても、説話集にしても、近代になってから文学の仲間入りをはたしたわけである。文芸の王道ともいえる和歌などと異なる、〈遅れてきた古典〉であった。

説話のかたち

「説話」の形は「短小な話」であるが二面性があり、一方は文字通り説示性の強い「説く話」、一方はいつ誰がひろめたのか分からない噂話やゴシップ、流言飛語などの、浮遊した正体をとらえにくい話である。前者は何らかの目的や趣旨をもって語られるもので、この世を生きていくために欠かせない生活の知恵や人生訓、あるいは存在の根源を示すために、分かりやすい話題を使って人々に説き示す。必ず何らかの意味づけをともなう。他方、後者は語りの責任を負わない、得体の知れない怪しさや危うさを伴う。

　そのような「説話」の二面性は、仏教で言う「実語」と「妄語」の二極に当るが、いずれにしても、話の中身は誰がどうした、という出来事、事件の再演であり、その限りでは「物語」とも変わらない。「実語」は仏教の教義、教えにもとづく説話、仏菩薩や経典の霊験譚の類、共同体の維持、存続のために欠かせない重要な伝承、故事に相当する。語られる上での正統性を持っている。逆に「妄語」は根も葉もない虚言による無責任な話で、「説話」はこれら両面を持っている、その総体が説話だといえる。

　言いかえれば、世のため人のために役に立つ話と役に立たない話、有用なものと無用なもの、その双方があり、無用な話とはいえ、ゴシップのように人々が暗に好んで語り聞きたがる話も少なくない。

　「説話」の機能面からみると、仏教界ではとりわけ説話がよく使われ、「譬喩《ひゆ》」と「因縁」として示される（『法華経』など）。「譬喩」とは譬《たと》え話、寓話の類で、何かを説明するために分かりやすい例を使って語る時に用いられる。例証、たとえ、「ためし」の説話。一方、「因縁」はものごとの起こり、起源や由来、縁起を説く話である。事件や出来事、あるいは人物やものに関して、そのいわれを述べる時に用いられる。「おこり」の説話である。

　また、説話のかたちは、和歌などが五七五七七の定型を持っているのに対して、定まったかたちを持たない。伸縮自在である。ある場合には、長い物語にもなるし、ある場合には故事成語の四字熟語のごとく、要約され、縮約されてしまう。いくらでも形が変わり、変えられるのが特徴である。

説話のはたらき

説話のはたらきで重要なのは、たとえば、誰も知らない世界、行ったこともない世界に自由に行けることだろう。我々の日常を取り巻いている現実世界とは別に、実体としては目に見えない外部の世界がある。これを「異界」という。分かりやすい例でいえば、海の彼方の龍宮をはじめ、地獄や極楽の死後の世界などである。実際、誰も行ったことがないにもかかわらず、イメージや空想の世界として実感を持ちうる世界でもある。人は常に外部と内部をわけて、内と外とのつながりや切断を意識しながら生きている。このような外部の異世界が「異界」であり、異界は時代と社会によって、あるいは状況や環境によって変わっていくし、あらたな異界が生まれ、また逆に消えていくものもある。

いずれにしても、異界の基本は、誰かが実際にそこに出かけて行って、つぶさに体験ないしは見聞し、こちらに戻ってきて報告しないと成り立たない。どこそこの異界がどのような世界である云々と客観的に説明されても、単なる知識だけではあまり意味をもたない。『浦島太郎』の龍宮や冥土に行って甦る人の話のごとく、特定の人が実際に異界に赴いて戻って語ることで、はじめて受け止める側も実感として体得できる。こちらとの接触や交信、交渉、交流がない限り、異界は意義をもたない。こちらとかかわることではじめて存在するわけで、つまりは相互の関係性においてのみ成り立つ。したがって、異界は媒介者がいなければ成り立たず、体験、見聞を通して語られ、再演されるものだから、必然的に「説話」(広義の「物語」)のかたちをとると言える。

死後の世界を例にすれば、こちらにいる我々は誰も死を体験していない。にもかかわらず死後のことをイメージしたり、考えたりしている。地獄や極楽、天国を想像することができる。そうした素地がどこからきているか、といえば、あちらに行った人のことが説話になっているからで、我々は説話を通して異界をイメージし、体験しているのである。

さらには、「説話」が対象になるのは、どの分野でも当てはまるから、何でも「説話」になるといってよい。ほとんど際限がないだろう。様々な領域の基盤でもあるし、あらゆる領域に関連し、呑み込んでいく。和歌や仮名の作り物語などでは、描かれない領域や禁止される分野があるが(排泄や性描写など)、「説話」にはそのようなタブーはない。

「説話」はあらゆる世界に関わるから、むしろ「説話」は個別のジャンルではなく、普遍的なメディア(表現媒体)やモード(様式)としてある。あらゆる領域、分野を超えて世界をあらわす媒体となるものであろう。

東アジア共有の説話

「説話」という語彙は東アジアの漢字・漢文文化圏に共通の語彙であり、日本以外では、韓国がすでにテクニカルタームとなっている。今後さらに中国やベトナムなどにひろがっていくであろう。そこであらためて、かつての中国で使われていた「話芸」としての説話の意義が注目されるだろう。口承文芸、説話集につぐ、第三極の、話芸としての「説話」論が今後の課題である。

　唐宋代の話芸の「説話」が「話本」という文字テクストになるように、明治期の講談や落語が「説話」として筆記されることで文字テクストになるのは、時代と地域差がありながら軌を一にしている。

　また、第二極の「説話集」は中国でいう類書に相当する。これも東アジアから考究されるべき課題である。

［資料③］——松尾葦江

文学研究の「再構築」
——回顧談から（平家物語研究の最新課題に至る）——

まずお断りしておきますが、私は文学の研究は何をやっても自由だ、という立場です（おのずから在る人間としての倫理に反しない限りは）。ただ、研究には質の高低がある。質の低いものは放っておけばやがて消えていく、与えられた時間に限りのある生身の人間としてはそれらに構っている余裕はない。他者に対して誤った要求や強制（非難）を向けてくるような場合は振り払わねばなりませんが、なるべくならばそういうことは関わらずに時間を有効に使いたい。

この共同討議の主催者提案は「文学研究に未来はあるか」という問いかけでしたは「文学研究の再構築をどう考えるか」という問いかけでした。一連の政治的動向が打ち出している、文学研究は「大学教育に必要ない」もしくは「無益だ」とする見解がきっかけかと思います。この見解に対しては、文学に何ができるか、という回答が求められていることになるのでしょうか。さらに、文学は何をするものなのか、というよく似た命題も併せて考えてみるべきなのかもしれません。

しかし、こういう問題をわざわざ書いたり議論したりすることに、私には尠《すくな》からぬ抵抗があります。文化と書いてハニカミとルビを振りたい、と言った作家がいましたが、人として譲れぬ信念のようなものは、ふだん話したり見せたりするものではない、いや見せないからこそ真実なのだ、という気もちがつよく在るのです。それを白日の下にさらさねばならない状況がすなわち、文学研究が危機に瀕している証拠なのでしょう。それゆえいまは個人的な回顧談から入って、遠回りすることをお許し下さい。

芥川龍之介によって文学に開眼した私が何故卒論に平家物語を選んだか、についてはアエラムック『平家物語がわかる。』（朝日新聞社、一九九七年一一月）に書きましたので、御参照下さい。遡って、何故古典を選んだかについては—学部時代には近代文学にも、中古文学や和歌にも惹かれていました。近代文学は勿論ですが、古典でも文学の世界は決して遠いものではない、例えば蜻蛉日記で、鳴滝に籠もった作者を有無を言わさず連れ帰ろうとする兼家のすがたに、千年経っても人と人の間柄は同じだ、と痛いほど思いました。堀辰雄の中に、生き残る者の救いがたいエゴイズムを感じ、ああ自分の中にもあるものだ、と思いました。でも、それゆえ私はそれらを選びませんでした。同じだ、という感覚はむしろ信じられないと思ったのです。現代の自分には決して実体験できないことに共鳴し感動させられる原動力、それをつきつめてみたいと思いました。言い換えれば、異なる時空にも通じる表現方法の究明、とでもなるのでしょうか。

卒業後サラリーマンとなって痛感したのは、社会とわたり合うには、武器となるものが必要だということでした。おかしい、と感じることに声を上げるには、その声に耳を貸して貰うために何らかの武器が要る。当時、自分に武器となる何があるかを考えて出した結論は、四年間それなりに一所懸命やってきた文学が武器にならないのなら、つまりはどれも駄目だろう、ということでした（いま思えば少々短絡的ですが）。このときの「武器」とは砕いて言えば、存在感のある説得力、に当たるでしょうか。私は会社を辞め、四十日間猛勉強して大学院に入りました。

しかし僅か二ヶ月後、この決意は暴力的にシャットアウトされました。昭和四十三年、医学部から始まった東大紛争が全学に広がって、六月二十六日には文学部が無期限ストライキに入り、大学院の国文学専攻の上級生たちが「研究とは何かを確かめるために研究放棄をする（せよ）」と宣言したのです。ささやかながら学生運動の経験もあり、労組の経験も経て、前述のような理由で大学へ戻ってきた私は、呆れました。いまでも強烈に、その時の違和感、恥ずかしさに似た憤慨が蘇ってきます―研究者とは、確立した職業の名でもなく、有用な物品を眼前に生産する者でもない。いわば研究をし続けることによってのみ存立しうる、あやしげな存在なのではないでしょうか。たとえ周囲が敬意を以て認めてくれたとしても、自分自身が自己証明を最もきびしく問うている、それが大事なのです。歌わない歌手、走らない駅伝選手があり得ないように、いつか研究する研究者なんてあり得ません。譬《たと》えて言えば、漕ぎ続けることによって初めて立っていられる自転車のようなものでしょう。

現実に論争や発表の場を奪われれば、研究はかたちを変えて続けざるを得ませんので、私は長門本の伝本調査を始めました。当時、入手出来る長門本平家物語の本文は国書刊行会の翻刻のみで、全国に散在している「長門本」がどういう状態にあるかも分かってはいませんでした。ふり返れば、書誌学も撮影技術もろくに習得していないのに、いきなり二十巻の写本、それも各地に数十部もある伝本の調査にとりかかったのは、何も知らないからだった、と言うしかありません。蛮勇以前です。結局、データは集めたものの途方にくれてしまいこみ、整理可能だと気づいたのは四半世紀も後のことでした[1]。けれども私は、非効率的だったこの調査を、徒労ではなかったと思っています。

文学研究とはこういうものではないでしょうか―無駄が多いように見える、しかし無駄に終わらせないことが可能である、それはやがて、この世に在るための武器になるが、そのためには不断に検証と模索をやめないことが必要である。

文学に何ができるかや現在の平家物語研究の問題点は、昨年の講演で述べましたので[2]、以上の回顧談とどう関連するのか、それぞれに考えてみて下さい。研究はこうあるべきだ、といくら声高に叫んでみても、研究者自身がやってみたい、やろう、と思わなければ始まりません。つまり、新しい研究を喚《よ》び起こすことができるのは、質の高い研究そのものなのだと思います。「再構築」のためには、個々の研究を手抜きのない、けれん味のないものにしていくこと、我慢づよく蓄積（批判継承できるかたちで）しておくこと、先入観なく既存の研究の質を見抜くこと。平凡な提言で申し訳ありませんが、何度回り道をしたとしてもやはり、この出発点へ出てくるような気がいたします。

（注）

1　「長門本現象をどうとらえるか」「國學院雑誌」一〇七巻二号　二〇〇六年二月（『軍記物語原論』［笠間書院　二〇〇八年」に再録）

2　本書六十一頁以下、及び「いま欲しい平家物語論とは―自身への問いを携帯すること」（「リポート笠間」六二号　二〇一七年五月）

［資料④］――錦　仁

和歌の研究から日本の研究へ
―点から線へ、線から面へ―

一　和歌研究事始め

天平宝字三年（七五九）正月一日、大伴家持の「新《あらた》しき年の始《はじめ》の初春の今日降る雪のいや重《し》け吉語《よごと》」という歌で『万葉集』は閉じられます。それから数えても、和歌は一三〇〇年あまり日本人の心の表現であり続けています。

和歌は、日本国家の形成とその後の歴史に、どのような役割を果たしたのでしょうか。この問題は、和歌を考える上で大切なことだと思います。五七の句をつないで七七の句で終わる長歌形式、厳密な形式をもたない中世の歌謡などさまざまありますが、なにゆえに五七五七七の短歌形式が日本の韻文学の中心に位置するのか、いかなる役割を果たしてきたのか。これを考えなければ和歌という巨体の姿が見えてきません。

そう思うのは、『古今集』の仮名序に答が示されており、後世の人々が真名序よりも仮名序を強く意識して、それを絶対の〈カノン〉と崇《あが》めて和歌が続いてきたからです。仮名序は和歌の原点であり、常に戻って確認すべき根源であり、何よりも明確な答を示してくれる宝典でありました。なぜなのか、どのようにそうなのか、を考えることを和歌研究の事始めとしたいと思います。

和歌研究には一種のパターンがあります。古代・中古・中世・近世そして近・現代というように専門分野の時代分割がされており、一分野からテーマを選んで、あるいは与えられて、おのれの専門とする。また、江戸時代までを和歌と捉え、明治以降を短歌と名づけて切り離す。研究に入る前にこうしたことをおのずと選択してしまう。さらに、一首の歌であれ、歌を集めた作品であれ、歌人の生きた時代に釘付けして〈正しい意味〉を特定し、後世に発生した解釈を切り棄ててしまう。つまり、デノテーションが優先され、コノテーションが無視される。〈点〉の解明を目指し、点から線へ、線から面へと認識・思考を広げる意欲が乏しくなる。その結果、研究の目的・対象・方法は明確になるが、視野が狭くなり、内向的になり、目が外へ向かわなくなります。〈私の専門は中世和歌です。お送りいただいたご論文は、近世和歌を扱っておられるので、コメントを差し控えます〉。専門職ならストイックな返事といえるでしょうが、これから卒業論文を書く大学生、次代の和歌研究を担う大学院生までそうなるなら、残念なことです。時代別の垣根を越えて、長い歴史のある和歌について自由に語り合う仲間でありたいと思います。

日本という大地の上で和歌を考える発想、アジアのなかで和歌を見つめる発想が最初の段階から希薄になってはならないと思います。『古今集』が漢文の「真名序」をもち、都から遠く離れた東国を詠んだ歌もたくさん入集していることが忘れられてしまいます。アジアと日本、この二つが深いところで緊密に絡み合い、それゆえ国家事業として『古今集』が編纂され、〈和歌とは何か〉を語る思想が形成されたのでした。日本は大陸の文学を移入・消化し、奈良・京都の和歌が地方へ伝播した。もっともなことですが、上から下を見おろす無意識が払拭できていません。上から下への移入・消化・伝播を解明することが一部において常識化している思考ベクトルを一度くつがえしてみる必要があります。意識改革を試みたいものです。

二　歌枕の研究を例に

たとえば歌枕の研究はどうでしょうか。その多くは、〈歌枕〉を詠んだ都の歌人たちの表現史を解明するものです。その目はやはり都にあるようで、一方的な意識を拭いきれません。〈ここがあの歌に詠まれた場所だ〉と認識されたとき、その地域は、都を中心として広がる日本の〈名所〉となります。地域はそうして個性を主張し、神世から続いている和歌の国〈日本〉の一員として位置づけられるのです。〈歌枕〉も〈名所〉も、中央と地域を切り結び、日本全体を包み覆っている〈和歌の宇宙〉の中で成立しています。こうした和歌特有のシステムに気づこうとしないで、都の歌人の表現史にのみ目を向ける傾向がいまだに強いようです。

　和歌の研究は、一般に〈点〉の解明であって、〈点〉から〈線〉へ、〈線〉から〈面〉へと考察の土台を広げていき、その上で和歌を解明するような研究にはなかなかなっていきません。

　和歌は、中央と地方の交流・融和・贈与・交換・統合を可能にする大きな働きをしました。都から旅人がやってきて、〈歌枕〉の現場であるという〈名所〉を見て歌を詠んだのは、その一例です。その結果、そこは名勝地として全国に知られるようになり、訪れる旅人がいっそう増えました。和歌は、都だけにあるわけではなく、日本の大地に広く実存しています。そして、目には見えないけれど、広がりと統一性のある〈日本〉を創り、近代以降も国家観を下支えしたらしいのです。

　これまでの和歌研究はもちろん尊重すべきです。それと同時に、自分の生き方というにふさわしい、新しい発想と工夫をすることが大切です。そういう道を踏みしめて行くと、和歌は本当の姿を見せてくれると思います。

三　和歌研究の新しい資料を発見する

和歌研究の対象にも資料にもされたことのない資料がたくさん眠っています。一例をあげるなら、藩主や藩士の詠んだ和歌、書いた歌論書、都の貴族歌人から贈られた古今伝授等の秘伝書や歌書、藩主の書き綴った領内巡覧記、儒学者や国学者に命じて編纂させた藩撰の地誌や私撰の地誌、地域の人々が旅の見聞や体験を書いた道中記、そして歌集や随筆の類。あげれば切りがありません。県史や市町村史にはそれに関するレベルの高い論文が並んでいます。どこにも和歌研究の重要な資料があり、どこにも優れた研究者がいるものです。私たちの目がそれらの価値を発見できずにいるのではないか。どこに住もうが、どんな職業に就こうが、澄みきった瞳で見つめ、研究の魂をもって生きる人間でありたいものです。

この本をまとめて

文学の研究が現代の社会から離れてきたのではないか。とりわけ二〇一一年の東日本大震災以降、そうした傾向に気づかざるを得なくなってきた。

石井正己さんの講演（「第一部　講演録」所収）を聞きながら、そう思いました。私も同じように感じています。見方を換えれば、東日本大震災は、研究に従事する人間の根底を問い直す大きな事件でもあったということだと思います。

今、文学を研究するとはどういうことなのか。いかなる意義があるのか。七人の研究者が集まって率直に語り合いました。私の胸を打ったのは、各人がこれまでの研究史と現在の研究状況に向きあう姿勢をもっていることです。聴衆からも問題の核心を問う発言が多数ありました。

文学の研究は、何を、どのような方法で、どのように進めることなのか。未来の研究を切り開くために、これほど率直に、真剣に語り合った本は珍しいと思います。

石井さんは、世界各地に分布する「洪水神話」をふまえて『源氏物語』の深層をえぐり出しています。小峯さんは、日本の説話を「東アジア文学」という広大な視野から捉え直しています。

二人とも新しい〈研究風景〉を見せてくれます。松尾さんは、『平家物語』の研究史を検証し、新しい研究への足がかりを提示しています。

金容儀さんは、東アジアの中で『遺老説伝』を捉え、沖縄の「羽衣伝説」を新しい観点から浮き彫りにしています。李市埈さんは、韓国語に翻訳された日本古典文学を調査し、問題点をあざやかに見せてくれます。セリンジャー・ワイジャンティさんは、『平家物語』に登場する「馬」が何を象徴するのか、隠れた意味をあきらかにしています。

一人ひとりの歩いてきた道筋に注意してこの本を読んでほしいと思います。七人に共通する姿勢があります。だから集まって議論ができる。研究の楽しいところです。

＊

和歌の研究は、外から見たら、どんなふうに見えるのでしょうか。フォーラムの余韻が冷めないうちに書きとめておこうと思います。

東日本大震災後の四月末、妻の母のふるさと宮城県南部の山元町に行ってみました。夏になるとみんなで海水浴をした浜辺のすぐ近くに小高い山があります。山の斜面を道路が横切り、それより上の一軒家は洗濯物が風にゆれ、下の家々は地震と津波で全壊し、見る影もなく、だれもいない。日常と非日常に切断されている。

この光景を和歌の研究者が見たら、「末の松山」の歌の解釈に使う人がいるかもしれない、と思いました。

君をおきてあだし心をわがもたば末の松山波もこえなむ（『古今集』東歌）

平安の昔、貞観地震の津波も「末の松山」を越えなかったであろう。そもそも和歌にまがまがしい津波を詠むことはありえない。だからこの歌は津波を詠んだものではない。都びとは屛風に描かれた東国の歌枕の風景を見たり、素朴な悲恋の物語を思い浮かべたりして、東国人が詠んだというこの歌を『古今集』に入れたのであろう。

そのようなことを想像させる光景です。写真にして資料にする人がいるかもしれません。スクリーンに映して研究発表や講演をする会場を思い浮かべてしまいました。

この光景を研究に利用することは、悪いことなのだろうか。暗然としながら帰ってきましたが、私の結論は、責められない。必要な場合があるだろう、というものです。知るべきは、研究という行為に、無自覚の非情さが入ってしまう場合があることです。被災者の現実から遠いところで和歌の説明がされてしまうからです。

和歌のような古典文学の研究と現代社会を結ぶことはとてもむずかしい。はるか昔の文学であり、京都、奈良、鎌倉、江戸などの著名な歌人の作品が研究の主な対象ですから、現実の世界にはどうしても関心が薄くなってしまう。現代社会に通じる問題を見いだすのはとてもむずかしいのです。もしもそれが可能ならば、新しい研究が見えてくるでしょう。

和歌を研究すると、つい〈中心—周辺〉の視線で物事を見てしまいます。〈中心〉の側に足場を置いて〈地方〉をながめがちです。軸足を少し移して別種の和歌研究ができないものでしょうか。そもそも和歌は多種多様なものではないのか、と私は思うのです。

過去から未来へ、日本から世界へ、研究の瞳を広く深くしたいものです。
この本からヒントを見いだし、みなさんの研究に役立ててもらえるならうれしく思います。

錦　仁

著者紹介

小峯和明（こみね・かずあき）
立教大学・名誉教授、中国人民大学・高端外国専家。日本中世文学、東アジア比較説話。著書『説話の森』（岩波現代文庫、二〇〇一年）、『中世日本の予言書』（岩波新書、二〇〇七年）、『中世法会文芸論』（笠間書院、二〇〇九年）、『遣唐使と〈外交神話〉――『吉備大臣入唐絵巻』を読む』（集英社新書、二〇一八年）他、多数。

松尾葦江（まつお・あしえ）
中世日本文学。『平家物語論究』（明治書院、一九八五年）、『軍記物語論究』（若草書房、一九九六年）、『軍記物語原論』（笠間書院、二〇〇八年）、編著『文化現象としての源平盛衰記』（笠間書院、二〇一五年）、編著『ともに読む古典』（笠間書院、二〇一七年）、「資料との「距離」感―平家物語の成立流動を論じる前提として―」（『國學院雑誌』114：11、二〇一三年）、「長門切からわかること―平家物語成立論・諸本論の新展開―」（『國學院雑誌』118：5、二〇一七年）ほか。

金容儀（Kim Yongui）
全南大学校教授。民俗学、日本文学。『日本の相撲―宗教儀礼なのかスポーツなのか（일본의 스모―종교의례인가 스포츠인가）』（民俗苑、二〇一四年）、『先祖の話』（韓国語訳、全南大学校出版部、二〇一六年）、『遠野物語』（韓国語訳、改訂版、全南大学校出版部、二〇一七年）など。

李市埈（Lee Sijun）
崇實大學校教授。日本説話文学、東アジア比較説話。『今昔物語集　本朝部の研究』（大河書房、二〇〇五年）、韓国語訳『금석이야기집（今昔物語集）本朝部　①―⑨』（小峯和明解説、セチャン出版社、二〇一六年）、小峯和明『일본설화문학의세계（説話の森）』（韓国語訳、小花、二〇〇九年）。

セリンジャー・ワイジャンティ（Selinger, Vyjayanthi）
アメリカ・メイン州・ボウドイン大学准教授。日本文学（中世文学）。Authorizing the Shogunate: Ritual and Material Symbolism in the Literary Construction of Warrior Order (Brill, 2013).「『平家物語』に見られる背景としての飢饉―木曽狼藉と猫間殿供応・頼朝饗宴の場面を通して」『文化現象としての源平盛衰記』（笠間書院、二〇一五年）。

編集協力者紹介

出口久徳（でぐち・ひさのり）
立教新座中学校・高等学校教諭、立教大学兼任講師。日本中世文学。『図説平家物語』（共著、河出書房新社、二〇〇四年）、『平家物語を知る事典』（共著、東京堂出版、二〇〇五年）、『日本文学の展望を拓く2　絵画・イメージの回廊』（編著、笠間書院、二〇一七年）。

中村　勝（なかむら・まさる）
立教新座中学校・高等学校教諭。中古・中世文学、国語教育。「『土左日記』覚書――女性仮託と日記の「語り手」について」（『立教新座中学校・高等学校研究紀要』35、二〇〇四年）、「飛鳥井雅子筆本『伊勢集』を読む――〈伊勢日記〉読解の基礎として」（『立教新座中学校・高等学校研究紀要』36、二〇〇五年）、『古語辞典』第10版（執筆・校正協力、旺文社、二〇一五年）。

船越亮佑（ふなこし・りょうすけ）
穎明館中学高等学校教諭。文学・教育学。「満洲事情案内所の『満洲の伝説と民謡』編纂と教育―谷山つる枝による民間説話の蒐集と利用―」（『昔話―研究と資料―』45号、二〇一七年）。「「満洲」国民科大陸事情の教科書における郷土教育」（『植民地教育史研究年報』19号、二〇一七年）。「布哇教育会初の尋常科用日本語教科書に関する一考察」（『国語科教育』80号、二〇一六年）。

安松拓真（やすまつ・たくま）
都立両国高等学校・同附属中学校教諭。日本中世文学（軍記）。「「しるし」としての神器 ―『太平記』における宝剣のゆらぎ」（『学芸古典文学』第一〇号、二〇一七年）、「『太平記』三種神器考―「似せ物」をめぐって―」（『平成二八年度広域科学教科教育学研究経費報告書　国際化時代を視野に入れた歴史・文化・教育に関する戦略的研究』東京学芸大学、二〇一七年）。

■編者紹介

石井正己（いしい・まさみ）

東京学芸大学教授、一橋大学大学院連携教授、柳田國男・松岡家記念館顧問、韓国比較民俗学会顧問。日本文学・民俗学専攻。
最近の単著に『100de 名著ブックス 柳田国男 遠野物語』（NHK 出版）、『ビジュアル版日本の昔話百科』（河出書房新社）、『昔話の読み方伝え方を考える』（三弥井書店）、編著に『博物館という装置』（勉誠出版）、『昔話を語り継ぎたい人に』（三弥井書店）、『現代に生きる妖怪たち』（三弥井書店）、『外国人の発見した日本』（勉誠出版）がある。

錦仁（にしき・ひとし）

新潟大学名誉教授・フェロー。
主な著書に『中世和歌の研究』（桜楓社）、『浮遊する小野小町』（笠間書院）、『小町伝説の誕生』（角川選書）、『なぜ人は和歌《うた》を詠むのか—菅江真澄の旅と地誌—』（笠間書院）、『宣教使 堀秀成—だれも書かなかった明治—』（三弥井書店）など。編著に『中世詩歌の本質と連関』（竹林舎）など。

文学研究の窓をあける ——物語・説話・軍記・和歌

2018年（平成30）８月10日　初版第１刷発行

編　者　石井正己
　　　　錦　　仁
発行者　池田圭子
発行所　有限会社**笠間書院**
〒101-0064　東京都千代田区神田猿楽町2-2-3
電話03-3295-1331（代）FAX03-3294-0996

ISBN978-4-305-70864-9　C0095　組版：キャップス　印刷：モリモト印刷

http://kasamashoin.jp/